Ruf doch einfach mal
Ricarda an
(3)

Das Buch

Der lebens- und liebeshungrige Felix Hohndorf wird Stammgast und Croupier in einem Sauna-und Spielclub. Es wird mit harter Währung und schönen Frauen gespielt.

Durch Leo, einen politisch engagierten Musiker, macht Felix die Bekanntschaft mit den Friedensinitiativen der Kirchengemeinden in der DDR.

Nach der Verhaftung Leos schließt sich Felix den Umweltaktivisten an, nimmt an deren Aktionen teil und spürt, dass der Staat sich mit aller Härte gegen seinen Untergang zur Wehr setzt.

Dann fällt die Mauer und das Leben der Ostgoten wird völlig auf den Kopf gestellt.

Eines Tages steht Helene, die Frau, die ihn geliebt und die er geliebt, die ihn verlassen und die er verlassen hat, vor seiner Tür.

Er lässt sie eintreten, verschließt die Tür und wirft den Schlüssel aus dem Fenster.

Der Autor

Andreas Pietzsch wurde 1937 in Dresden geboren. Er arbeitete als Chemiearbeiter, Heizer, auf dem Bau und in der Landwirtschaft.

Er studierte Naturwissenschaften und wurde Lehrer.

Sein Buch "Ruf doch einfach mal Ricarda an" ist der dritte Roman um Felix Hohndorf.

Andreas Pietzsch

Ruf doch einfach mal Ricarda an

Roman 3

Die in diesem Roman agierenden Personen sind vom Autor frei erfunden. Ähnlichkeiten mit lebenden oder verstorbenen Personen sind zufällig und nicht beabsichtigt.

Herstellung und Verlag:
BoD – Books on Demond, Norderststedt
ISBN 9783748181286

I

Dr. Helmut Josef Michael Kohl, langjähriger Partei-aktivist der Christdemokraten im kleptoparasitären, revanchistischen und faulenden kapitalistischen Westen, (Originalton Parteilehrjahr) wird am 01.10.1982 sechster Kanzler der Bundesrepublik Deutschland.

Ein politisch indifferentes Subjekt, namens Felix Hohndorf, wird in der progressiven, friedliebenden und aufblühenden Deutschen Demokratischen Republik (Originalton Parteilehrjahr) am gleichen Tag im Namen des Volkes geschieden.

Duplizität der Ereignisse?

Ein Vergleich wäre Blasphemie.

Oder?

Lächerlich: Dr. Helmut Kohl wird von 256 Abgeordneten des Bundestages der Bundesrepublik Deutschland mit absoluter, aber knapper Mehrheit zum Kanzler gewählt.

Besagter Felix Hohndorf hingegen wird im Namen des Volkes der Deutschen Demokratischen Republik ge-schieden.

Immerhin nahezu 17 Millionen Insassen.

URTEIL: Im Namen des Volkes

So ein Scheiß.

Als ob das Volk sich für die Scheidung eines solchen Nichtsnutzes und Hobbygynäkologen wie diesem Hohndorf interessieren würde.

Die Leute, die es wirklich betraf, hatten damit gerechnet,

und ein Teil davon hatte es gehofft. Ansonsten, wie gesagt, interessierte diese Scheidung keine Menschenseele.

Außer vielleicht Ricarda?

Sie hatte mir in letzter Zeit immer wieder die Saunarunde schmackhaft machen wollen. Ich hatte abgelehnt. Wollte bei der Scheidung nicht das ganz schwarze Schaf sein.

Hatte so schon gereicht. Klar hatte ich auswärts kopuliert, aber doch nur, weil unser eheliches Liebesleben beim absoluten Nullpunkt gelandet war.

Die Einmischungen des Kotzmittels Kotzke in unsere Ehe hatten zwischen uns zu immer hässlicheren Zerwürfnissen geführt, und so hatte Svenja sich mehr und mehr den Kindern zu und von mir abgewandt. Kotzke, seines Zeichens mein Schwiegervater und hohes Tier im Stadtbezirk, hatte es geschafft, Svenja zum Beitritt in den Sozialistischen Einheitsbrei Deutschlands zu bewegen.

„Wenn du Schulleiterin werden willst, solltest du Genossin sein."

Svenja wurde Genossin

Der Riss zwischen uns wurde zur Kluft.

Scheidung.

Der Verklagte ...

Klang verdammt nach Schwerverbrecher, Ganove, Dieb, Halsabschneider, Bösewicht, Rechtsbrecher, Missetäter, Unmensch, Mörder ...

Im Namen des Volkes.

Dem war der Verklagte so egal wie ein Fladen Kuhscheiße im hinterabessinischen Hochland.

Gott sei Dank, es war vorbei.

Die Zeit heilt alle Wunden, sagt man.

Trotzdem tat es ganz tief im Innern weh, vor den Trümmern einer Ehe zu stehen, die aus Liebe geschlossen worden war.

Trümmer sind wie Krebsgeschwüre. Man muss sie beseitigen, bevor sie das Umfeld zerstören.

Ich arbeitete daran und allmählich lichtete sich der Trümmerberg.

„Ruf doch einfach mal Ricarda an", sagte ich laut zu mir. Dämliche Angewohnheit, aber ich gab mir in letzter Zeit Befehle, die ich laut aussprach. Hatte ich wahrscheinlich von meiner Mutter übernommen.

„Das Bügeleisen ist ausgeschaltet."

„Der Stecker ist gezogen!"

„Der Gashahn ist zu!"

Wenn sie das laut sagte, konnte sie beruhigt die Wohnung verlassen. Es haftete.

Ich ging zur Telefonzelle.

„Felix?"

„Hallo Ricarda."

„Wie geht's?"

„Beschissen rechts ran."

„Lust auf Sauna?"

„Sehr."

„Zwanzig Uhr, ich hol dich ab."

Ricardas Stimme vibrierte leicht.

Ich konnte mir das nicht erklären. Die Frau sprang sofort an. Sie hatte nie den Kontakt abreißen lassen, auch nicht, seit sie an einer anderen Schule arbeitete. Hatte Glück gehabt damals.

Ohne ihren Saunafreund und IM Helmut wäre die Sache mit ihrer renitenten Klasse wahrscheinlich nicht so glimpflich für sie ausgegangen.

Wobei mir manchmal Zweifel kamen, ob es nur Glück gewesen war. Ich wusste aus eigener Erfahrung, wie es war, wenn man bis zum Hals in der Scheiße steckte und gewisse Leute machten einem ein Angebot.

Egal, wenn ich anrief, stand Ricarda Gewehr bei Fuß.

Irgendwo hatte ich gelesen, dass Frauen den Testosteronspiegel des Manne riechen konnten.

Meiner schien ziemlich hoch zu sein.

Bildete ich mir jedenfalls ein.

Was mir im Moment allerdings egal war, ich brauchte unbedingt wieder mal was Warmes in meinem ausgekühlten Bett. Gleich nachdem Svenja die Scheidung eingereicht hatte, war ich ausgezogen.

Kotzke, der nach seinem tiefen Fall inzwischen wieder irgendwo ganz oben saß, hatte sich intensiv um eine Einraumwohnung für mich bemüht.

Wie rührend uneigennützig, hatte ich zu Svenja beim Auszug gesagt und war in ein weiteres Fettnäpfchen getreten.

Was mir an der ganzen Scheidungsgeschichte am meisten zu schaffen machte, war Falk. Der Junge war inzwischen acht und wir hatten einen guten Draht zueinander. Svenja war Gott sei Dank damit einverstanden, dass wir uneingeschränkten Kontakt miteinander halten konnten.

Viola, Svenjas Tochter aus erster Ehe, hatte sich vom lieben Mädchen in eine heftig pubertierende Zicke verwandelt, für die alle Erwachsenen, einschließlich Opa und Oma, verkeimte, verkalkte und unwissende Relikte aus prähistorischen Zeiten waren.

Die Gene, die Svenjas Schwester Ursula geprägt hatten, kamen wahrscheinlich bei Viola wieder voll zum Ausbruch.

Ich ahnte nicht, wie falsch ich mit meiner vorschnell gefassten Meinung liegen sollte.

Auf alle Fälle würde es nicht ganz einfach für Svenja werden, jetzt, wo sie als frischgebackene Genossin der

Sozialistischen Einheitspartei Deutschlands stellvertretende Direktorin an einer Erweiterten Oberschule geworden war.

Für mich ein Glück.

Mann und Frau an einer Schule war nicht das Gelbe vom Ei. Geschieden erst recht nicht.

Ich holte mir ein Bier aus dem Kühlschrank, setzte mich ans Fenster und sah in den Himmel.

Blau mit weißen Tupfern.

Blau verfolgte mich seit den letzten Abschlussprüfungen meiner zehnten Klasse. Sperling, als Schulleiter und Prüfungsvorsitzender, verlangte, dass jeder Schüler im Blauhemd zur Prüfung antrat.

Sylvia, eine meiner besten Schülerinnen, erschien in schwarzen Klamotten, die Haare auf der linken Seite abrasiert und die noch vorhandene andere Hälfte hing in schwarzen Strähnen nach rechts.

Mir war sofort klar, dass es Ärger geben würde.

Sperling war, wie von einer Klapperschlange gebissen, in die Höhe geschossen, hatte mehrfach hörbar nach Luft geschnappt und gezischt: "So nicht, so wird hier keiner geprüft. Wir befinden uns hier in einer sozialistischen Bildungseinrichtung und nicht im Urwald. Verlassen Sie augenblicklich die Schule und kleiden Sie sich so, wie es sich für eine sozialistische Schülerpersönlichkeit gehört! Und damit meine ich das Blauhemd!"

„Soll ich auch blaue Kreide mitbringen oder lieber rote", hatte Sylvia erwidert.

„Raus!" Sperling hatten vor Erregung die Hände gezittert.

Ich hatte Sylvia am Arm gefasst und sie auf den Gang geschoben. „Geh nach Hause und zieh dich um. Ich setze deinen Prüfungstermin an`s Ende."

Sie hatte mich nur mit ihren großen, schwarzumrandeten Augen angesehen, kein Wort gesagt und war gegangen.

Ich war heute noch stocksauer auf mich.

Was bist du nur für ein Scheißpädagoge? Stellst dich auf die Seite dieses roten Vogels statt zu dem schwarzen Schaf aus deiner Herde zu stehen.

Feiger Hund!

Wolltest nicht schon wieder anecken bei den Genossen.

Über die Hälfte meiner Klasse hatte sich an der Vervielfältigung eines Briefes der evangelischen Weinbergsgemeinde Dresden beteiligt, in dem es um eine Alternative zum Wehrdienst, den „Sozialen Friedensdienst", kurz SoFD, gegangen war.

Sylvia hatte den Brief im Unterricht abgeschrieben und unter der Bank liegen lassen.

Dummerweise in Staats-bürgerkunde bei Sperling.

Und der hatte bei einem Rundgang durch die Klasse nach Unterrichtsschluss den Brief gefunden. FDJ-Versammlung, Elternabend, Elternaktiv, Patenbrigade. Die ganze Bandbreite.

Sperling hatte von illegalen Aktivitäten gegen die Friedenspolitik der Deutschen Demokratischen Republik gegeifert. Friedens-und staatssfeindliche Elemente seien dabei, den ersten sozialistischen Staat auf deutschem Boden zu verunglimpfen. Die gesamte Republik sei seit ihrer Gründung nichts anderes als ein Sozialer Friedensdienst. Und es sei endlich an der Zeit, dass gewisse indifferente Pädagogen ihren Klassenstandpunkt selbstkritisch überprüften.

Erich Weinhold, unser zweiter Schulleiter, schlug vor, dass die Klasse ihren Sozialen Friedensdienst in Form mehrerer Subbotniks auf dem verunkrauteten Sportplatz leisten könne. Es sei doch wohl nicht angebracht, aus einer Mücke einen Elefanten zu machen. Schließlich sei jede Friedensinitiative unserer sozialistischen Jugend es wert, dass man darüber nachdenke. Er halte nicht viel davon, die Sache an die große Glocke zu hängen und dadurch dem sehr guten Ruf der Schule in der Abteilung Volksbildung einen negativen Touch zu verpassen.

Weinhold wusste genau, dass Sperling seit langem auf den Posten eines Schulinspektors scharf war.

Die Sache wurde unter den Tisch gekehrt und der Sportplatz vom Unkraut befreit.

Das Unkraut in mir wucherte weiter. Ich hatte mich nicht konsequent genug vor meine Klasse und vor Sylvia gestellt.

Du bist ein verdammter Feigling, Felix Hohndorf!

Denkst genau wie deine Schüler, aber duckst ab. Du hättest es drauf ankommen lassen müssen. Sylvia war mit weitem Abstand die Beste in Mathe, war bei mehreren Olympiaden Erste geworden und hätte in der Prüfung zeigen können, dass das Äußere eines Kopfes nichts über dessen Inhalt verrät.

Sie war zu keiner Prüfung mehr erschienen.

Später hörte ich, dass die Familie die Ausreise beantragt hatte.

Als ich mir eine zweite Flasche Bier holen wollte, klingelte es.

Ricarda.

Mir verschlug es den Atem.

Goldblond, gelockt, gepudert und geschminkt, mit einer roten Schleife im Haar, und einem Rock, der so kurz war, dass der Fantasie nur noch wenig Raum blieb.

Ich hatte mich noch nie für ihre Beine interessiert, eigentlich nur für das dazwischen, aber das waren Beine, wie man sie nur aus Modemagazinen kannte: Lang, mit schlanken Fesseln, schmalen Kniegelenken und sanft gerundeten Schenkeln.

Unglaublich, so hatte ich Ricarda noch nie gesehen. Meine Atmung setzte für eine Weile aus, und ich starrte wie hypnotisiert auf ihre Schenkel.

Ricarda grinste. „Kann ich reinkommen oder willst du mich hier im Hausflur vernaschen?"

Ich wies mit der Hand Richtung Wohnzimmer.

Ricarda ließ sich in einen Sessel fallen, wobei ihr kurzer Rock so hoch rutschte, dass meine Atmung erneut aussetzte.

Ich starrte wie gebannt zwischen ihre Beine.

In Gedanken glitten meine Hände an der zarten Innenhaut ihrer Schenkel tastend nach oben.

An der Spannung in meiner Hose spürte ich, wie ausgehungert ich war.

Ich erhob mich, ging zu Ricarda und schob ihr meine heiße Hand in den Ausschnitt.

„Ich würde ganz gern erst mal was trinken, Felix", lachte sie.

Ich zog meine Hand zurück, streifte aber mit der Ausbuchtung meiner Hose ihre Wange.

„Wermut mit Eis oder Wasser?"

„Wasser, muss ja noch fahren oder willst du laufen?"

Ich holte eine Flasche Selters und ein Bier, goss ein, und setzte mich ihr gegenüber.

„Lange nicht gesehen," sagte ich und starrte wieder auf ihre Beine.

„Ich dich schon", grinste sie mich an.

„Wo?"

„Kreuzkirche, wusste gar nicht, dass du gläubig bist."

„Du warst beim Friedensforum?"

„War ich", lachte Ricarda, aber das Lachen erschien mir

irgendwie verkrampft.

Ich hatte eine anonyme Einladung in meinem Briefkasten gefunden. Statt einer Unterschrift zierten ein blauer und ein roter Punkt die Karte.

Sylvia, da war ich mir ziemlich sicher.

Hier kneifst du nicht, Hohndorf. Es war, wie ich vermutet hatte. In der Menge entdeckte ich einige Schüler aus meiner Zehnten und ...

„He Felix, komm zu dir!"

„Entschuldige, war noch mal in der Kreuzkirche."

Ricarda sah mich mit einem kaum wahrnehmbaren Silberblick an, der sich bei ihr immer einstellte, wenn sie besonders erregt war.

„Ich muss dir was sagen, Felix."

„Schieß los."

„Hab unterschrieben." Ricarda griff ihr Glas und trank es in einem Zug leer.

„Was?"

„Das!"

„IM?"

„IM!"

„Ach du Scheiße."

„Kannst du laut sagen."

„Warum?"

„Die wollten mich nach der Sache mit diesem aufgeblasenen Offiziersgockel Käsebier, den meine Klasse mit ihrem Gesang auf 180 gebracht hatte, aus dem Schuldienst entlassen. Lehrerin, drei Kinder, Felix, und nichts anderes gelernt. Ich wäre an irgendeinem Fließband gelandet – wenn ich Glück gehabt hätte. Hab mich Helmut anvertraut. Der hat für mich gebürgt, dafür musste ich unterschreiben."

Helmut, Selbständiger Handwerker, IM, mit Beziehungen

zu Gott und aller Welt, und Saunabetreiber. Wobei man Sauna ohne weiteres mit Bumsclub übersetzen konnte.

„Und wieso sprichst du darüber? Ist doch inoffiziell und unterliegt strengster Geheimhaltung."

„Weil du mir ebenfalls von deiner Anwerbung erzählt hast, und ich würde wahrscheinlich ersticken, wenn ich nicht wenigstens mit einem Menschen offen reden kann."

Ricarda goss ihr Glas noch einmal randvoll und trank es, ohne abzusetzen, aus.

„Helmut hat mir empfohlen, keine Berichte zu schreiben, und wenn die mir auf den Geist gehen sollten, nur belangloses Zeug über anonyme Meckereien, zum Beispiel, dass es wieder mal keinen Tomatenketschup gibt oder dass Zwiebeln wieder mal Mangelware sind und ähnlichen Scheiß. Irgendwann würden die das Interesse an mir verlieren und mich von der Liste der aktiven Leute streichen."

Ricarda sah mir meine Zweifel an.

„Ich soll, sollte es doch einmal anders kommen, für Helmut bürgen."

„Mannomann, zweifeln die etwa an der Unbesiegbarkeit des Sozialismus?"

„Guck dich um, Felix, es gärt überall. Friedensforum in der Kreuzkirche, Friedensseminar Königswalde, Friedenswerkstatt in der Berliner Erlöserkirche, und in Jena gibt`s die Friedensgemeinschaft. Die Kirche ist aktiv, sehr sogar. Die wollen sich kein zweites Mal den Vorwurf der Passivität gegen eine Diktatur einhandeln."

Ricardas kurzer Rock war, während sie sprach und gestikulierte, noch weiter nach oben gerutscht.

„Nieder mit der Passivität!", grinste ich sie an. „Es lebe die Diktatur des Testosterons."

Ich erhob mich, zog Ricarda aus dem Sessel und schob

14

sie in Richtung meines Schreibtisches. Sie lehnte sich dagegen, sah mich an und grinste schräg.

„Jetzt gleich?"

„Auf der Stelle."

„Du wirst aber heute bestimmt noch Pulver brauchen", lachte sie.

„Keine Sorge, habe seit Monaten gespart."

War nicht ganz gelogen. Seit der Scheidung litt ich unter peinlichen Störungen. Ich hatte es mehrmals mit einer Kollegin versucht. Immer, wenn es soweit war, tauchte aus meinem Unterbewusstsein Svenja auf, und sofort war der Ofen aus.

Ricarda ging vor mir auf die Knie und öffnete meine Hose,

Ihre Ouvertüre.

Sie liebte diese Form der Eröffnung.

Meine Erregung wurde so heftig, dass ich es nicht mehr aushielt. Ich zog Ricarda nach oben, drehte sie so, dass sie mit dem Gesicht zum Schreibtisch stand. Sie wusste genau, was zu tun war. Ich packte ihre Hüften und presste ihren Unterleib so heftig gegen meinen, dass Ricarda einen leisen Schrei ausstieß.

Genau in diesem Moment trat Svenja zwischen uns – und der Ofen wurde kalt.

Ich schob verzweifelt meine Hände unter Ricardas Oberkörper, packte ihre vollen Brüste und drückte und knetete sie, aber es half nicht.

Ricarda gab sich ebenfalls die allergrößte Mühe aber es ging nicht.

„Danke", flüsterte ich Ricarda ins Ohr. „Aber irgendwie klemmt bei mir was."

„Kein Problem, Felix, das geht vorbei."

Plötzlich merkte ich, dass ich irgendwas Weiches in der

Hand hielt.

Ricarda lachte, nahm mir die goldene Lockenpracht aus der Hand und stülpte sie sich wieder auf den Kopf.

„Erklär ich dir nachher."

Sie verschwand im Bad, und ich goss mir den Rest Bier ins Glas.

Ricarda blieb mir ein Rätsel. Ihre sexuelle Gier überstieg alles, was ich bisher erlebt hatte. Sie stand jederzeit und an jedem beliebigen Ort zur Verfügung. Ich konnte mir nicht vorstellen, dass sie in der Lage war, so etwas wie Liebe zu empfinden.

„Mach dich frisch, Felix, wir müssen."

Ricarda stand vor mir, zog mich aus dem Sessel, stülpte mir eine schwarze Perücke und einen dunklen Hut auf den Kopf.

„Ist heute Maskenball oder soll ich die Sparkasse ausrauben", lachte ich.

„Helmut hat für heute eine Nacht in Venedig organisiert, Felix. Jeden Monat ist bei Helmut einmal Maskenball angesagt. Die Gästeschar ist dadurch rasant angewachsen. Du wirst dich wundern, der hat angebaut. Ist alles größer und komfortabler geworden."

Sie setzte mir noch eine riesige Sonnenbrille auf die Nase und schob mich Richtung Bad. Aus dem Spiegel grinste mich ein Filmmafioso an, fehlte nur noch die Zigarre.

Wir gingen runter und mir verschlug es die Sprache, als Ricarda mich bat, in den nagelneuen Wartburg einzusteigen.

„Hast du gewonnen?"

„So könnte man es vielleicht auch nennen", grinste sie.

***

16

Es war so, wie Ricarda gesagt hatte. Der Flachbau war um einiges vergrößert worden.

Der Raum, der als Garderobe diente und den ich kannte, war unverändert. Als wir eintraten, stand eine junge, dunkelhaarige Frau mit bloßem Oberkörper vor einem Spiegel. Ihr Busen war groß, fest und stand vom Körper ab.

Als sie meinen bewundernden Blick auffing, grinste sie mich mit ihren südländisch schwarzen Augen an, drehte sich um und zog ganz langsam ein durchsichtiges, enganliegendes, schwarzes Etwas über ihren Oberkörper. Dann griff sie unter den gazeähnlichen Stoff, rückte ihre Brüste in Position und sah mich unverwandt an.

Ricarda schob mich in eine Ecke. „Kannst du alles die ganze Nacht noch sehen, Felix, und, wenn du Lust hast, vielleicht sogar anfassen."

Ich stülpte mir die Perücke auf den Kopf, setzte den dunklen, weichen Hut leicht schief auf, brannte mir eine Zigarette an und sah in den Spiegel.

Die Sonnenbrille fehlte noch. Ich klemmte mir das übergroße Ding, das Ricarda für mich mitgebracht hatte, auf die Nase. Vito Corleone. So hatte ich mir Puzos Mafioso vorgestellt, nachdem ich „Der Pate" gelesen hatte.

„Siehst echt scharf aus, Felix", grinste Ricarda. „Die Mafia lässt grüßen."

Sie schob mich durch die Tür in die Bar.

Der Raum hatte sich total verändert.

Der Tresen glänzte und blinkte von Flaschen, Gläsern und Spiegeln, davor standen etwa acht chromblitzende Barhocker, von denen bereits einige besetzt waren.

Rechts neben der Bar befand sich eine kleine Tanzfläche, die nur durch das Feuer eines großen, offenen Kamins beleuchtet wurde. Aus versteckten Lautsprechern erklang gedämpft Andy Borgs „Ich komm verlassen mir vor." Ricarda zog mich nach links zu einer Wand, die durch mehrere Rundbögen unterbrochen war, vor denen feine, weise Gazeschleier hingen.

Sie schob mich in einen Raum, der etwa zwei Meter breit und in ein schwach rötliches Licht getaucht war. Den Boden füllte eine Matratze mit weißem Laken.

„Die Zweiergrotte", grinste Ricarda.

„Also gibt's auch welche für Gruppen?" Ich sah Ricarda fragend an.

Sie schob mich zu einer anderen Öffnung. Der Raum war wesentlich größer und nahezu rund. Von der Decke hingen rote, gelbe und orangefarbene Gazeschleier, die sich in einem leichten Luftzug bewegten. Auf einer Anrichte standen zwei silberne Sektkühler und einige Kelche. Den Fußboden bedeckte ein mit dunkelrotem Laken überzogenes Matratzenlager, und die indirekte Beleuchtung an der Decke sorgte für eine Muschebubu-atmosphäre, wie ich sie aus Filmen kannte, die im Rotlichtmilieu spielten.

Als Ricarda den Raum wieder verlassen wollte, hielt ich sie zurück.

Sie sah mich mit großen Augen an. „Schon wieder?"

Ich schüttelte den Kopf. „Weißt du, was mir hier spanisch vorkommt? Woher hat Helmut so einen Haufen Moneten, um das hier alles zu finanzieren, und was sagt seine Frau zu diesen Orgien?"

„Helmuts Elektrofirma läuft seit eh und je gut. Da geht mit Sicherheit so einiges an der Steuer vorbei, und außerdem kann man im Sozialismus ganz legal nebenbei

18

'ne Menge Geld verdienen, vorausgesetzt, du hast das nötige Startkapital und Unternehmungsgeist."

„Erzähl."

„Kannst du heute Nacht selbst erleben. Felix."

„Und Helmuts Frau?"

„Ist lesbisch."

Ich sah Ricarda ungläubig an.

„Die Ärmste hat es zu spät gemerkt. War schon einige Jahre mit Helmut verheiratet, als sie eine Kollegin kennenlernte. Helmuts Frau ist Sekretärin im Polizeipräsidium an der Schießgasse, und eines Tages fing dort eine blutjunge Polizistin an, die von der anderen Fakultät war. Die zwei mochten sich und irgendwann hat Helmut es mitgekriegt.

Da das Liebesleben der beiden von Anfang an nicht so richtig lief und Helmut schon damals ständig auf der Jagd nach Frischfleisch war, hat man sich geeinigt.

Jeder macht sein eigenes Ding und ansonsten bleibt alles beim Alten. Helmuts Frau genießt den Luxus, den er ihr bieten kann und Helmut genießt einen gewissen polizeilichen Schutz für seine nicht immer für das Licht der Öffentlichkeit bestimmten Geschäfte."

Ricarda zog mich wieder zur Bar.

Von irgendwo ertönte ein glockenähnlicher Ton, und plötzlich war der Raum voller Damen in farbenprächtigen Fantasiekostümen, in allen Farben des Regenbogens schillernden Perücken und Masken, die an einem Stiel gehalten, die obere Hälfte der Gesichter verdeckten.

Die Herren trugen lediglich Perücken und übergroße Sonnenbrillen.

In der Mitte des Raumes breitete Helmut im Kostüm eines Gondoliere weit die Arme aus und rief: „Das Fest ist eröffnet!"

Er ergriff die Hand Ricardas und zog sie mit sich nach draußen.

Ich setzte mich auf einen der freien Barhocker.

Helmut hätte ich um ein Haar nicht wiedererkannt. Sein Gesicht war unnatürlich gerötet und aufgedunsen und die Nase war von roten Äderchen gespickt. Sein helles Haar hatte sich weit nach hinten verzogen, wogegen sein Bauch sich nach vorn ausgebreitet hatte.

„Was darf's denn sein, mein Herr?"

Die Bardame hinter dem Tresen war die junge Frau aus der Garderobe. Ihre fantastischen Magdeburger Halbkugeln drohten die leichte Gaze ihres Oberteils zu sprengen, und ihr gewelltes, dunkles Haar glänzte im Licht der Barbeleuchtung wie schwarze Seide.

Sie strahlte mich mit ihren mandelförmig geschnittenen dunklen Augen an.

Grusinische Teepflückerin, dachte ich.

„Was darf's denn sein, mein Herr?", wiederholte sie.

Einmal anfassen, hätte ich beinahe gesagt.

„Ein Bier, bitte."

„Radeberger, Wernesgrüner, Budweiser, Staropramen ..."

„Ein Radeberger, bitte."

„Zigarette?" Ich hielt ihr meine Schachtel Club entgegen. Katarina – ein kleines Schildchen an ihrer linken Brust verriet ihren Namen – schüttelte den Kopf. Sie griff sich eine HB und ich gab ihr Feuer.

„Eure Zigaretten sind mir zu stark", lachte sie.

Katarina sprach sehr gut Deutsch, aber ich war mir sicher, dass sie nicht von hier war.

„Schon lange im Club?" Irgendwie musst du Konversation machen, Felix, wenn du an diese Kugeln willst.

„Noch nicht sehr lange", erwiderte Katarina und goss

Bier in mein Glas.

Verdammt, das Weib trug einen Ehering.

Lass die Finger davon, Junge, das gibt nur Scherereien.

Sie hatte meinen Blick auf ihren Ringfinger gesehen.

„Der Anschein ist manchmal trügerisch", grinste sie mich an.

Jemand tippte mir von hinten leicht auf die Schulter.

„Darf ich bitten?"

Vor mit stand ein sehr, sehr kurzes, blauschwarzes Kleid mit einem Dekolletè, das bis zum Nabel reichte. Die dunklen Strümpfe wurden von Strapsen gehalten und die gut geformten Beine endeten in hochhackigen, knallroten Pumps.

Ich glitt vom Barhocker und verbeugte mich leicht :
„Mister Corleone".

Die Dame machte einen Knicks: „Signorina Isabella Venezia oder der Venezianische Pfau."

Aus den Lautsprechern erklang „Adios Amor", und Andy Borgs sanfte Stimme füllte die Bar.

Gräfin Isabella Venezia schmiegte sich so an mich, dass kein Millimeter Luft zwischen uns blieb. Ihr Kopf lag an meiner Schulter und unsere Schenkel berührten einander bei jeder Drehung und Schrittfolge.

Sie war die perfekte Tänzerin, schlank und biegsam und voller Rhythmusgefühl. Bei jeder Drehung glitt mein Oberschenkel zwischen ihre langen, schlanken Beine. Auf ihrer Oberlippe bildeten sich winzige Schweißperlen. Ich ließ meine Hand langsam in Richtung ihres Pos gleiten und drückte sie fest an mich.

„Himmel", flüsterte sie mir ins Ohr, „mir ist so verdammt heiß, ich könnt auf der Stelle ..."

„...was trinken", ergänzte ich lachend.

Wir gingen zur Bar zurück. Isabella nahm eine Schale

„Grüne Wiese", ich blieb bei Bier.

Bloß keinen Schnaps heute, den Abend wollte ich genießen, hatte lange genug gedarbt.

Als Katarina mir die zweite Flasche Bier reichte, berührten sich unsere Finger und sie sah mich sonderbar an.

Nee Mädchen, dachte ich, daraus wird nichts. Kein Ärger mit gehörnten Ehemännern.

Ich bat den Venezianischen Pfau erneut zum Tanz. Je länger wir tanzten, um so heißer fühlte sich Isabellas Körper an. Aus ihrem Mund kamen leise Pfeifgeräusche und ihre Hand lag nah bei meinem Schritt.

Jetzt brach mir der Schweiß aus, aber ich zögerte, obwohl Isabella mehrfach versucht hatte, mich in Richtung der Grotten zu dirigieren. Ich wusste, wenn ich mit ihr auf der Matratze landen würde, wäre das Unternehmen mit Sicherheit wieder wie das Hornberger Schießen ausgegangen.

Und so was spricht sich verdammt schnell herum.

Seit dieser verdammten Scheidung hatte ich noch keine Frau gefunden, zu der ich mich auch innerlich hingezogen fühlte.

Der Professor, den ich noch von meinem letzten Saunabesuchen kannte, holte Isabella zum nächsten Tanz. Er hatte uns die ganze Zeit beobachtet. War sehr wahrscheinlich scharf auf die zur Paarung bereite Signorina Venezia.

Ich trank noch ein Bier, sah den Tanzenden zu, redete belangloses Zeug mit Katarina, und als ich auf die Uhr sah, war es bereits kurz nach zwölf.

„Tanzt Mister Corleone vielleicht auch mal mit der schwer arbeitenden Bardame?"

Katarina kam hinter ihrem Tresen hervor und zog mich

zur Tanzfläche.

Aus den Lautsprechern hämmerte ein Rock `n` Roll, und ich sah fasziniert, wie sich ihre vollen, schweren Brüste im Rhythmus der Musik bewegten.

Mir wurde langsam die Luft knapp. „Musst du nicht an die Bar zurück?", keuchte ich.

Katarina schüttelte den Kopf. „Die paar Leute können sich selbst bedienen."

Ich sah mich um. Tatsächlich waren außer uns nur noch zwei Paare auf der Tanzfläche.

Katarina zeigte grinsend mit dem Daumen in Richtung der Liebesgrotten. Der Venezianische Pfau Isabella verschwand gerade mit dem Professor hinter einem der weißen Vorhänge.

Gott sei Dank, der Rock `n` Roll war zu Ende. Deine Kondition, Felix, lässt arg zu wünschen. Solltest wieder laufen, du fauler Sack.

„Santa Maria" war da schon angenehmer.

Katarina schmiegte sich fest an mich. Wir tanzten langsam in winzigen Schritten auf die aus Träumen geborene Insel zu.

Ihr üppiger, fester Körper presste sich gegen meinen und rieb sich bei jeder Bewegung an mir. Mein Blut begann sich im Zentrum zu stauen.

Katarina tanzte jetzt so, dass sie bei jeder Drehung mit ihrem Oberschenkel den Hochspannungsmast in meiner Hose streifte.

Verdammt, dachte ich, wer von meinen Vorfahren hat mir bloß diesen aggressiven Geschlechtstrieb – wenn ich nicht gerade eine Krise hatte – vererbt. Ich kannte Männer, die es problemlos einige Jahre ohne Frau aushielten. Bei meiner Mutter im Haus wohnte ein Schneider, den noch nie jemand mit einer Frau gesehen

23

hatte und der sollte noch nicht einmal schwul sein. Ständig nur „Fünf gegen Willy" war doch keine Dauerlösung.

Ich bekam schon nach einigen Wochen ohne weibliche Zuwendung Depressionen und feuchte Träume.

„Bist du noch da, Mister Corleone?"

„Bin ich."

Katarina legte mir ihre Arme um den Nacken, drückte sich fest an mich und wir bewegten uns in ganz kleinen Schritten in der Mitte der Tanzfläche. Es war ein rhythmisches Stehen, das meine Begierde aufs Neue entfachte.

Leicht und langsam dirigierte Katarina uns in Richtung der Grotten.

Vor der größeren blieb ich stehen.

Katarina schüttelte den Kopf.

Ich schob trotzdem den Vorhang zur Seite und warf einen Blick in das Innere der Lustgrotte.

Mein lieber Mann, da ging die Post ab. Mehrere Briefträger schoben ihre Päkchen und Packete in die Briefkästen der Empfängerinnen.

Wobei nahezu alle Körperöffnungen für den Empfang genutzt wurden.

Es war ein Durcheinander von nackten Körpern, dass eine Zuordnung einzelner Körperteile zu bestimmten Personen unmöglich machte.

Katarina zog mich weg und schob mich zu einer Zweiergrotte. Ich hob den Gazeschleier an.

Besetzt.

Der Herr Professor kniete vor Isabella Venezia und vergrub seinen Kopf zwischen den Schenkeln der venezianischen Gräfin.

Die nächste Liebesinsel war frei.

Katarina legte sich auf die Matratze, sah mich an und krümmte den Zeigefinger.

Ich blieb stehen.

Lass die Finger davon, Felix.

Kratz die Kurve.

Misch dich lieber unter die Rudelbumser.

Katarina krümmte erneut den Zeigefinger.

„Du bist verheiratet, ich will keinen Ärger," sagte ich.

„Es gibt keinen Ärger."

„Hat dein Mann eine Ahnung, wo du bist?"

„Nein, aber es wäre ihm wahrscheinlich egal."

„Kann ich mir nicht vorstellen."

„Ist aber so."

Ich schüttelte zweifelnd den Kopf.

„Leg dich zu mir, Mister Corleone, und ich erzähl dir was."

„Felix", sagte ich und legte mich neben sie.

Katarina hatte ihren Mann Rolf in Prag kennengelernt. Er gehörte zu einer Gruppe von Kraftwerksingenieuren, die sich mit tschechischen Kollegen zu einem Erfahrungsaustausch getroffen hatten.

Es ging darum, die Luftverpestung im deutschtschechischen Grenzgebiet einzudämmen.

Katarina hatte bei diesen Konferenzen als Dolmetscherin gearbeitet und Rolf hatte sie zu einem Abendessen eingeladen.

Nach reichlich einem Jahr und der Überwindung massiver bürokratischer Schwierigkeiten hatten sie geheiratet und Katarina war mit nach Dresden gezogen.

Die anfänglich heiße Liebe hatte sich mehr und mehr abgekühlt.

Rolf gehörte zu den Männern, für die Sex eine völlig untergeordnete Rolle spielte. Eine Frau war für ihn so etwas wie eine Schrankwand, die man haben sollte, aber wenn man sie hatte, nahm man sie kaum noch wahr. Katarina dagegen war eine heißblütige junge Frau, in deren Adern väterlicherseits ein Schuss ungarisches Zigeunerblut floss.

Sie konnte und wollte sich nicht damit abfinden, die Schrankwand zu sein, die ihr Mann nur dann wahrnahm, wenn ein Scharnier quietschte oder die Innenbeleuchtung nicht funktionierte.

Sie ging auf Arbeitssuche und fand eine Stelle in einem Schulhort.

Die einsamen Abende, wenn Rolf in Leipzig, Cottbus, Lübbenau, Hoyerswerda oder Boxberg über Rauchgasentschwefelung oder Entstaubungsanlagen referierte, machten ihr schwer zu schaffen.

Sie hatte bisher kaum Freunde gefunden. Der Bekanntenkreis ihres Mannes beschränkte sich auf wenige Leute, die ebenfalls mit Kraftwerken oder Braunkohle zu tun hatten.

An einsamen Abenden, besonders wenn die ersten warmen Frühlingslüfte ihr Blut in Wallung brachten, packte sie eine wahnsinnige Sehnsucht nach körperlicher Liebe.

Eines Tages hatte eine Kollegin, die seit ihrer Scheidung auf der Jagd war nach einem Mann war, sie mit in Helmuts Saunaclub genommen.

Katarina, die schon als Studentin nebenbei als Bardame gearbeitet hatte, gefielen diese Abende und Nächte. Sie war endlich unter Menschen, die lachten, tranken und sich unverbindlich liebten. Es war nicht die Erfüllung, nach der sie sich sehnte, aber es war Leben.

Ich beugte mich über Katarina und küsste sie. Ihre Zungenspitze tastete meine Zähne ab, suchte meine

Zungenspitze, und das ewig gleiche Spiel der sensiblen Muskelzipfel nahm uns den Atem.

Ich spürte, wie Katarinas Zunge gierig meine Mundhöhle erforschte.

Ich schob die schwarze Gaze nach oben, streichelte diese großen, festen Brüste, drückte mein Gesicht dazwischen und alle meine Gedanken bezüglich verheirateter Frauen lösten sich in Luft auf.

Meine Gier nach der weiblichen Brust erschien mir manchmal krankhaft. Vielleicht hing es damit zusammen, dass ich bis kurz vor Schuleintritt am Schnuller gehangen hatte.

Dieses Nuckeln und Saugen an der aus Gummi nachgebildeten Brustwarze musste mich versaut haben. Es gab nichts an einer Frau, was mich so erregte wie ein nur halb verhüllter Busen, wobei es völlig egal war, ob es sich um knabenhaft kleine Brüste oder pralle Granatäpfel handelte.

Die, die ich jetzt in meinen glühenden Händen hielt, fühlten sich an wie sehr große, reife Pampelmusen.

Ich presste meine Nase tiefer in die Furche zwischen den zusammengedrückten Paradiesfrüchten und sog den Duft der erhitzten Haut tief in mich ein.

Meine Finger begannen hauchzart die sich aufrichtenden Brustwarzen zu streicheln. Ich hatte das Gefühl, als würde Katarinas Busen unter meiner Berührung größer, als würde er mir entgegenwachsen. Dann streichelte ich leicht die zarte Haut an den Außenseiten ihrer Südfrüchte und saugte an den Knospen.

Katarina begann am ganzen Körper zu zittern.

Ich schob meine Hand unter ihren Rock, aber sie schob sie weg.

„Tut mir leid, Felix, aber "Das" möchte ich hier nicht."

„Und warum machst du mich dann an, wenn du "Das"
nicht willst?"

Ich war sauer.

Vielleicht hätte ich mit Katarina meine derzeitige Krise
überwinden können. Sie gefiel mir und ich spürte, dass
sich zwischen uns bereits ein leichtes magnetisches Feld
aufgebaut hatte.

„Weil du mir gefällst und weil ich ...“

„Felix?“, hörte ich von draußen eine Stimme.

Ich schob den weißen Gazeschleier zur Seite.

Draußen stand Ricarda. „Wenn du Lust hast und ab-
kömmlich bist, kann ich dir was zeigen.“

„Augenblick.“

Ich drehte mich zu Katarina um. Sie sah mich mit einem
leicht enttäuschten Ausdruck an. „Deine Freundin?“

Ich schüttelte den Kopf.

„Seh`n wir uns wieder?“ Sie sah mich erwartungsvoll an.

„Wenn du möchtest.“

„Ich möchte es, sehr sogar.“

„Hier?“

„Mittwoch?“

„Mittwoch!“

Ich schätzte den Raum, in den mich Ricarda gelotst hatte,
so auf 35 Quadratmeter. Die Atmosphäre bestand aus 80
Prozent Tabakqualm, 15 Prozent Schweißdrüsenab-
sonderung und der klägliche Rest war vermutlich
abgestandene, lauwarme Luft.

Von der Decke hingen Lampen, die die drei Spieltische,
von denen zwei besetzt waren, in helles Licht tauchten,
während die Gesichter der Spieler im Halbschatten lagen.

Am vorderen Tisch saßen fünf Leute und Helmut um ein
Miniroulette.

Ricarda zog mich zum zweiten Tisch. Der Professor, der mit Isabella in der Grotte verschwunden war, knurrte: „Wird langsam Zeit, dass es losgeht."

„Die Karten kleben schon am Tisch", nuschelte ein Glatzkopf mit Hornbrille, der dem Dialekt nach aus Leipzig stammte.

„Immer mit der Ruhe und dann mit einem Ruck", lachte Ricarda.

„Hast du wohl gerade mit ihm" – der Professor machte eine Kopfbewegung in meine Richtung – „gemacht."

Ricarda lachte. „Der junge Mann will gern mitspielen. Ich hoffe, es macht euch nichts aus, wenn er erst eine Weile zuschaut."

Ricarda mischte die Karten und machte den Bankeinsatz.

Die Spieler legten ihre Einsätze.

Alles Zwanziger, keiner blieb unter der Bank.

Ricarda schob jedem verdeckt zwei Karten zu und nahm sich eine.

Die Spieler nahmen ihre Karten hoch.

Kein Muskel in ihren Gesichtern zuckte.

Ich kannte das Spiel, Siebzehn und vier. Hatten wir als Studenten an langweiligen Abenden gespielt – um Pfennige. Hier ging es um richtig fette Mäuse.

Der Leipziger Glatzkopf, der links von Ricarda saß, nuschelte: „Passe."

Der Professor nahm eine Karte.

Die verwitterte alte Schachtel mit der roten Mähne sagte: „Passe."

Ein Herr im Nadelstreifenanzug und Schlips knurrte: "Bank" und legte einen Hunderter in die Schale.

„Scheiße!" Er hatte die gezogene Karte umgedreht.

Ricarda kassierte.

Ich sah noch eine Weile zu und ging dann zum Roulette.

War mir unbegreiflich, wie Helmut die Einsätze im Kopf behielt. Eine Zahl, zwei nebeneinander, horizontale Dreiergruppe, Vierergruppe, übereinander liegende Dreier, auf's Dutzend, rot oder schwarz, gerade oder ungerade. Mein lieber Mann, hätte ich Helmut nicht zugetraut.

Andererseits kannte ich Skat und Schachspieler, die mit Ach und Krach die achte Klasse geschafft hatten oder von der Förderschule kamen und bei diesen Spielen kaum zu schlagen waren.

Nach einer viertel Stunde stand Helmut auf und winkte Ricarda. „Kannst du mal übernehmen?"

Ricarda erhob sich und sah mich an. „Nimmst du die Bank?"

„Kein Problem." Beim Roulette hätte ich mich geweigert. Ricarda schob mir ein Bündel Scheine zu.

Helmut ging zum dritten Tisch. Zwei vom Roulette und die rothaarige Schabracke von meinem Tisch gesellten sich zu Helmut.

Auf dem Tisch lag ein großes Stück Karton, auf dem in der obersten Reihe Ass, König, Dame und Bube aufgeklebt waren. In der Reihe darunter lagen 10, 9, 8 und 7.

Klarer Fall: „Meine Tante Deine Tante."

Ein Spiel, bei dem die grauen Zellen Urlaub hatten.

Gegen vier Uhr war Schluss. Als die Spieler weg waren, zählte Helmut das Geld, machte drei Haufen und schob mir einen zu.

200 Piepen und davon 20 in harter Währung, ich konnte es nicht fassen. Das war ein Stundenlohn von mehr als fünfzig Mark. Mein lieber Mann, und das für eine Arbeit, die eigentlich ein Vergnügen war.

„Ganz schöner Haufen Geld", sagte ich, als wir im Auto saßen.

„Durchschnittlicher Abend", lachte Ricarda. „Manchmal sind doppelt so viel Leute da, was meinst du, wie da der Rubel rollt."

„Und wieso kommen da welche aus Leipzig?"

„Einige rücken sogar aus Berlin an, Felix. Sind Leute mit zu viel Geld und zu wenig Gelegenheit, ihrem Affen Zucker zu geben. Außerdem kriegen die hier vorher oder zwischendurch herrlich anonymen Sex und so was spricht sich rum."

„Und die Damen sind gratis?"

„Etwa die Hälfte wollen unverbindlichen Sex ohne feste Bindung. Die andere Hälfte nimmt Geld, vorwiegend harte Währung."

„Und woher wissen die, was hier abgeht?"

„Mund-zu-Mund-Propaganda. Sind viele dabei, die zur Messe nach Leipzig fahren und für Westgeld, manchmal auch für Strumpfhosen, die Beine breit machen. Würdest du denen nie ansehen, die arbeiten sonst bei der Commerzbank oder bei Robotron, oder was weiß ich, und machen nebenbei Taschengeld. Vorzugsweise natürlich Westgeld."

„Also Prostitution?"

„Quatsch, Schwächung des Gegners nennt man das", grinste Ricarda. „Jede Westmark, die in der DDR bleibt, bringt das kapitalistische System der Bonner Ultras näher an den Abgrund, sagt Helmut."

„Und wie komme ich zu der Ehre, am Untergang des Kapitalismus mitwirken zu dürfen?"

„Ganz einfach", lachte Ricarda, „Helmut vertraut mir, ich vertraue dir und damit ist die Sache für Helmut in Ordnung."

Und du und Helmut, wie steht ihr zueinander?"

„Mit Stehen hat das bei Helmut so seine Eier. Hat seit einiger Zeit erhebliche Potenzprobleme und ist auf meine besonderen Fähigkeiten angewiesen."

Ricarda hielt vor der 23.

Ich war da.

„Soll ich noch mal mit hochkommen?" Ricarda legte ihre Hand auf meinen Schenkel.

„Bin verdammt mürbe", grinste ich leicht verlegen.

„Kein Problem, Felix. Wenn du der dritte Mann bei uns sein willst, gib mir bis Freitag Bescheid."

Ich schmiss mich in Klamotten auf's Bett und zählte noch einmal die Piepen, die ich in dieser Nacht verdient hatte. Ich spürte ein seltsames Gefühl von Sicherheit und Freiheit, als ich die Scheine durch meine Finger gleiten ließ.

***

Im Verlauf der nächsten Woche gab es nichts als Ärger.

Rapport bei Sperling.

Meine fünfte Klasse, die ich seit dem neuen Schuljahr als Klassenleiter führte, hatte in der sechsten Stunde in Kunsterziehung wilde Sau gespielt.

Sperling war durchs Schulhaus geschlendert, um sich am Summen seines Bienenhauses zu erfreuen. Im oberen Stockwerk war aus dem Summen ein infernalisches Spektakel geworden, und die ersten Schüler hatten eine viertel Stunde vor Unterrichtsschluss den Raum verlassen.

Sperling hatte Heinemann, ein kleines, verkümmertes

Paukerlein mit Spitznamen Heinzelmann, zur Rede gestellt.

Der arme Kerl hatte sein ganzes Elend vor Sperling ausgekotzt.

Meine Klasse war mit weitem Abstand der disziplinloseste Haufen der ganzen Schule. Die Truppe hatte in der alten, maroden Nachbarschule, die geschlossen worden war, in vier Jahren zehn Klassenlehrerinnen über sich ergehen lassen müssen und war entsprechend selbständig geworden.

Bei Heinzelmann ging es im Allgemeinen turbulent zu, aber was meine Fünfte losließ, schlug dem Fass den Boden aus.

Wenn Heinzelmann nicht machte, was die Anführer Ronald und Jörg wollten, schmiss die ganze Klasse mit allem, was sich zum Werfen eignete, nach ihm. Heinzelmann nahm dann einen Stuhl, hob ihn hoch und verwendete ihn als Schutzschild gegen die Geschosse.

Uns allen war klar, dass der arme Kerl nie hätte Lehrer werden dürfen, aber nun war er es und alle mussten damit leben.

Das wirklich Merkwürdige war, dass Heinzelmann davon überzeugt war, ein guter Lehrer zu sein.

Ich war so sauer wie selten in meinem Beruf. Irgendwie fühlst du dich persönlich angegriffen, wenn deine Klasse ständig am Pranger steht. Ich berief für Freitag einen Elternabend ein.

„Morgen zur ersten Stunde liegen alle Unterschriften auf dem Tisch!"

Die reichliche Hälfte war es, die am Mittwoch vorlag.

Ich sagte kein Wort dazu, rief aber in der ersten großen Pause im Kombinat Pentacon an und verlangte Herrn Fischbach, Ronalds Erzeuger.

33

„Ist im Moment im Lager", sagte die Sekretärin.

„Dann geben Sie mir bitte den Abteilungsleiter."

Danach rief ich bei Fleischermeister Mager an. Frau Mager, Jörgs Mutter, war der Meinung, dass die Schule wegen einer fehlenden Unterschrift die Eltern nicht bei der Versorgung der Werktätigen behindern sollte.

„Bei uns ist der Laden nämlich immer voll, weil bei uns Qualität groß geschrieben wird."

Hieß übersetzt: Diese dämliche Schule produziert doch sowieso nur Müll.

Na warte, meine liebe Wurstzipfelabschneidegehilfin.

„Kein Problem, Frau Mager, dann bin ich Freitag Nachmittag bei Ihnen im Laden, und da können wir in aller Ruhe über die Disziplinlosigkeiten Ihres Sohnes reden."

Pause.

Ich setzte noch einen drauf: „Freitag Nachmittag ist doch sicher nicht mehr allzu viel bei Ihnen los."

Lange Pause.

Am nächsten Morgen lagen alle Unterschriften auf den Tischen.

Manche Dinge sprechen sich genauso schnell herum, wie der Verkauf von Bananen im Konsum.

Ronald hatte eine leicht geschwollene und gerötete Wange. Dabei hatte ich meinem Unmut dem Abteilungsleiter gegenüber nur in Andeutungen Luft gemacht.

Donnerstag ließ ich die Katze aus dem Sack: „Am Elternabend nehmen die Schüler Ronald und Jörg teil."

Totenstille.

„Nie im Leben", murmelte Ronald.

„Wie war die Telefonnummer bei Pantacon, wo dein Vater arbeitet?", fragte ich so ganz nebenbei.

„Scheiße."

Von jetzt an würde ein rauerer Wind wehen. Ich war in letzter Zeit zu sehr mit mir selbst beschäftigt gewesen. Wenn du eine zehnte Klasse abgibst und eine fünfte übernimmst, ist das, als wenn ein Schafhirte statt seiner folgsamen Herde plötzlich einen Sack Flöhe hüten soll.
Dass Lehrer und Schüler aneinander geraten, ist die normalste Sache der Welt, nur durfte das nicht so ausarten wie bei meiner 5b.
Hier mussten Grenzen gesetzt werden, klare Grenzen.
Schließlich war es meine Aufgabe, diese außer Kontrolle geratene Rasselbande zu schützen, und zwar vor sich selbst, und sie so zu führen, dass sie sich in absehbarer Zeit zu zivilisierten Menschen entwickelten.
Knallharte Entscheidungen ohne Abstriche!
Ich war das Alphatier!
Es würde wehtun, am meisten wahrscheinlich mir.

***

Samstag rief ich Ricarda an.
„Hast du es dir überlegt, Felix?"
„Ich mach mit."
„Freut mich, ich hol dich ab."
Ich hatte Blut geleckt. Das Geld vom letzten Freitag hatte ich in zwei Schachteln verstaut, eine für Ostgeld und eine für Westgeld. Kein schlechtes Gefühl, so nebenbei Mäuse zu machen. Ich konnte mir vorstellen, dass Leute mit sehr viel Geld daran glaubten, fliegen zu können.
Was ich im Verlauf der Woche völlig vergessen hatte, war die Mittwochverabredung mit Katarina.
Als wir gegen 22.00Uhr bei Helmut einrückten, war an

der Bar und auf der Tanzfläche bereits Hochbetrieb. Das waren garantiert mehr Leute als letzten Freitag.

Ich ging zur Bar.

Katarina sah mich an, als wäre ich Luft.

„Was darf's sein, mein Herr?" Das kam sehr von oben herab.

„Einmal `Kuss mit Liebe`."

„Tut mir leid, wir führen keine Schlagsahne." Klang nicht übermäßig freundlich.

„Dann einen ohne Liebe."

Katarina griff die Flasche mit dem Kaffeelikör und goss ein.

„Entschuldige, Katarina, dass ich Mittwoch vermasselt habe, aber ich hatte jede Menge Ärger in der Schule."

„Bist du Lehrer?"

„Bin ich."

„Dann sei dir verziehen."

Sie kam hinter dem Tresen hervor, nahm meinen Kopf in beide Hände und gab mir einen dicken Kuss."

„Magst du Lehrer?", fragte ich, nachdem ich wieder zu Atem gekommen war.

„Geht so", lachte Katarina, „aber ich weiß, was die so am Halse haben."

Sie verschwand wieder hinter dem Tresen.

Ich sah mich um. Jede Menge hübsche, junge Frauen. Bei den Männern musste das Durchschnittsalter so zwischen vierzig bis Anfang sechzig liegen. Das Geld kam eben leider erst mit den Jahren.

Ricarda gesellte sich zu mir. Wir hatten noch Zeit bis gegen elf Uhr, dann mussten wir die Spieltische vorbereiten. Gespielt wurde nur Freitag und Samstag, Mittwoch war Saunatag, aber die Sauna wurde kaum noch genutzt. Die Grotten hatten Vorrang. Letztlich konnte man dort genauso schwitzen.

Wir saßen links von der Bar auf einer Eckbank. „Hast du eine Ahnung, wer der lange, dürre Kerl ist, der mit meiner Venezianerin tanzt?", flüsterte ich Ricarda zu.

„Sitzt ganz weit oben bei Robotron und gehört zum Reisekader kapitalistisches Ausland", flüsterte sie zurück.

„Und der Dicke mit der Glatze, der mit an deinem Spieltisch saß?"

„Gemüsehändler aus Leipzig mit Geld ohne Ende."

Unglaublich, wer hier alles aufkreuzte. Einer der Herren war der Wirt eines Biergartens mit Broilerbar, ein anderer war Chef eines der größten Möbelhäuser der Stadt, einer war Geschäftsführer eines Exquisitladens und so weiter und so weiter.

„Also alles Leute, die bei der Verwaltung des Mangels ihren Schnitt machen", grinste ich.

„So ist es, Felix, und deshalb habe ich keinerlei Skrupel, den Herren bei der Umverteilung des ergaunerten Mammons behilflich zu sein. Frag nicht, was der Möbelhausmaker nebenbei in die Tasche steckt."

Ricarda nahm einen Schluck Sekt.

„Ja natürlich können Sie die Anbauwand für ihr Wohnzimmer bei uns bestellen, meine Dame", Ricarda beugte sich zu mir und sprach mit bedauernd-mitfühlender Stimme, „aber leider, meine Dame, liegen die Wartezeiten so bei einem Jahr, wenn Sie Glück haben. Was mir echt leid tut für Sie."

Ricarda sah mich grinsend an. „Dann wechseln ein paar größere Scheine den Besitzer, die Werktätigen der Möbelindustrie erfüllen vorzeitig ihren Plan, und siehe da, nach wenigen Wochen wird die Schrankwand geliefert."

„Dürfte ich den Herrn um einen Tanz bitten?"

Katarina stand vor mir, sah Ricarda an und sagte: „Wenn du nichts dagegen hast, ich bring ihn unversehrt zurück."

„Unversehrt bitte," lachte Ricarda.

Ich nahm Katarina in den Arm, drückte sie fest an mich, und wir tanzten nach `Ebony And Ivory`.

Ich spürte Katarinas großen, festen Busen an meinem Oberkörper, und mein Blut schien sich durch die beiden Wärmflaschen auf achtzig Grad zu erhitzen.

„Ich war sehr traurig darüber, dass du mich am Mittwoch vergessen hast", flüsterte sie mir ins Ohr."

„Tut mir leid." Das tat es tatsächlich.

„Kannst es wieder gutmachen, Felix."

„Hab versprochen, heute beim Skat einzuspringen", sagte ich zerknirscht.

„Skat nennt man das?" Katarina grinste mich an.

Sie wusste mit Sicherheit, was da abging.

„Wie sieht`s nächste Woche aus?"

„Mittwoch wäre gut, aber nicht hier, Felix. Du könntest mir die Stadt zeigen."

„Mittwoch fünfzehn Uhr Altmarkt."

„Ganz sicher?"

„Ganz sicher", sagte ich „und wenn ich das Parteilehrjahr schwänzen müsste."

Ich zog Katarina dicht an mich heran, ließ meine linke Hand ganz langsam über ihre Brust gleiten und streichelte ihre Brustwarze, die sich deutlich unter dem dünnen Stoff ihrer Bluse abzeichnete.

Ricarda gab mir ein Zeichen.

Wir mussten hoch.

„Kleine Programmänderung", sagte Helmut, „statt `Siebzehn und Vier` richten wir die `Goldene Sechs` ein, Ricarda. Ist zwar die glatte Halsabschneiderei, aber die Zocker sind ganz wild drauf."

Kurz vor zwölf war Hochbetrieb.

Stau bei Ricarda.

Die `Goldene Sechs` war der absolute Renner.

Gegen ein Uhr schlug Helmut eine Pause vor. „Stell ebenfalls auf die `Goldene Sechs` um, Felix."

Für die Gäste gab es Whisky oder Herrengedeck.

Ich legte inzwischen sechs Bierdeckel mit den Zahlen von eins bis sechs auf den Tisch und holte den Würfelbecher aus dem Schrank.

Die Spieler drängten bereits wieder an die Tische. Die Beträge, die in dieser Nacht gesetzt, verspielt und gewonnen wurden, machten mich schwindlig.

Die Einsätze lagen zwischen zwanzig und hundert Mark. Zwischendurch gab es Runden nur für Einsätze mit Westgeld.

Einige Spieler mussten dann jeweils eine Pause einlegen.

Gegen vier Uhr war Schluss.

Helmut schob mir meinen Anteil zu.

Unfassbar: 850 Ost und 80 West.

„Wenn das so weitergeht, bestell ich mir einen Wartburg", sagte ich zu Ricarda auf der Rückfahrt.

„Liegt an dir, Felix", lachte sie.

„Das kann doch aber nicht legal sein, oder?"

„Nach dem Strafgesetzbuch der DDR von 1968 ist privates Glücksspiel nicht mehr ausdrücklich verboten", sagte Ricarda.

„Also kann ohne Ende gezockt werden?"

„So ist es."

„Wenn ich daran denke, dass ich als Lehramtsanwärter im Monat weniger als die Hälfte von dem verdient habe, was mir diese Nacht eingebracht hat – nur das Ostgeld gerechnet – wird mir schwindlig."

„Schwindel entsteht durch Störungen im System", lachte

Ricarda „und dagegen hilft meist die Regulierung des Innendrucks."

Sie hielt vor der 23. „Würde gern noch auf einen Sprung mit hoch kommen." Sie sah mich an und ich sah den Hunger in ihren Augen.

„Komm!"

Irgendwie, dachte ich, bist du ihr das schuldig.

Oben ging ich ins Bad und machte mich frisch. Dann verschwand Ricarda im Bad, und ich trank eine Flasche Bier, ohne abzusetzen, aus. Hatte den ganzen Abend fast nichts getrunken, vor allem keinen Tropfen Alkohol. War mit Helmut so vereinbart.

Ricarda kam nackt aus dem Bad auf mich zu, küsste mich und gab sich die redlichste Mühe mit mir, aber es war vergeblich.

Svenja hockte noch immer in meinen Gehirnwindungen.

„Wird heute nichts bei mir." Ich gab auf.

„Tut mir leid für dich, Felix", flüsterte Ricarda.

„Mir auch, wenn das so weitergeht, werd ich impotent."

„Ach was, das wird schon wieder."

Als Ricarda sich verabschiedete, grinste sie mich hinterhältig an und sagte: „Vielleicht solltest du es mal mit Katarina versuchen."

Da war kein Funken Eifersucht dabei.

Die Frau blieb mir ein Rätsel.

Im Allgemeinen reagierten Frauen ja wie Milch. Lass sie um Gottes willen nicht lange stehen, sonst werden sie sauer.

Ricarda war die Ausnahme.

Sie konnte warten und nahm, was ihr geboten wurde.

War mir aber im Moment egal, ich hatte Durst. Die Flasche Nordhäuser Doppelkorn im Kühlschrank war noch halb voll.

Ich holte mir ein Bier dazu und ließ mich in meinen Lesesessel fallen, brannte mir eine Zigarette an, kippte den ersten Korn und spülte mit Bier nach.

Die Welt wurde sofort hell und freundlich. Ich stand noch einmal auf, holte meine Schachteln aus dem Schrank und zählte das Geld.

Über Tausend in Ost und 100 West.

Das war der Hammer.

Und wie Helmut angedeutet hatte, war das erst der Anfang.

In Leipzig und Berlin sollte es inzwischen eine ganze Reihe privater Spielclubs geben, wo zwanzig- oder dreißigtausend Mark in einer Nacht den Besitzer wechselten.

Wenn das so weiter lief …

Ich goss mir noch einen ein, obwohl ich wusste, dass ich in letzter Zeit entschieden zu viel trank.

In der vergangenen Woche hatten meine Finger gezittert, als ich in der Kaufhalle der Kassiererin das einzelne Geld reichte.

Ich musste kürzer treten, aber das musste ja nicht heute sein. Morgen kannst du ausschlafen, und am Nachmittag würde ich mit Falk in den Intershop im Waldparkhotel fahren. Der Junge war ganz verrückt nach Match-Box-Autos.

***

Montag.

Ich hatte die zweite Stunde frei.

Im Lehrerzimmer lag das Neue Deutschland vom 2. Mai

41

1983. Der Kampftag der Werktätigen war dummerweise auf einen Sonntag gefallen. Ein Feiertag weniger in diesem Jahr.

Trotzdem, das Volk der Deutschen Demokratischen Republik hatte in unverbrüchlicher Treue zu seiner unfehlbaren Führung für Frieden und Sozialismus an den Kundgebungen im Lande teilgenommen.

Harry Tisch hatte im Namen des ZK der SED und des FDGB und des Nationalrates der Nationalen Front Grüße übermittelt und Partei und Volk …

Was ging mich das an. Meine Gedanken kreisten in letzter Zeit immer mehr um Geld. Solange die unser Minicasino in Ruhe ließen, ging mir das ganze Gefasel vom Sieg des Sozialismus am Arsch vorbei.

Falks glänzende Augen, als er sich drei Matchies aussuchen konnte, hatten mir wieder gezeigt, dass Geld, richtiges Geld, Westgeld, glücklich machen kann – wenn man welches hat.

Gott sei Dank, ich hatte welches, und es würde sich mit großer Wahrscheinlichkeit vermehren.

Also war ich glücklich!

War ich`s?

Felix, der Glückliche.

Felix, der Einspänner.

Seit der Scheidung von Svenja war ich umtriebig.

Das Gefühl, etwas zu verpassen, von dem ich nicht einmal genau wusste, was es hätte sein können, machte mich rapplig. Weder die Abende in der Kneipe, noch die Nächte in Helmuts Spielclub waren in der Lage, diese Unruhe in meinem Inneren aufzulösen.

Das Einzige, was vorübergehend half, war ein kräftiger Hieb Doppelkorn.

Ich war auf dem besten Weg zum Alki.

Es gab kaum noch einen Abend, an dem ich nicht an der Flasche hing. Nur an den Abenden, an denen gespielt wurde, war ich trocken wie unbenutztes Löschpapier, aber sobald ich wieder in meinen vier Wänden war, kam die Gier.

Vor die Wahl gestellt, mir von Ricarda den Hormonhaushalt regulieren zu lassen oder dem Griff zum Doppelkorn, hatte in letzter Zeit der Korn den Sieg davongetragen.

Morgen hörst du mit der verdammten Sauferei auf, Alter.

Im Kollegium wurde schon getuschelt, wenn ich bei trüben Wetter mit Sonnenbrille zum Unterricht marschierte.

Henny, frühes Mittelalter, das zweite Mal geschieden, Russisch und Geografie, hatte bereits mehrmals ihre spitze Zunge an mir zu wetzen versucht.

Beim dritten Mal hatte ich sie im Lehrerzimmer freundlich angesehen und lapidar gesagt, dass es doch erstaunlich sei, wie sich die schönen Zungen mancher Mädchen bei alten Weibern in Skalpelle verwandelten.

Die Ruhelosigkeit in mir machte mich allmählich unleidlich.

Katarina, die Bardame, hatte vorübergehend diese schaurige Umtriebigkeit in mir gedämpft.

Besser, du lässt die Finger davon, Felix, das bringt nur Ärger und Scherereien. Die Dame ist verheiratet.

Wir hatten Mittwoch einen wunderschönen Nachmittag und Abend miteinander verlebt.

Im Ratskeller hatten wir einen Kaffee getrunken, waren dann Richtung Postplatz gelaufen, durch den Zwinger geschlendert, hatten die Semperoper bewundert und waren über die Brühlsche Terrasse wieder Richtung Altmarkt gebummelt und im Szeged gelandet.

Das Restaurant mit dem ungarischen Flair war wie immer voll besetzt, und an der Tür hing das allgemein verhasste Schild:

SIE WERDEN PLATZIERT!

Hieß eigentlich nichts Anderes als, gib dem Kellner ein Scheinchen und du bist drin.

„Erschießen müsste man diese arroganten Kellnerärsche", hatte ich vor mich hin geknurrt, aber gleichzeitig einen Fünfer West gezückt.

Wer angibt, hat mehr vom Leben.

Und siehe da, der Herr mit dem Westgeld und der schönen jungen Frau bekam sogar einen Fensterplatz.

Wir hatten Paprika-Hähnchen und eine Flasche Tokaier bestellt, und als der Kellner die Flasche auf den Tisch stellte, brach mir plötzlich der Schweiß aus.

Helene, die erste Frau, die ich richtig geliebt hatte, die mich verlassen hatte und die ich verlassen hatte, griff nach mir wie der Geist aus der Flasche.

Tokaier war auf alle Fälle ein Fehler.

Liebe am Balaton.

Abschiedsschmerz am Balaton.

Gebrochene Liebesschwüre.

„Ist dir nicht gut, Felix?" Katarina hatte mich besorgt angesehen.

„Alles in bester Ordnung."

Viel mehr war nicht passiert, wobei mir klar war, dass Katarina mehr erwartet hatte.

Ich blätterte gedankenlos zur nächsten Seite der Zeitung.

Die Lehrerzimmertür ging auf. Vor mir stand Erich, unser Stellvertreter und inzwischen einer meiner besten Kumpel.

„Träumst du mit offenen Augen?"

„Von wegen träumen? Ich studiere das Zentralorgan."

„Und was sagt das Zentralorgan?"

„Dass Volk und Partei in unverbrüchlicher Treue auf Ewigkeit Schulter an Schulter ..."

„Ich würde gern eine rauchen." Erich sah mich auffordernd an. Die Frauen im Kollegium hatten durchgesetzt, dass im Lehrerzimmer nicht mehr geraucht werden durfte.

Wir gingen raus, über den Schulhof zu den Schrebergärten.

„Ist was faul im Staate Dänemark?" Ich sah Erich verwundert an.

„Faul ist immer was, und das nicht nur in Dänemark."

„Red schon!"

„Seit dieser neue Hausmeister bei uns herumgeistert, hab ich ein ungutes Gefühl. Ist nichts Handfestes, nur so ein Grummeln im Bauch.."

„Denkst du, dass wir Ungeziefer im Lehrerzimmer haben?"

„Es gibt da so flache, kleine Tierchen, die sich besonders gern in trockenen, warmen Räumen wohlfühlen und die du kaum je zu Gesicht bekommst. Du merkst erst, dass sie da sind, wenn dir das Fell juckt."

„Wanzen?", grinste ich.

„Ich mag die Viecher nicht", grinste Erich zurück.

„Man muss sie zerquetschen."

„So man sie findet."

„Und du denkst, der Hausmeister ..."

„Der Kerl kommt mir spanisch vor. Hängt verdammt viel mit Sperling zusammen und nimmt sich Dinge heraus, die ein Schulleiter eigentlich nicht tolerieren kann."

Erich blies eine Wolke Tabakrauch in die frische Mailuft

und sah mich an.

„Ist noch was?"

„Dein Name fiel in einem Gespräch zwischen den beiden. Die hatten nicht gemerkt, dass Sperlings Tür einen Spalt offen stand."

„Und?"

„Nichts weiter, mein Telefon hat in dem Moment geklingelt."

„Bin mir keiner Unschuld bewusst", grinste ich.

„Bist du nicht ziemlich gut mit der Kollegin Wolfram befreundet, Felix?"

„Bin ich, aber das ist rein fachlich, Monika gibt ebenfalls Mathe und wir liegen da auf einer Wellenlänge."

Erich grinste. „Die Ungerechtigkeit der Zensierung, ich weiß."

Pause.

Ich zog an meiner Club und sah in den Himmel.

Da kommt doch noch was.

„Die Familie hat die Ausreise beantragt."

Das Grinsen war aus Erichs Gesicht verschwunden.

„Die Kollegin Wolfram ist mit dem heutigen Tag fristlos aus dem Schuldienst entlassen und wird die Schule nicht mehr betreten."

„Ach du Scheiße, woll´n die mir das in die Schuhe schieben?"

„Kann ich dir nicht sagen, Felix, aber du solltest mit deinen Äußerungen und Witzen im Lehrerzimmer etwas vorsichtiger sein."

„Meinst du, dass der Sozialismus durch meine Witze ernsthaft Schaden nehmen könnte?"

„Wohl kaum", lachte Erich, „aber es sind nicht alle Genossen so fest im Glauben wie ich."

Wir traten unsere Kippen aus und gingen zurück.

Seltsam, dachte ich, Erich glaubte fest daran, dass nur der Sozialismus den Leuten ein menschenwürdiges Dasein ermöglichen würde, und von der Theorie her hatte er wahrscheinlich sogar recht.

Aber eben nur von der Theorie her.

Für mich blieb dieser Staat eine Diktatur. Wahlergebnisse bei 100 Prozent und die Ausreisewelle nahm Formen an, gegen die selbst die Stasi nahezu machtlos war. Selbst Repressalien, von Berufsverbot bis Knast, konnten die Ausreisewelle nicht eindämmen.

Woher nahmen Leute wie Monika samt Familie den Mut zu so einem radikalen Schnitt in ihrem Leben?

War nichts für mich.

Wahrscheinlich war ich zu feige, um meine eingefahrenen Geleise einer solchen Veränderung zu unterziehen.

Mir ging es doch relativ gut. Die Genossen von der Bautzner Straße hatten mich bis jetzt in Ruhe gelassen und mit einer Handvoll Westgeld geht dich diese ganze dämliche Mangelwirtschaft im Prinzip nichts an. Schließlich gab es in jedem größeren Hotel der Stadt einen Intershop, und da gab es für Westgeld alles, was es für Aluchips nicht gab

Das Klingeln zur dritten Stunde riss mich aus meinen Gedanken.

***

Ich saß wieder mal am Fenster, starrte in den wolkenverhangenen Himmel und rauchte die dritte Zigarette innerhalb einer halben Stunde. Die Qualmerei wird dich eines Tages umbringen, Alter. Du wirst jämmerlich an Lungenkrebs ersticken oder die Raucherbeine werden dir bei lebendigem Leibe abfaulen, und du wirst dir sagen müssen, hätte ich bloß ...

Wie oft hatte ich mit dieser verdammten Qualmerei schon aufgehört, hatte meine letzten Zigaretten verschenkt, aus dem Zug geschmissen, in der Kloschüssel runtergespült, mit dem Absatz zertreten und hatte dann am nächsten Tag bei den Kollegen die erste Zigarette geschnorrt, ohne die der Tag nicht beginnen konnte.

Vergebliche Liebesmüh.

Das Laster war stärker als ich.

Es gab immer einen Grund, wieder zur Zigarette zu greifen.

Wie jetzt.

Ich wartete seit einer geschlagenen Stunde auf Leo. Wir wollten zum Friedensforum in der Kreuzkirche.

Leo hatte mich dazu überredet, obwohl ich an solchen Veranstaltungen nicht übermäßig interessiert war.

Dieser Leo war im vorigen Schuljahr als Musiklehrer an unsere Schule gekommen, stammte aus Jena, und die Buschtrommel vermeldete, er sei zur Bewährung ins Tal der Ahnungslosen versetzt worden. Also politisch nicht koscher, der junge Mann.

Das würde sich hier in Dresden sicher ändern. Das vom Großkapital bezahlte und gesteuerte, verlogene, den sterbenden Imperialismus verherrlichende Westfernsehen hatte hier mit seiner ätzenden Ausstrahlung keine Chance, die Köpfe der Bürger dieser Stadt zu verwirren.

Dachten die Genossen in Jena.

Karl Eduard von Schnitzler würde außerdem mit seinen realistischen, vom Marxismus-Leninismus geprägten Kommentaren im **Schwarzen Kanal** dafür sorgen, dass gewisse Leute, die anfingen, selbständig zu denken, nicht vom rechten Weg abkamen.

Dachten die Genossen in Dresden.

Wer kein Westfernsehen empfangen kann und von Karl Eduard programmiert wird, glaubt an den Sieg des Sozialismus.

Dachten die Genossen im Allgemeinen.

Ich war auf Leo aufmerksam geworden, weil sich plötzlich mehrere Jungen meiner Klasse für den Schulchor gemeldet hatten. Innerhalb weniger Wochen hatte unsere Schule einen Chor, der sich nicht nur überall sehen lassen, sondern auch auftreten konnte.

Da stimmte was nicht. Über die Hälfte der Jungen meiner Klasse freiwillig zum Chor, da musste was faul sein.

Ich hospitierte bei dem neuen Musikus.

Danach war mir die Sache klar.

Leo sprach über Mozart, als wäre er mit ihm zur Schule gegangen, knüpfte musikalische Querverbindungen zu den Beatles und spielte Gitarre wie John Lennon.

Im Oktober hatte mir Leo eine Karte für das Udo-Lindenberg-Konzert in Berlin angeboten. Wie er zu den Karten gekommen war, blieb sein Geheimnis.

Wir hatten uns nach der Berlinreise miteinander angefreundet, und über Leo erfuhr ich nach und nach, dass sich in der DDR eine Vielzahl von Friedens-initiativen entwickelt hatten, die nicht nur gegen die Aufrüstung in den westlichen Staaten zu Felde zogen, sondern mehr und mehr auch gegen die zunehmende Militarisierung im eigenen Land.

Getragen und unterstützt wurden diese Aktionen von den verschiedensten Kirchengemeinden überall im Lande.

Nach der Verhaftung von Bärbel Bohley und Ulrike Poppe aus der Initiative „Frauen für den Frieden" hatten wir heftig über den Verbleib in diesem Land diskutiert. Ich hörte von Leo das erste Mal, dass Leute, die öffentlich den sozialistischen Staat kritisierten und nicht von der Obrigkeit geweihte Friedensiniativen organisierten, zwangsausgesiedelt wurden.

Leo deutete an, dass er sich mit dem Gedanken trug, die DDR zu verlassen.

Ich begriff, warum wir nach dem Lindenbergkonzert über die Hannoversche Straße in Berlin-Mitte gepilgert waren. Im „Weißen Haus" saß die ständige Vertretung der Bundesrepublik der BRD, Anlaufpunkt und Unterschlupf für Leute, die ihre Ausreise erzwingen wollten.

Ich fing an, ein politisch denkender Mensch zu werden. Ohne Leo wäre ich nie auf den Gedanken gekommen, das Friedensforum in der Kreuzkirche zu besuchen. Ich hatte ja nicht einmal gewusst, dass es so etwas gab.

Die Klingel riss mich aus meinen Gedanken. Ich machte das Fenster auf und sah raus. Leo stand unten und winkte. Ich zog meine Jacke an, spurtete runter und wir marschierten los.

„Hast du eigentlich eine Uhr?" Ich sah Leo ziemlich verkniffen an.

Leo grinste. „Musste erst zwei Leute abhängen, die sich in der Nähe meiner Wohnung herumdrückten."

„Wirst du beobachtet?" Mir war nicht ganz Wohl bei dem Gedanken, dass die mich ebenfalls auf ihrer Liste haben könnten.

„Nur bei besonderen Anlässen. Irgendwie müssen diese Arschlöcher mitbekommen haben, dass ich einen Choral anstimmen werde."

„Du willst in der Kirche singen?" Ich war stehengeblieben.

„Traust du mir das nicht zu?", grinste Leo.

„In der Kirche?"

„Wenn ich in der Kneipe singe, warum sollte ich das dann nicht in der Kirche machen?"

„Und was willst du singen?"

„Nur eine Textzeile, so dass alle mitsingen können."

„Sing!", feixte ich. Wir waren inzwischen am Altmarkt angelangt.

Leo stellte sich in Positur und sang: „Frieden schaffen ohne Waffe, ohne Waffen Frieden schaffen."

Es klang wie „Eine feste Burg ist unser Gott."

Leos opernverdächtige Stimme füllte den ganzen Platz. Die Passanten, vor allem junge Leute, sahen sich nach uns um, lachten und stimmten in den Gesang ein.

Die meisten hatten ein rundes Abzeichen am Jackenärmel: „Spieße zu Sicheln" konnte ich entziffern.

Nicht dumm, dachte ich, nachdem der Aufkleber „Schwerter zu Pflugscharen" rigoros durch die Polizei von Jacken und Schultaschen entfernt wurde.

Vor dem Eingang der Kreuzkirche stauten sich die Besucher.

Wir drängelten uns nach vorn.

Plötzlich blieb ich wie angewurzelt stehen.

Wenige Meter rechts von mir sah ich eine Visage, die ich kannte. Hochstädter, der Herr von der Bautzner Straße, mit dem ich schon Bekanntschaft gemacht hatte. Hätte ich mir denken können, dass die Stasi hier fleißig mitmischte.

Das Gedränge um uns herum nahm zu. Von hinten schoben sich zwei junge Männer zwischen Leo und mich, und ehe ich richtig mitbekam, was passierte, sah ich, wie die zwei Lederjacken Leo nach rechts abdrängten.

Ich versuchte, Leo zu folgen, aber Hochstädter versperrte mir den Weg, sah mich mit seinen hässlichen, stechenden

Augen an und knurrte: „Verpiss dich, Hohndorf oder …"
Plötzlich packte mich eine irrsinnige Wut auf diesen Mistkerl, die so heftig war, dass sie meinen Verstand abschaltete.

„Elender Stinker" zischte ich ihm in seine widerliche Visage und wollte ausholen.

Im selben Moment wurde mein Handgelenk nach hinten gerissen und mein Arm auf dem Rücken nach oben gedreht. Der Schmerz nahm mir den Atem und ich schnappte nach Luft.

Hochstädter sah mich hässlich grinsend an und zischte: „Hau ab, Arschpauker oder du übernachtest bei uns."

Im selben Moment wurde mein Arm losgelassen und Hochstädter beugte sich zu mir. „Du tätest gut daran, mit uns zu kooperieren. Überleg`s dir, aber warte nicht zu lange."

Der ganze Auftritt hatte keine Minute gedauert und war so geräuschlos abgelaufen, dass niemand in der Menge etwas davon bemerkt hatte.

Von wegen, die haben dich aus den Augen verloren, Felix Hohndorf.

Du bist ein Kindskopf.

Gerade jetzt, wo die Ausreisewelle immer höhere Wogen schlägt, sind die auf jeden IM angewiesen, und es wäre ein gefundenes Fressen für die, wenn sie dich kriegen könnten.

Ein Maulwurf im Kampf gegen diese renitenten Friedensgruppen, die wie Pilze aus der Erde schossen. Das wäre doch was.

Dieser Hohndorf verkehrt mit Leuten wie diesem Leo Thalheim, und der Kerl hat mit Sicherheit noch Kontakte nach Jena und Berlin zu diesen Gruppen, die mit allen Mitteln den sozialistischen Friedensstaat in Misskredit bringen wollen.

Ich wusste aus manchen Andeutungen Leos, dass er seine Verbindungen nach Jena keinesfalls abgebrochen hatte. Einer seiner Freunde war im vergangenen Jahr gegen seinen Willen in die Bundesrepublik abgeschoben worden.. Man hatte ihn im Abteil eines Interzonenzuges eingeschlossen und über die Grenze in die BRD verfrachtet.

„Denkt der Herr vor der Kirche etwa an den Teufel?"

Ich blieb abrupt stehen.

Katarina. Sie strahlte mich an.

„Bin ihm gerade begegnet", grinste ich und spürte, wie sich meine verkniffenen Gesichtszüge entspannten

Katarina drückte mich an ihr Herz und gab mir einen Kuss auf die Wange.

„Du siehst aus, als könntest du einen Schnaps vertragen", lachte sie.

Ich war zwei-oder dreimal mit ihr ausgegangen, aber wenn es ernst zu werden drohte, hatte ich gekniffen.

„Ich wüsste nicht, was dagegen spräche?"

„Ratskeller?"

„Ist immer eine gute Wahl", stimmte ich zu.

Ich verspürte plötzlich Hunger.

Katarina nahm wie selbstverständlich meinen Arm, wir bogen nach links ab und gingen die wenigen Schritte die Kreuzstraße runter Richtung Ratskeller.

Vor dem glatzköpfigen Bacchus auf seinem Esel blieb ich stehen und fuhr mit der Hand über den glänzenden großen Zeh am linken Fuß.

„Soll wohl Glück bringen?", lachte Katarina.

„So ist es", gab ich zurück.

„Auch in der Liebe?"

„Möglich", sagte ich.

Aber du bist verheiratet, Mädchen, dachte ich, und deshalb sollte ich mich besser von dir fernhalten.

Wir fanden einen Tisch ziemlich weit hinten im Restaurant. Ich bestellte Kohlrouladen und ein Bier.

Katarina nahm nur einen Kaffee.

„Warst du zufällig da oder wolltest du in die Kirche?", fragte ich, als der erste Hunger gestillt war.

„Zufall", grinste mich Katarina an und ich wusste nicht, was ich davon halten sollte.

„Eine Kollegin wollte sich mit mir treffen, aber sie ist nicht gekommen."

Ich nahm noch einen doppelten Wodka, zahlte und wir machten uns auf den Weg.

Auf den Weg zu mir.

Es war nicht abgesprochen, aber es ergab sich.

Bereits im Korridor fiel mir Katarina um den Hals und küsste mich. Ich spürte, wie sie am ganzen Körper zitterte.

„Ist dir kalt?" Ich drückte sie fest an mich und schob sie ins Wohnzimmer.

Sie schüttelte unmerklich den Kopf und klammert sich an mir fest.

„Ich liebe dich, Felix", hauchte sie mir ins Ohr.

Um das zu erwidern, hätte ich lügen müssen.

Ich begehrte ihren Körper. Diese großen, festen Brüste unter dem Pullover nahmen mir den Atem, und der runde, feste Hintern erinnerte mich an die wunderschönen, strammen Sommerhummeln im August.

Wir küssten uns, und ich spürte, wie der kleine Felix größer wurde und in seinem Gefängnis zu rebellieren begann..

Im entscheidenden Moment hatte er mich allerdings in letzter Zeit regelmäßig im Stich gelassen. Vielleicht war ich impotent geworden, weil ich zu viel gesoffen hatte.

Katarinas Körper bedrängte mich jetzt intensiver. Sie hatte die Arme um meinen Nacken gelegt und drückte ihren Unterleib verlangend gegen meine Hüften.

„Ich weiß nicht, ob es geht", flüsterte ich.

„Wird schon", flüsterte sie zurück

„Bin mir nicht sicher." Es wäre mir sehr unangenehm gewesen, wenn ich wieder versagt hätte.

„Du musst dich zu nichts zwingen, Felix, lass es einfach geschehen."

Ich schob meine Hand unter ihren Pullover, streichelte ihre Brust und versuchte den straff sitzenden BH nach oben zu schieben.

Katarina nahm kurz ihre Hände von meinem Nacken, griff hinter sich und löste den Verschluss. Ich schob das Hemmnis nach oben und fuhr mit beiden Händen über ihre nackten Brüste, glitt mit den Fingerspitzen über die Blüten dieser herrlichen Früchte, und in meinem Unterleib begann es zu summen.

Bienenschwarm, wenn die Frühlingssonne und die ersten Kirschblüten lockten.

Lass es einfach geschehen, dachte ich und schob Katarina leicht von mir. „Ich geh zuerst ins Bad."

Ich machte mich frisch und überließ dann Katarina die Zelle.

Frauen brauchen länger als Männer beim „Frischmachen", wahrscheinlich weil sie mehr Fantasie haben. In der Zwischenzeit machte ich das Bett. Ich hatte mir eine Ausziehcouch zugelegt, die sich mit wenigen Handgriffen in ein sehr breites Bett verwandeln ließ.

Katarina kam nur in einem winzigen Slip aus dem Bad, legte sich zu mir und wir küssten uns.

Tosca. Der Duft war unverwechselbar und gehörte neben

Zimtdüften zu meinen Lieblingsgerüchen.

Ich schob meinen Kopf zwischen ihre Brüste. Der Duft wurde intensiver. Seltsam, Frauen betupften meist Stellen hinter den Ohren und das Dekolletè.

Katarina zog meinen Kopf nach oben und begann mich wieder zu küssen. Sie knabberte an meinen Lippen, schob ihre Zunge spielerisch in meinen Mund und ließ ihre Hand ganz leicht auf meinem Unterbauch kreisen, ohne meinen aus dem Schlaf erwachenden Versager zu berühren.

Ich fuhr mit der Hand über ihre Brüste, ließ meine Fingerkuppen über ihre harten Brustwarzen gleiten, nahm beide Hände, legte sie um ihre rechte Brust, drückte sie nach oben und nahm die Knospe in dem Mund.

„Langsam, Felix, langsam", flüsterte sie und entzog sich mir.

Sie erhob sich, kniete sich hinter mich, hob meinen Kopf an und bettete ihn auf ihre Schenkel. Über mir sah ich jetzt ihre großen, vom Körper abstehenden Zwillinge. Katarina beugte sich leicht nach vorn und fuhr mir damit über das Gesicht. Ich griff nach oben, drückte ihre Spitzen auf meine Augen und nahm sie dann in den Mund.

Alles Blut schien bei mir jetzt in den Unterleib zu schießen. Es zog und kribbelte dort unten wie in einer Streichholzschachtel, in der ein Maikäfer gefangen war.

„Fass ihn an", stöhnte ich.

„Langsam Felix, wir haben Zeit."

Ihre schweren Brüste bewegten sich ganz leicht über mein Gesicht, streichelten meine Wangen, die Nase, die Augen und meinen Brustkorb. Ich hielt es nicht mehr aus und zog Katarinas Hand nach unten. Sie schüttelte den Kopf, griff meine Handgelenke und drückte meine Arme seitlich an meinen Körper.

„Du bleibst so liegen und bewegst dich nicht bis ich es dir erlaube, versprich es."

„Verdammt schwierig bei deinen doppelten Lottchen", grinste ich sie von unten an.

„Versprich es!"

„Ich verspreche es."

Katarina ließ ihre Lottchen wieder über mein Gesicht pendeln und fuhr mit den Fingerspitzen leicht kreisend über meinen Oberkörper. Ihre Hände bewegten sich zentimeterweise nach unten. Zwischen Nabel und Haaransatz ließ sie ihre Hände auf meiner Haut tanzen, fuhr dann ganz langsam über die Innenseiten meiner Oberschenkel und begann mein Glockenspiel zu läuten, während ihre Zwillinge weiter über meinen Oberkörper glitten.

„Fass ihn an", stöhnte ich, denn das Hämmern in Willi, der jetzt kein Versager mehr sein wollte, wurde unerträglich.

Katarina drehte sich um, kniete jetzt zwischen meinen Schenkeln, beugte sich nach vorn, klemmte Willi zwischen ihre heißen, schweißfeuchten Granatäpfel und begann ihn damit zu massieren.

Meine Beine begannen zu zucken und ich wusste, dass es nur noch Sekunden dauern konnte.

„Jetzt", flüsterte Katarina.

Ich packte mit beiden Händen die Zwillinge, krallte mich daran fest und schob Willi dazwischen hoch und runter bis er alles von sich gab, was er seit Monaten gespeichert hatte.

Ich lag danach lange wie ein geprellter Frosch auf der Liege, während Katarinas sanfte Hände mich überall streichelten.

„Danke Katarina."

Sie hatte den Bann der Impotenz gebrochen, der seit der Scheidung auf mir gelastet hatte.

„War`s schön?"

„Sehr", sagte ich und spürte bereits wieder, wie eine leichte Erregung in mir aufstieg.

***

Katarina hatte mich in jener Nacht erst in den frühen Morgenstunden verlassen. Ich hatte das Gefühl, dass sie nach Liebe und Zuneigung gierte wie eine Wüstenblume nach den ersten Regentropfen.

Wie ein Ehemann eine so junge Frau vertrocknen lassen konnte, war mir schleierhaft.

„Was oben ist, bleibt oben, und was unten ist, bleibt unten" hatte er zu ihr gesagt, als sie ihn einmal mit dem Mund verwöhnen wollte.

Der Mann schien für Sex einfach keine Antenne zu besitzen. Ein-zweimal im Vierteljahr, da musste eine junge, gesunde ja Frau verhungern – oder auf Abwege geraten.

Der Abweg war ich, und ich war mir sicher, dass das nicht gutgehen konnte. Eine solche Liaison ging in den wenigsten Fällen gut. Katarina verlor jegliche Hemmungen beim Sex. Ihr Hunger nach körperlicher Befriedigung war grenzenlos.

Meine freien Abende konnte ich jetzt zählen. Zu Katarina kamen die Abende in Helmuts Spielclub und diverse Kneipenabende mit Leo. Mit ihm verband mich eine in letzter Zeit immer enger werdende Freundschaft.

Er hatte vor dem Treffen von Franz Josef Strauß mit Honecker im Jagdschloss Hubertusstock am Werbellinsee zwei Nächte bei mir verbracht. Das Gerücht, eine Gruppe Jugendlicher aus Dresden, die enge Verbindung zur Friedensgemeinschaft Jena unterhielt, würde nach Berlin fahren und versuchen, Kontakt zu Strauß aufzunehmen, hatte die Sicherheitsnadeln von der Bautzner Straße heftig mobilisiert.

Leo kannte die Verfahrensweise der Staatssicherheit bei solchen Anlässen. Festnahme und ein oder zwei kostenlose Übernachtungen unter staatlicher Aufsicht, bis der Besuch wieder weg war.

„Kannst du mich für zwei Tage bei dir aufnehmen?" Mir war nicht ganz Wohl bei der Sache, aber ich dachte an meine Rebellion zur Zeit des Prager Frühlings, und dass ohne das Aufbegehren der Jugend der Betonsozialismus in diesem Land immer mehr Menschen zu Apparatschiks machen würde.

Jedenfalls raste die Zeit mit mir im Schlepptau in einer atemberaubenden Geschwindigkeit von einer Gegenwart, die kurz darauf schon wieder Vergangenheit war, in eine ungewisse Zukunft.

Zeit hat, im Gegensatz zu den anderen Größen der Physik, eine unumkehrbare Richtung, erinnerte ich mich an eine Vorlesung in Philosophie.

In der Thermodynamik kann diese Richtung als Zunahme der Entropie, oder anders ausgedrückt, als Unordnung in einem abgeschlossenem System betrachtet werden.

Seltsam, wie sich Politik und Thermodynamik einander annäherten.

Das Formelzeichen für Unordnung war: **Ich.**

Das Formelzeichen für das abgeschlossenen System lautete: **DDR.**

Eines abends traf mich dann der berühmte Blitz aus heiterem Himmel. Gegen 20.00 Uhr klingelte es bei mir. Ich öffnete und vor der Tür stand Svenja.

Sie sah ziemlich mitgenommen aus.

„Darf ich?"

Ich trat einen Schritt zur Seite und wies mit einer Handbewegung Richtung Wohnzimmer. Svenja ließ sich in einen Sessel fallen.

„Kaffee oder Wasser?"

„Wenn du einen Kognak hättest?"

Hatte ich. Mein Vorrat an Alkoholitäten war in letzter Zeit wieder stark angewachsen. Katarina trank nach heftigem Sex gern einige Gläser Becherovka und Leo stand auf Weinbrand und Bier.

Ich goss zwei Schwenker halb voll und hob mein Glas.

Svenja kippte den Kognak aus dem Intershop runter, sah mich an und zeigte auf ihr Glas.

Ich goss nach.

Das war neu. Svenja und Schnaps. Da musste so einiges passiert sein.

„Auf die Kinder", sagte ich und hob mein Glas.

„Die können jeden guten Wunsch gebrauchen, vor allem Viola."

Im selben Moment schossen ihr die Tränen in die Augen. Ich stand auf, beugte mich zu ihr herab und zog ihren Kopf behutsam an meine Schulter.

Ihr Schluchzen brach wie das große Wasser über uns herein. Es dauerte lange, bis sich Svenja einigermaßen wieder erholt hatte. Nachdem sie sich im Bad frisch gemacht hatte, erfuhr ich, was passiert war.

Viola hatte sich geweigert, in die FDJ einzutreten. Riesentheater an der Schule, an Svenjas Schule. Das Mädel hatte im Rahmen der vormilitärischen Ausbildung am Luftgewehrschießen teilgenommen und aus Unachtsamkeit einen Klassenkameraden angeschossen.

Der Junge hatte das linke Auge eingebüßt.

Viola hatte wochenlang mit keinem Menschen mehr gesprochen, hatte sich von allen zurückgezogen.

Am 1.Mai hatte sich Svenja die Aufmärsche der Kampfgruppen und der Nationalen Volksarmee im Fernsehen angesehen. Viola hatte mitten im Programm ein Kissen nach dem Fernseher geworfen und mit vor Erregung zitternder Stimme gesagt: „Für Frieden und Sozialismus mit Gewehren, Panzern und Kanonen. Wer ein Gewehr anfasst, will andere Menschen verletzen oder töten. Wer ein Gewehr anfasst wird zum Mörder. Damit der einzelne Mörder nicht erkannt wird, tragen alle die gleiche Uniform oder ein blaues Hemd. Ich werde niemals ein FDJ-Hemd tragen oder eine Uniform anziehen."

Dann war sie in ihrem Zimmer verschwunden.

Svenja war nicht mehr an ihre Tochter herangekommen.

Großvater Kotzke hatte von Verteidigung des Vaterlandes geschwafelt. Viola hatte ihn stehen lassen und jeden Kontakt zu ihren Großeltern abgebrochen.

Svenja trank den Rest aus ihrem Schwenker und sah mich an.

„Sprich du mit ihr, sie hält immer noch große Stücke auf dich."

„Was soll ich dem Mädel sagen? Der Friede muss bewaffnet sein? Der Sozialismus muss sich gegen die kriegslüsternen Bonner Ultras verteidigen. Die Toten an der Mauer sind selbst schuld?"

„Mach ihr klar, Felix, dass sie mit ihrer Weigerung, Mitglied der FDJ zu werden, ihre gesamte Zukunft aufs Spiel setzt. Sie will immer noch Tierärztin werden. Ihre schulischen Leistungen sind nach wie vor ausgezeichnet.

Sie kann problemlos Abitur machen und später studieren und ..."

„Das hast du ihr doch sicher schon mehrfach vor Augen gehalten."

„Sie spricht nur noch das Nötigste mit mir, ich komm nicht mehr an sie heran. Sie gibt mir die Schuld. Ich war die Schulleiterin. Ich habe diese vormilitärische Ausbildung gutgeheißen ..."

„Du *warst* die Schulleiterin?"

„Ich habe meinen Direktorenposten zur Verfügung gestellt und einen Versetzungsantrag an eine andere Schule eingereicht, als Lehrerin."

„Tut mir leid für dich, Svenja."

„Muss es nicht, Felix. Ich will Viola nicht verlieren. Sie geht mit dem Jungen, der durch ihre Schuld ein Auge verloren hat, und beide haben sich irgendeiner christlichen Jugendgruppe angeschlossen."

„Was ja nicht unbedingt schlecht sein muss", sagte ich.

„Für ihre berufliche Entwicklung wird es sich auf alle Fälle negativ auswirken. Man wird sie niemals zum Studium zulassen."

„Man kann auch, ohne zu studieren, leben."

„Wenn du so mit ihr reden willst, dann lass es lieber", fuhr mich Svenja an.

„Wie geht es Falk?" Ich wollte keinen Streit und griff nach der Flasche. Svenja hielt die Hand über ihr Glas.

„Du vernachlässigst den Jungen, Felix, er fragt nach dir. Er freut sich riesig darauf, Thälmannpionier zu werden. Will dir unbedingt das Foto zeigen, auf dem er vor der Fahne der Pionierfreundschaft steht. Seine größte Auszeichnung bis jetzt."

Du hättest dich nie scheiden lassen dürfen, dachte ich und sagte: „Schön für Falk."

Svenja sah mich lange an. „Versau mir den Jungen nicht, Felix. Er wird in diesem Lande leben und sich den Gegebenheiten anpassen. Es reicht, dass Viola einen Weg geht, der als Sackgasse enden wird."

Sie erhob sich und ich sah, wie ihre Augen wieder feucht wurden.

Ich nahm sie in den Arm und drückte sie an mich. Ein Gefühl alter Vertrautheit überkam mich. Ich hob ihren Kopf an und küsste sie auf den Mund. Es war, als brächen alle Teiche dieser Welt. Ihr ganzer Körper zuckte und ihre Tränen durchweichten mein Hemd. Ich hielt sie fest und drückte ihren Kopf an meine Brust.

Plötzlich änderte sich alles. Svenja begann mich wild zu küssen, ihre heiße Zunge bohrte sich in meinen Mund und ihr Unterkörper presste sich hart gegen meinen.

Ich schob sie sanft von mir. „So sollten wir das nicht machen, Svenja", flüsterte ich an ihrem Ohr. „Du bist verzweifelt und würdest es vielleicht hinterher bereuen."

Ich goss uns noch einen kleinen Kognak ein und reichte ihr das Glas.

An der Tür drehte sie sich noch einmal um, griff meinen Kopf, zog ihn zu sich herunter, küsste mich und murmelte: „Danke, Felix:"

***

Fahnenappell.

Sperling eröffnet das neue Schuljahr mit der alljährlich gleichen Rede zum Weltfriedenstag, belobigte drei FDJler, die bereit waren, als Offiziere der Nationalen Volksarmee das Vaterland gegen die imperialistischen

Kriegstreiber im Westen zu verteidigen und gab den zum Schuljahresbeginn üblichen Sermon vom Friedensstaat DDR und der unverbrüchlichen Freundschaft mit der großen Sowjetunion und den anderen sozialistischen Bruderländern von sich.

„Wenn der so weiter frisst und nur ideologisch scheißt, platzt der demnächst," flüstert mir Leo zu.

Mein Gott war Sperling fett geworden.

Fiel mir heute erst so richtig auf. Wenn der lachen oder husten müsste, würden wahrscheinlich die Knöpfe seines feinen Seidenstickerhemdes aus dem Westen wie Geschosse über den Schulhof fliegen.

Nur wer im Wohlstand lebt, lebt angenehm, fiel mir Brecht ein.

Sperling fuhr den neuesten Wartburg, trug dezente Westklamotten und predigte den Wohlstand für alle im Sozialismus.

Alle waren die mit Westgeld, dem Genex-Katalog unterm Kopfkissen und der Verwandtschaft in Köln oder Hamburg oder diejenigen, die was zu bieten hatten, wenn sie was brauchten.

Der Rest, und das war die große Masse, wartete weiter zwölf Jahre auf den bestelltenTrabi, durfte fünf Flaschen Radeberger in der Kaufhalle dem Kasten entnehmen und konnte seine Hellerauer Anbauwand zwar bestellen, aber wann die geliefert werden konnte, stand in den Sternen, beziehungsweise hing von der Quote ab, die nach dem Westen geliefert wurde.

„Der sollte lieber mal erzählen, wieviel Knete er beim letzten Rennen in Dobritz ergaunert hat", flüsterte mir Leo zu.

Von Leo wusste ich, dass Sperling neuerdings häufig auf dem Pferderennplatz zu sehen war, und zwar mit Berger, einer der zwielichtigsten Gestalten des Dresdner Nachtlebens.

Berger, Geschäftsführer einer angesagten Nachttanzbar war mit der unglaublich attraktiven Tochter Sperlings liiert, die für besondere Kundenwünsche im Valutabereich zuständig sein sollte.

Ich wusste nur, dass Sperling in der Vergangenheit viel Ärger mit dieser Tochter hatte, die sich ab vierzehn von fast jedem Kerl hatte vögeln lassen, der Besitzer eines Motorrades oder Autos war.

Interessierte mich im Moment aber ziemlich wenig, da mir kotzübel war und das Gesülze der neuen Pionierleiterin, die nach Sperling das Wort ergriff, machte es nicht besser.

Diese verdammte Sauferei gestern Abend mit Leo.

So langsam grenzte das an Alkoholmissbrauch.

Wir hatten über Gott und die Welt, oder besser gesagt, nur über die Welt und den real existierenden Sozialismus diskutiert, denn da war Gott außen vor.

Das Ergebnis war niederschmetternd gewesen.

Die Theorie von einer kommunistischen Gesellschaft war durchaus akzeptabel und wäre sicher auch in der Praxis umsetzbar gewesen, wenn es den Menschen nicht gegeben hätte, hatte Leo argumentiert.

Da war die Flasche Goldbrand noch halb voll gewesen.

„Der Mensch ist von Natur aus habgierig und machtbesessen und verliert jegliche Motivation ohne privaten Besitz", hatte ich ergänzt.

Mit jedem Schnaps wurde unser Gespräch sarkastischer.

„Ein Lebewesen bar jeder Vernunft," hatte Leo grinsend zugestimmt. „Wie sonst kannst du dir diese Ausreisewelle erklären?"

„Beim Homo DDRgensis," hatte ich von mir gegeben,

„kann es sich auf keinen Fall um eine vernunftbegabte Spezies handeln, denn es ist nicht zu begreifen, dass dieses Individuum lieber mit dem faulenden Imperialismus untergehen will, statt ein Leben im marxistischen-leninistischen Paradies der Deutschen Demokratischen Republik zu genießen."

„Wo das Volk regiert."

„Wo alles zum Wohle des Volkes geschieht."

„Wo jeder mit arbeitet, mit plant und mit regiert."

Dann war die Flasche leer gewesen.

Mir war sauschlecht.

Hoffentlich ist dieser dämliche Appell bald zu Ende.

Mir brach der Schweiß aus, mein Hemd war am Rücken klatschnass. Wenn du so weiter säufst, Felix Hohndorf, wirst du bald wissen, ob die Engel im Himmel Jungfrauen sind.

Plötzlich Geschrei vor mir.

Konnte ja nicht anders sein.

Meine Klasse.

Vor der Front lag Jürgen im Dreck, sprang auf und stürzte sich, vor Wut brüllend, auf Ronald. Ich war mit wenigen Schritten zwischen den Jungen und riss sie auseinander.

„Der hat mir ein Bein gestellt und mich geschubst", schrie Jürgen.

„Der spinnt", brüllte Ronald dagegen.

„Schnauze!", fuhr ich dazwischen. Meine in Bewegung geratene Klasse erstarrte. So etwas hatte sie noch nie von mir gehört.

Ich schnappte die Streithähne, schob sie Richtung Turnhalle und stellte sie weit voneinander entfernt auf.

„Wer sich rührt, fliegt aus der Schule", zischte ich und wusste, dass das Blödsinn war. Bevor einer aus der Schule flog, mussten die Vergehen bereits im kriminellen

Bereich liegen.

Aber ich war wütend, sauwütend. Diese verdammte Schleudertruppe war einfach nicht in den Griff zu kriegen.

Ich ging zurück zu meiner Klasse. Der Appell war vorbei. Die ersten zwei Stunden erledigte ich den ganzen organisatorischen Müll.

Irgendwie schaffte ich´s bis Mittag. Zu Hause schmiss ich mich aufs Bett und schlief bis in den späten Nachmittag hinein.

Die Klingel weckte mich.

Katarina.

Hatte ich ganz vergessen.

Keinen Schluck heute, Felix!

Ich spürte allerdings schon wieder, wie meine vom Alk versifften Zellen ihr Deputat forderten. Sie schrien und bettelten nach dieser chemischen Substanz, die letzten Endes aus nichts anderem als Kohlenstoff, Wasserstoff und Sauerstoff bestand.

„Hallo, Katarina."

„Hallo, Felix, siehst nicht besonders gesund aus heute." Sie grinste mich schräg an.

Katarina wusste genau, woran das lag. Sie kannte mich schon ziemlich gut, zu gut.

Sie ging in die Küche, kochte Kaffee, deckte den Tisch, holte aus ihrer Tasche ein Kuchenpaket und eine Flasche Becherovka.

„Ich komm mir vor wie verheiratet", lachte ich, aber es war kein fröhliches, leichtes Lachen.

„Wär das so schlimm?" Sie sah mich merkwürdig an.

Ich sagte nichts, griff zur Kaffeetasse und trank sie in einem Zug leer.

Katarina legte mir eine Stück Bienenstich auf den Teller.

Wenn du jetzt Kuchen isst, Felix, musst du kotzen. Ich goss mir eine zweite Tasse Kaffee ein.

„Wie geht's deinem Freund Leo?"

Klang sonderbar, wie Katarina Leo aussprach.

Ich wusste, dass es ihr nicht gefallen hatte, dass ich sie gestern versetzt hatte.

„Gut", knurrte ich, „nehme ich jedenfalls an."

Katarina erhob sich, stellte sich hinter meinen Sessel, nahm meinen Kopf in ihre Hände und drückte ihn an ihren festen Busen. Ich spürte, dass sie keinen BH trug und die Wärme, die von ihr ausging, tat mir gut.

„Bessert das deine Laune?" Sie beugte sich so weit über mich, dass sie mich küssen konnte. Ich rubbelte meinen Hinterkopf zwischen ihren Brüsten, und es tat sich was in meiner Hose.

Sie ließ von mir ab. „Ich geh ins Bad."

Ich dachte an den letzten Sonntag, und ein flaues Gefühl machte sich in meiner Magengrube breit.

Katarina hatte Erdbeersahnetorte mitgebracht. Wir hatten Kaffee getrunken, waren im Zoo gewesen, hatten zusammen zu Abend gegessen, und danach hatte sie in der Küche gewirtschaftet, als wäre das die normalste Sache der Welt.

Und genau das war es, was mir zu schaffen machte. Das Ganze wurde mir zu eng. Hier war Ärger vorprogrammiert, schließlich war sie verheiratet.

Dazu kam noch, dass ich Katarina nicht liebte. Der Sex mit ihr war super und ich hatte am Anfang unserer Beziehung nicht genug davon kriegen können, aber so wie die Zeit vergeht, vergeht auch das Verlangen, wenn die Liebe fehlt.

„Ich mach schnell noch die Küche." Ich war so in Gedanken versunken, dass ich nicht gemerkt hatte, dass sie aus dem Bad gekommen war.

„Trink ein Bier, dann geht`s dir besser, Felix, dauert nicht lange.“

Früher, vor Tausenden von Jahren, hatte ich es genossen, wenn ich das Klappern aus der Küche hörte, wenn Svenja den Abwasch machte und ich im Wohnzimmer saß und ein Bier trank.

Svenja hasste es, wenn ich ihr in der Küche helfen wollte, es war ihr Rückzugsgebiet und jegliche Fremdeinwirkung zerstörte ihr Ordnungssystem.

Svenja. Mich plagte allmählich das schlechte Gewissen. Zu dem Gespräch mit Viola war es immer noch nicht gekommen. Lag an mir. Ich hatte keine Ahnung, wie ich ihr den Beitritt in die Freie Deutsche Jugend schmackhaft machen sollte.

Allein das Wort **Frei** hieß doch nichts anderes als – tritt ein und studiere, wenn nicht – dann nicht.

Was für eine Freiheit?

Freiheit ohne Toleranz?

Freiheit der Diktatur?

Ordne dich in die Masse der zur Freiheit Verurteilten ein und du bist frei.

`Die Freiheit des Menschen liegt nicht darin, dass er tun kann, was er will, sondern, dass er nicht tun muss, was er nicht will`.

Sollte ich Viola diesen Spruch des weisen Rousseau mit auf den Weg geben? Svenja hätte Hackepeter aus mir gemacht.

Die Freie Deutsche Jugend in fester Verbundenheit mit dem Komsomol der ruhmreichen Sowjetunion ist der Garant für den Weltfrieden.

Marsch, Marsch, Marsch!

Die FDJ marschiert.

Die GST marschiert.

Die Kampfgruppe marschiert.

Die NVA marschiert.

Panzer und Kanonen rollen in Berlin und Moskau zu den großen Paraden.

Es lebe der Frieden.

Der Sozialismus siegt.

Nur im Sozialismus kann sich der Mensch frei entfalten.

Die Sozialistische Einheitspartei Deutschlands wird mit allen ihr zur Verfügung stehenden Errungenschaften von Wissenschaft und Technik das Lebensniveau und die Kultur des Volkes weiter anheben und sein geistiges Leben reicher machen.

Dann reißt doch endlich diese Scheißmauer ein, damit die Brüder und Schwestern im Westen ebenfalls im Wohlstand leben können. Schließlich ist der Sozialismus für alle da und nicht nur für die Auserwählten der Deutschen Demokratischen Rep …

Katarina berührte mich an der Schulter. „Du träumst in letzter Zeit ziemlich viel, Felix."

„Von dir, Katarina", log ich.

Sie beugte sich zu mir herab und küsste mich.

Meine demagogischen Gedanken schwanden mit der gleichen Geschwindigkeit, mit der ich meine Hand an Katarinas Oberschenkel nach oben gleiten ließ.

Ihre schlanken, wohlgeformten Beine erinnerten mich immer wieder an die Schenkel eines Zirkels, die sich mit einer einfachen Handbewegung auseinander drücken ließen.

Wir hatten eines Abends, nach einer halben Flasche Becherovka, unsere Lustzentren mit dem DDR-Emblem verglichen.

Katarinas Beine waren die Schenkel des Zirkels, mein

Penis der Hammer und unsere Schamhaare waren der Ährenkranz.

Katarina zog mich hoch und dirigierte mich zu meiner Doppelbettcouch. Sie gab sich die redlichste Mühe, aber mein Hammer blieb ein Hämmerchen. Es ging nicht. Wenn du so weiter säufst, wirst du endgültig impotent, dachte ich, gab die Schlacht als verloren auf und goss uns zwei Becherovka ein.

„Prost!"

Katarina setzte sich auf, sah mich an und sagte: „Ich lass mich scheiden."

„Was?" Ich musste vom vielen Saufen irgendwas mit den Ohren haben.

„Ich will mich scheiden lassen."

Mir blieb der Schluck des Kräuterschnapses im Hals stecken und ich musste husten.

Katarina klopfte mir auf den Rücken, lachte und sagte: „Deswegen musst du mich nächste Woche noch nicht heiraten."

„Weiß das dein Mann schon?", fragte ich, als ich wieder Luft bekam.

„Noch nicht, aber ich werde es ihm vorschlagen, wenn er nächste Woche nach Hause kommt. Dieser Mann braucht keine Frau. Da genügt jemand, der die Wäsche macht und sich ab und zu um die Wohnung kümmert."

Ich war mir ziemlich sicher, was Katarina wollte.

Und genau das wollte ich nicht.

Ich liebte sie nicht.

Der Sex mit ihr war fantastisch, hatte aber nur sehr entfernt mit Liebe zu tun.

Du wirst dir was einfallen lassen müssen Felix, wenn du aus der Bredouille herauskommen willst.

***

Ich grübelte tagelang, wie ich Katarina davon abhalten konnte, sich scheiden zu lassen, aber mir fiel nichts Handfestes ein.

Sie hätte niemals verstanden, dass ich mit ihr seit Monaten ins Bett ging, aber ein gemeinsames Leben mit ihr für mich nicht in Frage kam.

So fantastisch der Sex mit ihr war, etwas fehlte. Ich hatte mir noch nie Gedanken darüber gemacht, dass sie mit Sicherheit hin und wieder mit ihrem Mann schlief.

Kein Funken Eifersucht raubte mir den Schlaf oder brachte mein Herz zum Rasen. Dabei war Eifersucht das Salz in jeder Liebessuppe. Bei Svenja war mein Puls bereits in die Höhe geschnellt, wenn ich mir vorstellte, dass sich beim Tanzen ein fremdes Knie zwischen ihre Schenkel drängte.

An Katarina dachte ich nur so lange, wie wir im Bett lagen und Sex hatten.

Sie kannte keinerlei Tabus, wenn es darum ging, sich selbst oder mir die höchste Lust zu verschaffen.

Wenn ich mein gesamtes Pulver veschossen hatte, war ich froh, wenn sie mich verließ, ich mein Bett wieder für mich hatte und am Morgen in aller Ruhe frühstücken konnte.

Das war einmal ganz anders gewesen.

Mir war bewusst, dass ich die Scheidung verhindern musste, wenn ich der Grund dafür sein sollte.

Sie hatte in letzter Zeit sonderbare Andeutungen gemacht, die darauf hindeuteten, dass sie mit mir abhauen wollte.

Ich würde niemals mit Katarina zusammenleben, und irgendwie musste ich ihr das beibringen. Wenn sie sich trotzdem scheiden lassen wollte, dann musste klar sein, dass sie es wollte und nicht, dass sie mich wollte.

Ich war mir ziemlich sicher, dass Katarina mich liebte, aber das war noch lange kein Grund, es aus Dankbarkeit zu etwas kommen zu lassen, was am Ende zu nichts führen würde.

Es klingelte.

War spät heute.

Ich sah aus dem Fenster.

Ricarda lehnte lässig an ihrem Wartburg und winkte. Meine eigene Autoanmeldung lag in irgendeinem Schubkasten und schlummerte vor sich hin.

Würde noch Jahre dauern, bis ich dran war.

Ich hätte mir einen gebrauchten Trabi kaufen können, aber der Schwarzmarktpreis für eine zehn Jahre alte Karre überstieg oft den Neupreis.

Außerdem hatte ich voriges Jahr den größten Teil meines Geldes, Ost-wie Westgeld über meine Mutter meinem alten Kumpel Werner mitgegeben.

Werner war inzwischen ein hohes Tier bei seiner Bank in Frankfurt und wollte für mich Aktien kaufen. Trotzdem hatte sich schon wieder einiges an Geld angesammelt.

Ich warf meine Jacke über, lief runter, küsste Ricarda auf die Wange und knurrte: „Verdammt spät heute."

„Steig ein, alter Knurrhahn! Hättest du keinen Urlaub gemacht, wüsstest du, dass wir später anfangen. Unten in der Bar hat sich was getan."

Ricarda grinste mich schief an, aber ich war im Moment nicht neugierig. In Gedanken war ich noch in Binz und Prag. Ich war in den Sommerferien eine Woche mit Leo an der Ostsee gewesen.

Die Hotelgäste hatten uns für ein schwules Pärchen gehalten, und während Leo daran seinen Spaß hatte und noch Öl ins Feuer, beziehungsweise Toska auf mein Jackett goss, war mir das ziemlich peinlich gewesen.

Am letzten Abend hatten wir zwei flotte Bienen aufgegabelt, mit an die Hotelbar geschleppt und wild mit den beiden Amseln herumgeknutscht.

Damit hatten die honorigen Ehepaare zumindest für diesen Abend ein kostenloses Unterhaltungsprogramm, und wir unseren Spaß.

„Bist du noch anwesend, Felix?" Ricarda warf mir einen kurzen Blick zu.

„Hm", knurrte ich.

Red lieber nicht über die Sache, die Katarina bei unserem Kurztripp nach Prag angedeutet hatte, ermahnte ich mich.

Ich vertraute Ricarda zwar, aber es war besser, wenn sie nichts davon erfuhr.

Menschen in Zwangslagen reagierten oft unberechenbar.

Angst war ein Schutzmechanismus aus der Urzeit und um sich selbst zu retten, war schon mancher beste Freund verraten worden.

Katarina und ich waren ein paar Tage nach dem Ostseeurlaub mit Leo in Prag gewesen, und dort hatte sie die Katze aus dem Sack gelassen.

Sie wollte abhauen.

Mit mir.

Über die ungarische Grenze in den Westen. Weitläufige Verwandte von ihr aus Ungarn hatten schon Vorbereitungen getroffen.

Sie brauchte nur ein Zeichen zu geben.

Ich war so schockiert, dass der Rest der Urlaubstage für mich gelaufen war.

Ich wusste, dass ich viel zu feige war, eine Republikflucht zu riskieren. Wenn es schief geht, landest du im Knast.

Nee, nicht mit mir.

Schließlich hatte ich nichts auszustehen, die Kanaken von der Bautzner Straße ließen mich in Ruhe, und mein Beruf machte mir trotz mancher Einschränkungen Spaß.

„Schlaf nicht ein, junger Mann", kam es von Ricarda.

„Ich resümiere", grinste ich sie an.

„Unterhalte mich lieber."

„Hm." Besser nicht.

Ich würde im Extremfall ja nicht nur mich, sondern auch Katarina gefährden. Andererseits war nicht zu begreifen, dass man vor seinen engsten Freunden, und Ricarda zählte uneingeschränkt dazu, nicht offen reden konnte.

Die Macht einer Diktatur beruht auf Angst.

Das wichtigste Instrument zur Erhaltung einer Diktatur ist die Installierung einer Geheimpolizei, die für Angst sorgt. Sie hatte nicht etwa die Aufgabe, das Volk vor den bösen Nachbarn, sondern vielmehr die Diktatoren vor dem Volk zu schützen.

Wenn der Diktator seine mit einer Vielzahl von Privilegien versehene Geheimpolizei fest im Griff hatte, konnte er Notstandsgesetze, Notverordnungen oder ein Ermächtigungsgesetz erlassen, die Pressefreiheit abschaffen, Gerichtsprozesse manipulieren oder Wahlen fälschen.

Im Prinzip konnte er machen, was er wollte, ob es das Volk wollte oder nicht.

Meist fing es damit an, dass die Medien nur noch gestelltes Material senden durften, Leute, die um ihre Meinung gefragt wurden, waren von den Steigbügelhaltern der Macht handverlesen.

Wer eine andere Meinung hatte als die vom Diktator vorgedachte, war ein Feind des Sozialimus oder gar ein verkappter Nazi.

Die Schergen des Diktators würden sich schon um das Häufchen Unbotmäßiger kümmern. Trotzdem ...

„Du bist aber heute gesprächig wie ein Aal in Aspik", riss mich Ricarda erneut und wie es sich anhörte, leicht ungehalten aus meinen Gedanken.

„Katarina will sich scheiden lassen."

„Ach du heiliger Bimbam", entfuhr es Ricarda.

„Du sagst es."

„Deinetwegen?"

„Die Vermutung liegt nahe."

„Du hättest sie danach wahrscheinlich auf Dauer am Halse oder, besser gesagt, im Bett."

„Womit du wahrscheinlich richtig liegst. Ich muss das irgendwie verhindern."

„Die Frage ist nur: Wie?"

„Du könntest zum Beispiel nur notdürftig bekleidet die Tür öffnen, wenn sie bei mir klingelt."

Ich hatte Katarina in weiser Voraussicht nie meinen Wohnungsschlüssel anvertraut.

„Das kann nicht dein Ernst sein, Felix. Die Frau liebt dich, willst du sie umbringen?"

„Die Beziehung wird mir zu eng, Ricarda. Wenn sich Katarina scheiden lässt, hab ich sie ..."

„Zum Vögeln war sie aber gut genug?"

„Verdammt, ich will keine feste Beziehung mehr. Mir hat meine Scheidung gereicht. Diese entsetzliche Leere danach. Es ist wie eine Amputation, du spürst den Schmerz noch, wenn das abgesäbelte Teil längst durch den Schornstein ist."

„Und du willst Katarina ohne Narkose einer Amputation unterziehen?"

„Hör auf und sag mir, was ich machen soll."

„Sei einfach ehrlich, Felix. Du bist doch kein

degeneriertes Arschloch, oder hat dich das viele Geld schon versaut?"

Da konnte was dran sein.

Ich hatte tatsächlich schon wieder angefangen, Geld zu horten.

Zu sehen, wie die Beträge in meinen Kartons wieder größer wurden, verschaffte mir ein Gefühl von Sicherheit und innerlicher Zufriedenheit.

Ich blickte in die Welt mit der Gelassenheit eines Menschen, den nichts so leicht erschüttern konnte. Nur dass ich anfing, bei jeder größeren Ausgabe mich innerlich zu winden und möglichst die billigste Variante zu finden.

War schon bedenklich.

„Und was soll ich deiner Meinung nach machen?"

„Sag ihr, dass du keine feste Beziehung willst, und lass es langsam ausklingen. Frauen machen, wenn sie merken, dass sie das Objekt ihrer Begierde nicht gänzlich unterwerfen können von sich aus den Rückzieher. Sie werden dann meist wieder ganz brave Ehefrauen", lachte Ricarda.

„Na dann, es leben die braven Ehefrauen."

„Ehefrauen sind nicht immer brav", lachte Ricarda, „du wirst einige erleben heute."

„Spann mich nicht auf die Folter."

In der Bar war bereits Betrieb.

Stimmengewirr, Rauchschwaden, Musik.

Wir schoben uns zum Tresen. Die neue Bardame, blond und blauäugig, reichte uns unaufgefordert zwei Orangensaft mit Eis und einem Spritzer Sekt.

Katarina hatte den Barjob aufgegeben, war ihr zu viel geworden. Die Nächte in meinem Bett forderten ihren

Tribut, da sie meist erst in den frühen Morgenstunden nach Hause ging.

Sie half nur noch manchmal aus, wenn Elvira, die Neue, verhindert war.

„Ziemlich viel neue Gesichter", sagte ich, als wir in unserer Ecke saßen.

„Du wirst dich wundern, was an den Tischen diese Nacht los ist", grinste Ricarda.

„Und wie kommt das?" Ich war jetzt echt neugierig.

„Die Neue an der Bar veranstaltet Spiele, die besonders bei den Herren großen Anklang finden. So etwas spricht sich schnell herum in der Halbwelt."

„Erzähle!"

„Sieh`s dir einfach an, wird gleich losgehen!"

Ricarda zog mich hoch und schob mich in Richtung des hinteren Raumes. Rechts war so etwas wie eine Bühne aufgebaut, und davor standen mehrere Stuhlreihen.

Wir fanden noch zwei freie Plätze in der letzten Reihe. Aus einem großen japanischen Kassettenrecorder erklang „Je t'aime" mit Jane Birkin, und in der Mitte der Bühne rekelte sich Elvira, die neue Bardame, auf einem Stuhl.

Sie trug ein rotes Minilederdress mit einem Reißverschluss, der vorn so weit offen war, dass die Hälfte ihres üppigen Busens einschließlich der großen Brustwarzen ins Publikum blitzte.

Ihre Bewegungen, der Musik angepasst, waren von einer Laszivität, dass mir heiß wurde.

Sie beugte sich nach vorn, berührte mit den Fingerspitzen ihre bis weit über die Knie reichenden roten Stiefel und fuhr langsam an den Innenseiten ihrer Schenkel nach oben.

Der triste Raum stand plötzlich unter Hochspannung. Der

Geruch nach Schweiß und Parfüm wurde stärker. Einige der Herren begannen unruhig auf ihren Stühlen hin und her zu rutschen.

Die Bardame hatte jetzt ihre rechte Hand unter den kurzen Lederrock geschoben und begann verhalten zu stöhnen.

Plötzlich stand sie auf und beugte sich über die Stuhllehne.

Sie war nackt unter dem Leder.

Die Männer in der ersten Reihe gaben kehlige Laute von sich.

Als ihre Hand zwischen die Schenkel glitt, hörte man das tiefe, Atmen der Männer bis in den letzten Winkel des Raumes.

Sie hatte sich jetzt wieder in den Stuhl fallen lassen, die schlanken Beine in den roten Stiefeln leicht gespreizt von sich gestreckt.

Ihre rechte Hand glitt erneut zwischen ihre bloßen Schenkel, während sie gleichzeitig mit der anderen Hand über ihre Brustwarzen fuhr. Ihr Stöhnen, passend zur Musik, war leise, verhalten, nahezu zärtlich, wurde dann aber zu einem heftigen Luststöhnen.

Ich saß wie erstarrt auf meinem Stuhl, spürte eine heftige Erektion und Ricardas Hand in meiner Hosentasche.

Elvira erhob und verbeugte sich und das Publikum klatschte frenetisch.

Ich stand auf, doch Ricarda hielt mich zurück. „Das war erst der Anfang, Felix, bleib sitzen."

Nach einer kurzen Pause änderte sich das Bühnenbild. An einem länglichen Tisch standen vier fast nackte Frauen.

„Das Spiel heißt Pussi-Raten", verkündete Elvira. „Die Augen der Herren sind verbunden und die Hände bleiben dabei auf dem Rücken.

War absolut nicht mein Ding. Ich war beileibe kein Sexmuffel, wohl eher das Gegenteil, aber für öffentliche Vögelei hatte ich nicht viel übrig.

Ich erhob mich, fasste Ricardas Hand, und wir verließen den Raum.

Ricarda holte eine Flasche Wasser von der Bar, und wir setzten uns auf die Eckbank.

„Das kann doch niemals auf Dauer gut gehen, was hier abläuft." Ich sah Ricarda kopfschüttelnd an.

„Warum nicht, Felix, ist nur bedingt öffentlich, und staatsgefährdend ist es auf keinen Fall. Im Gegenteil, die Leute können sich austoben, und angestauter Ärger wird weggeblasen – im wahrsten Sinn des Wortes."

Ricarda grinste mich an.

„Man geht am Montag entspannt zur Arbeit und beteiligt sich wieder am Aufbau des Sozialismus. Und, was wichtiger ist, das große Ohr ist immer dabei, kann gefährliche Strömungen erfassen und für ruhiges Fahrwasser sorgen."

„Oder Strudel erzeugen, die Schwimmer, die gegen den Strom schwimmen, von der Oberfläche saugen."

Ricarda erhob sich. „Wir müssen, Felix. In einer Stunde ist oben der Teufel los."

Es wurde eine endlos lange Nacht, und als wir im Morgengrauen nach Haus fuhren, hatte ich so viel Geld verdient, dass mir schwindlig war.

Was mir nicht in den Kopf wollte, war, dass wenige Leute viel und viele Leute wenig Geld hatten.

Dieser Scheißgemüseheini aus Leipzig schmiss mit Hunderter nur so um sich, während die alte Dame in der Wohnung unter mir mit ihrer mickrigen Rente gerade so über die Runden kam.

Der Herr Fleischermeister verzockte locker ein Paar

Hunderter in einer Nacht bei uns und dann noch mal soviel auf der Rennbahn.

Die alte aufgedonnerte Tussi vom Damenexquisit hatte Geld wie Heu, während meine Kollegen eisern sparen mussten, wenn der Wartburg oder Skoda auf der Anschaffungsliste stand und dann vielleicht noch vierzehn Tage Ungarn im Sommer geplant waren.

Und ist der Handel noch so klein, so bringt er mehr als Arbeit ein.

Alter Spruch, den ich irgendwo aufgeschnappt hatte, der aber immer mehr an Bedeutung gewann.

Leute, die an der Quelle beim Autohandel saßen, Baustoffhändler, Verkaufsstellenleiter von Möbelhäusern oder Spirituosenläden, Gemüse-, Wein- oder Holzhändler saßen mit ihren fetten Ärschen auf den mit Schmiergeldern gefüllten Samtkissen aus Korruptionsseide und freuten sich des Lebens.

Die Mangelwirtschaft hatte Formen angenommen, die zum Himmel stanken.

Nahezu alles, was im Westen gut ankam, wurde produziert und meist unter Preis nach Drüben verhökert.

Westberlin wurde komplett mit Frischgemüse und Obst aus der DDR beliefert.

Ergebnis: Rot-und Weißkohlköpfe, dreckige Möhren und kubanische Strohapfelsinen in unseren Gemüseläden.

Wenn Quelle, Neckermann, Salamander oder Underberg an hiesigen Produkten Interesse zeigten, hatte die Produktion dieser Artikel absoluten Vorrang.

Man munkelte hinter vorgehaltener Hand, dass in unseren Gefängnissen Möbel für einen großen skandinavischen Möbelkonzern produziert wurden. Geheime Verschlusssache. Genaues wussten weder die Arbeiter noch die Bauern im Arbeiter- und Bauernstaat.

Die spärlichen Reste aus der sogenannten Gestattungs-produktion, die im Lande blieben, wurden nicht über, sondern unterm Ladentisch gehandelt. Ich hatte das Gefühl, dass die Versorgung immer beschissener wurde.

Ohne Westgeld warst du Schütze Arsch im dritten Glied. Von wegen alles für das Wohl des Volkes. Die alten Säcke im ZK ahnten wahrscheinlich, dass ihre Tage gezählt waren und wollten möglichst so lange an der Macht bleiben und ihre Privilegien genießen, bis sie unauffällig in der Urne verschwinden konnten.

Mir fiel ein Spruch ein, den ich irgendwo gelesen hatte: Wer glaubt, dass Volksvertreter das Volk vertreten, der glaubt auch, dass Zitronenfalter Zitronen falten.

Leo war der Meinung, dass die DDR längst Pleite war und vom Westen, aus was für Gründen auch immer, nur noch durch finanzielle Infusionen am Leben gehalten wurde.

„Schläfst du schon oder träumst du", riss mich Ricarda aus meinen Gedanken, „du bist da."

Ich sah auf Ricardas Schenkel. Ihr Rock war beim Fahren ziemlich weit nach oben gerutscht. Eine plötzliche Gier, wahrscheinlich angeheizt durch die Show, die Elvira abgezogen hatte, erfasste mich, und ich schob meine Hand zwischen ihre Beine.

„Ich würde gern mit hochkommen", sagte Ricarda.

Wir stiegen aus und gingen hoch. Während Ricarda im Bad verschwand, goss ich uns einen Asbach und ein Glas Sekt ein. Ich hatte die Erfahrung gemacht, dass meine sexuelle Gier durch ein Minimum an Alkohol heftig gesteigert, aber gleichzeitig der Orgasmus verzögert wurde.

Ricarda kam nackt aus dem Bad. Ihre Brüste waren nicht mehr ganz straff, dafür hatte sie einen Taille, die einer

Wespe alle Ehre gemacht hätte.

Ihr Bauch war flach und in ihren Schamhaaren glitzerten noch vereinzelte Wassertropfen.

Ich erhob mich, trat dicht an sie heran und legte meine Hand besitzergreifend auf ihr Dreieck.

Als wir im Bett lagen, ging bei mir nichts mehr. Ricarda versuchte alles, aber das Männlein stand im Walde und fiel dann ganz schnell wieder in diesen zurück.

Ich war sicher, dass ich von galoppierender Impotenz befallen war.

Schon die Angst in letzter Zeit, dass es wieder nicht funktionieren könnte, machte mich nervös. Die Dunkelziffer sprach von 30 bis 40 Prozent der Männer zwischen 40 und 80 Jahren, die Potenzprobleme haben sollten.

Ein Leben ohne Sex verband sich in meiner Vorstellung mit Rollstuhl, 90 Jahren und einer wollenen Decke über den immer kalten Beinen.

 Vielleicht sollte ich mal zum Arzt gehen. Oder mit dieser verdammten Sauferei aufhören, weniger rauchen und mich mal wieder richtig verlieben. Aber weder eine Helene, eine Christiane noch eine Svenja befanden sich in meinem Umfeld.

Plötzlich spürte ich, dass sich bei mir etwas regte. Ricarda lag mit dem Kopf auf meinem Unterbauch und hatte das Männlein aus dem Walde gelockt.

Und siehe da, es wurde zu einem stattlichen Kerl.

Ich zog Ricarda hoch und drehte sie auf den Rücken.

Nach einer Minute war es vorbei, und ich atmete schwer und auf.

**

Ich hatte das Elternaktiv eingeladen. So konnte das mit meiner Klasse nicht weitergehen.

„Früher hätte das der Rohrstock geregelt", sagte Rudolf Oppermann, der im Glaswerk arbeitete.

„Früher, früher, früher ging`s uns gut, heute geht`s uns besser, aber es wäre besser, wenn`s uns wieder gut ginge", sagte Dieter Jacob, der bei Robotron beschäftigt war.

„Auf alle Fälle kann es so nicht weitergehen", warf Hannelore Kleinschmidt ein. „Es vergeht keine Woche, in der meine Tochter nicht von üblen Disziplinlosigkeiten in einigen Fächern erzählt."

Hannelore war Genossin und arbeitete in der Forschungsabteilung des Arzneimittelwerkes.

„Hannelore hat recht", ergänzte Gotthold Beyer, „es kann nicht sein, dass drei, vier verrückte Jungs die ganze Klasse tyrannisieren und in Verruf bringen. Wir müssen uns was einfallen lassen. Herr Hohndorf kann nicht die Versäumnisse der ersten vier Grundschuljahre im Alleingang ausbügeln. Elternaktiv besteht aus zwei Worten, und ich denke, wir sollten besonders auf das zweite Wörtchen Wert legen."

Gotthold Beyer war Brigadier der Patenbrigade und fanatischer Dynamofan.

„Einträge im Klassenbuch, Mitteilung an die Eltern, Klassenleitertadel, und so weiter, haben bisher kaum was gebracht."

Ich schlug das Klassenbuch auf und zeigte die Eintragungen. „Wir müssen uns was einfallen lassen, was einschlägt. Nur, mir ist bisher noch nichts Brauchbares eingefallen."

Ich holte aus dem Schrank für jeden ein Bier.

Gotthold Beyer nahm einen tiefen Zug aus der Flasche und sah sich in der Runde um. „Hab drüber nachgedacht und mir ist was eingefallen."

„Nun red schon und spann uns nicht auf die Folter", platzte Rudolf Oppermann heraus. Er war der Großvater von Angelika, deren Mutter auf irgendwelchen Schleichwegen nach dem Westen abgehauen war, als das Kind drei Jahre alt war. Rudolf und seine Frau hatten das Mädchen zu sich genommen.

„Ich weiß nicht, fuhr Gotthold Beyer fort, wer sich von euch für Fußball interessiert, aber zur Weltmeisterschaft 1966 gab es heftige Tumulte im Spiel Argentinien gegen England. Schiedsrichter Rudulf Kreitlein, der das Spiel leitete, hatte bereits mehrere Spieler verwarnt, als der Kapitän der Argentinier, der baumlange Antonio Rattin, neben dem ziemlich kurz geratenen Kreitlein her rannte und auf ihn einbrüllte. Aus der Mimik des Argentiniers schloss Kreitlein, dass er beleidigt wurde und verwies Rattin des Platzes. Der Argentinier weigerte sich, das Spielfeld zu verlassen, und es kam zu heftigen Tumulten. Erst nach sieben Minuten Spielunterbrechung und durch das Eingreifen der Polizei konnte der argentinische Kapitän vom Platz gebracht werden.

Rattin behauptete danach, nicht verstanden zu haben, was der Schiedsrichter zu ihm gesagt hatte, da er weder Englisch noch Deutsch verstand. Kreitlein hatte sich gegen den hühnenhaften Argentinier durchgesetzt und erhielt nach dem Spiel den Spitznamen `Tapferes Schneiderlein` und beim Weg in die Kabine von einem Argentinier einen Tritt in die Wade."

„Sag mal", unterbrach ihn Rudolf Oppermann, „sollen wir die Rabauken aus der Schule jagen oder gegen das

Schienbein treten?"

„Quatsch, wart`s doch ab, bin ja noch nicht fertig mit der Geschichte. Angeblich soll der englische Schiedsrichterbetreuer Ken Aston nach diesem turbulenten Spiel auf dem Weg zum Hotel an einer Ampel gestanden haben, und da sei ihm die Idee mit der gelben und roten Karte gekommen. Sicher ist, dass sich Aston am nächsten Tag mit Kreitlein getroffen hat und die beiden die Sache besprachen. Kreitlein unterbreitete die Idee der FIFA, und so haben wir seit 1970 die gelbe und rote Karte beim Fußball."

„Und die führen wir jetzt hier in der Klasse ein", lachte Dieter Jacob.

„Keine dumme Idee." Ich sah nachdenklich in die Runde.

„Könnte man probieren", ergänzte Hannelore Kleinschmidt. „Nur mit gutem Zureden ist hier nicht viel zu erreichen."

„Bei der zweiten gelben Karte", schlug ich vor, „Aussprache im Elternaktiv und zwar Schüler plus Eltern."

„Bei einer roten Karte das Ganze vor der Patenbrigade", ergänzte Rudolf Oppermann."

Das könnte wirken, dachte ich. Wer blamiert sich gern vor Kollegen? Könnte sich ja im Betrieb und bei den Nachbarn herumsprechen.

„Da dürfte der nächste Elternabend ziemlich turbulent werden." Ich nahm einen tiefen Zug von meiner Zigarette.

Wenn ich geahnt hätte, das der Schuss total nach hinten losgehen würde ...

***

86

Es war kurz nach 11.00 Uhr, als von allen Seiten die Radfahrer eintrafen. Ich stand mit Leo unweit der Kreuzkirche auf dem Altmarkt, und binnen weniger Minuten wimmelte es um uns herum von jungen Leuten mit Eimern.

„Den Schaum hierhin", kommandierte Leo. „Die Fische an den Rand und die Bilder auf das Pflaster."

Kurz darauf breitete sich zu unseren Füßen der weißlichgraue Schaum des Zellstoffkombinates Heidenau aus, der der Elbe seit Jahren den Rest gab. Die Abwässer wurden nahezu ungereinigt direkt in die Elbe geleitet und zerstörten das biologische Gleichgewicht des Flusses.

In der Chemiebrühe überlebende Fische waren verseucht und versifft und mit den Pflanzen verhielt es sich nicht anders.

Der chlorphenylhaltige Schaum bedeckte inzwischen einig Quadratmeter des Pflasters und am Rande lagen Dutzende toter Heringe.

Die Umweltaktivisten mussten gestern mehrere Fischgeschäfte der Stadt geplündert haben. Rechts von uns breitete eine Gruppe Fotomaterial auf dem Boden aus.

Es waren Bilder von toten Wäldern, einzelnen abgestorbenen Bäumen und zerfressenen Steinskulpturen. Innerhalb weniger Minuten waren wir von einer neugierigen Menschenmenge umringt, und es wurde heftig diskutiert.

Ein älteres Ehepaar stand vor den Fotos und die Frau schüttelte den Kopf. „Sieht aus wie Vietnam", sagte sie leise zu ihrem Mann. Ein blondes, etwas üppiges Mädchen zeigte mit der Fußspitze auf ein Foto, das einen abgestorbenen Baum zeigte. „Das ist nicht Vietnam, das ist unser Erzgebirgskamm, das ist Zinnwald", sagte sie.

„Oh!", sagte der Mann.

„Kommt vom Schwefeldioxid," mischte sich Leo ein. „0,04 Prozent davon in der Luft und du kriegst Atemnot und einen bösartigen Husten."

„Oh!", sagte die Frau.

„Fahren Sie doch mal hoch nach Altenberg, wenn Südostwind herrscht und der böhmische Nebel über den Erzgebirgskamm zieht. Ist gut für die Augen, die werden nicht nur entzündet, man sieht auch danach mehr, und der Durchblick wird besser."

Der Mann grinste. „Kein dummer Gedanke, junger Mann, vor Allem das mit dem Durchblick."

„Mehrere hunderttausend Tonnen Schwefeldioxid lassen die in Chomutov aus ihrem Braunkohle- und Energierevier pro Jahr ab, und wenn der Wind günstig weht, zieht das alles über den Erzgebirgskamm bis zu uns."

Jetzt war mir klar, warum ich Leo Nachhilfe in Chemie hatte geben müssen.

Er ging wieder zu seinem Schaumhügel rüber, vor dem sich eine beträchtliche Menge Leute angesammelt hatte und die Texte über die totale Zerstörung der Elbflora und -fauna lasen.

„Geh rüber zu Ulla", raunte mir Leo zu, „Du kannst das mit dem Schwefelzeug besser erklären."

„Und warum tut unsere Regierung nichts dagegen?" Ein fein angezogener Herr, der auf das Fotomaterial am Boden starrte, sah mich leicht kopfschüttelnd an.

„Chemie gibt Brot, Wohlstand und Schönheit", ließ ich einen der idiotischen Allgemeinplätze ab, mit dem die Obrigkeit den Chemiearbeitern zu ihrem Ehrentag Honig ums Maul schmierte.

„Veralbern kann ich mich selber", knurrte mich der Mann

an.

„Entschuldigung, war ein Scherz und zwar kein guter", versuchte ich den Mann zu besänftigen

„Entschwefelungsanlagen sind teuer und müssten von den Tschechen für harte Währung gekauft werden. Die werden sich hüten, das wenige Westgeld, das sie haben, für so was auszugeben. Meist steht der Wind günstig, verdünnt den Giftnebel und treibt ihn übers Gebirge. Bliebe also nur, das wir das Westgeld ausgeben und die Anlagen den Tschechen schenken.

Geht aber nicht, unsere Regierung braucht die Moneten für Kaffee und das weihnachtliche Kontingent an Apfelsinen.

Der Mann grinste mich an, griff an das Revers seiner Jacke und drehte es um.

Ich sah das Abzeichen mit den Händen. „Sie sollten etwas vorsichtiger mit ihren sehr interessanten Ausführungen sein, junger Mann." Er drehte sich um und verschwand in der Menge, die sich inzwischen angesammelt hatte.

Plötzlich sah ich, wie eine Fußspitze in die Fotos stieß und sie nach allen Seiten durcheinander wirbelte.

Sie waren da.

Ziemlich früh, die Herren von der Bautzner Straße. Ursprünglich sollte die Aktion vor dem Goldenen Reiter stattfinden. Die Gruppe hatte erst heute Morgen beschlossen, die Aktion auf dem Altmarkt zu verlegen, da man hoffte, dass viele Besucher der Kreuzkirche unterwegs sein würden.

Es gab ein kurzes Gerangel. Ein Teil der Umweltaktivisten konnten abhauen, ein Teil wurde geschnappt.

Die junge Frau neben mir hatte sich an meinen Arm

geklammert. Als ich mich umdrehte, sah ich Hochstädter. Seine dunklen Haare waren wie immer mit Brillantine an den Schädel geklatscht, und seine nah beieinander stehenden schwarzen, stechenden Augen hatten nichts von ihrem bösartigen Ausdruck verloren.

Als er mich erblickte, ging ein kurzer Ruck durch seinen Oberkörper, als hätte ihn ein Insekt ins Genick gestochen. Dann sah ich, wie so etwas wie ein Wetterleuchten über sein Gesicht zuckte.

Er kam mit einigen großen Schritten auf mich zu und streckte mir grinsend die rechte Hand entgegen.

Ich war so verblüfft, dass ich ihm die Hand gab.

Im selben Moment sah ich, wie Leo von zwei jungen Männern eskortiert, abgeführt wurde. Leo drehte sich genau in dem Moment um, als ich dem Stasiheini die Hand gab, die ich sofort wieder wie ein glühendes Stück Eisen losließ.

Hochstädter klopfte mir wohlwollend auf die Schulter und zischte leise: „Hau ab, Hohndorf, mitsamt deiner blonden Fotze, für die Truppe bist du erledigt."

Mit dem Gesichtsausdruck eines guten Freundes klopfte er mir wieder auf die Schulter und schob mich weg.

Leo und die Mehrzahl der jungen Leute hatten das kurze Intermezzo gesehen. War klar, dass die Aktion verraten worden war. Der Verräter stammte aus den eigenen Reihen und hieß Felix Hohndorf.

Leos Gesichtsausdruck, als ich Hochstädter die Hand gab, haftete noch in meinem Gedächtnis, als ich wie betäubt in die Straßenbahn einstieg. Dass die junge Frau noch an meinem Arm hing, merkte ich erst in der Bahn.

„Verdammte Scheiße", sagte ich laut und legte die Betonung so auf das Wort Scheiße, dass sich mehrere Fahrgäste empört zu uns umdrehten.

„Ich hab gehört, was der eklige Kerl zu dir gesagt hat."
„Was?"
„Ich hab gehört, was der gesagt hat. Der wollte, dass es so aussah, als hättest du uns an die Stasi verraten. Übrigens hab ich dich zum ersten Mal bei uns gesehen."
Da hatte sie recht. Leo hatte mich von der Notwendigkeit überzeugt, etwas gegen die systematische Zerstörung unserer Umwelt zu tun.
Saufen und Vögeln ist was Wunderbares, hatte er mir vorgehalten, aber das kann nicht alles sein.
Wir waren mit dem Fahrrad in Richtung Pirna gefahren, und ich hatte bei Heidenau gesehen, wie die Abwässer der Zellstoffbude in die Elbe rauschten und sich der weißlich-gelbe Schaum auf der Wasseroberfläche flussabwärts schob.
Wir waren dann mit dem Zug von Heidenau nach Altenberg gefahren, zum Kahleberg und nach Zinnwald gewandert und das Ausmaß der Waldzerstörung hatte mir einen Schock versetzt.
„Wirst du das den Anderen so erzählen?" Ich sah die blonde Kirsche fragend an.
„Mach dir keine Gedanken, morgen wissen das alle."
Ich atmete tief durch und drückte ihre Hand.
„Ulla", sagte sie.
„Felix", sagte ich.
„Ich weiß."
„Woher?"
„Leo hat manchmal von dir erzählt."
„Hilfe."
„Du wärst ziemlich versoffen und ein verdammter Weiberheld, aber ein erstklassiger Kumpel."
„Also das mit den Weibern … „
„Ist doch fetzig, wenn einer in deinem Alter noch hinter

91

jungen Schnecken her ist."

Das saß: In deinem Alter!

Mannomann!

Na ja, die Schnalle war schätzungsweise Anfang zwanzig und der Kerl "in meinem Alter" hatte die Mitte vierzig überschritten.

„Brauchst nicht eingeschnappt zu sein, ich mag Männer über vierzig."

Ich wusste nicht, was ich darauf sagen sollte und sah angestrengt aus dem Fenster.

Nach einer Weile sagte Ulla: „Kann ich mit zu dir kommen?"

„Warum?"

„Möchte für einige Stunden abtauchen."

„Meinetwegen."

„Klingt nicht sehr euphorisch."

Ich sah wieder aus dem Fenster, erhob mich, als meine Haltestelle kam und ging zur Tür. Aus den Augenwinkeln sah ich, dass Ulla mir folgte.

Ich machte Kaffee, servierte eine alte Packung Waffeln dazu und goss Helios in meine neuen Kognakschwenker.

„Prost, auf die jungen Schnecken." Das musste sein.

„Prost auf die Mitvierziger."

„Hast du die Bilder vom Erzgebirge selbst gemacht?"

„Nee, die macht einer aus der Gruppe, der hat sich ein Minifotolabor im Keller eingerichtet. Hoffentlich haben die Arschlöcher den nicht erwischt."

„Dein Macker?"

„Nicht direkt."

„Was machst`n sonst?"

„Studentin."

„PH?"

„Nee, Radebeul, Grundschullehrerin."

„Ist dir klar, dass die dich feuern, wenn sie dich erwischen."

„Na und, gieß mir lieber noch einen Schnaps ein?"

„Ich will dich nicht besoffen machen."

„Ich weiß, wann ich genug habe, aber es gibt Tage, die sind nur im Suff zu ertragen."

„Wie wahr", sagte ich.

„Hast du was dagegen, wenn ich mich für eine Weile hinlege?" Sie sah auf mein noch nicht gemachtes Bett.

„Allein?"

„Allein. Hab fast die ganze Nacht mit an den Vergrößerungen der Fotos gearbeitet."

„Dann mach dich lang."

Ich setzte mich in meinen Lesesessel und griff mir den Hilsenrath, den mir Leo geliehen hatte.

"Der Nazi & der Friseur" war eine der bösartigsten Satiren, die ich je in den Händen gehabt hatte.

Wie Leo an solche Bücher kam, war mir schleierhaft.

Vor drei Monaten hatte er mir"Archipel Gulag" von Solschenyzin geliehen.

Ich las, wie Itzig Finkelstein, der eigentlich der Massenmörder Max Schulz ist, von der alten Hexe Veronja in der Hütte im tiefen polnischen Wald nächtelang vergewaltigt wird, wie er der Alten mit drei Hackenschlägen den Schädel zertrümmert, wochenlang durch den polnischen Wald läuft und schließlich an der deutschen Grenze landet.

Ich schreckte hoch, als es polterte. Mein Kognakschwenker war auf den Fußboden geknallt. Ich musste eingeschlafen sein und hatte mit einer Handbewegung das Glas vom Tisch gefegt.

Es war genau der Knall gewesen, mit dem das Holzbein der Frau Holle, an dem sich der amerikanische Major sieben Mal in einer Nacht einen runter geholt hatte, umgefallen war.

Ulla war ebenfalls erwacht und sah zu mir herüber.

„Wenn du willst, kannst du dich noch eine Weile zu mir legen."

Ich stand auf und ging zu ihr. Ulla rückte an die Wand. Ich zog meine Hose aus und streifte den Pullover ab. Ulla hob die Bettdecke an. Sie trug nur einen leichten Slip, keinen BH.

Sie musste sich ausgezogen haben, während ich schlief. Ich legte mich neben sie. Als ich ihre schlafwarme Haut berührte, kam Spannung in meine Unterhose.

Ulla stützte sich auf den Ellenbogen, sah mich an und sagte: „Du kannst mich ruhig anfassen, überall, aber eins sag ich dir, reinstecken ist tabu."

Ich ließ meine Hand über ihren Bauch nach oben gleiten. Die Brüste waren fest, rund und warm und hatten rosafarbene Brustwarzen. Was für ein saublöder, hässlicher Ausdruck: Warzen!

„Kirschblüte", flüsterte ich und küsste die linke.

„Fliederknospe", ich küsste die rechte.

„Waldhimbeere", ich küsste wieder die linke.

„Aureole", …

„Das reicht, du Spinner", lachte Ulla. „Kannst du mir sagen, was eine Aureole ist?"

„Müsste ich im Lexikon nachsehen, fiel mir nur ein, weil das Wort so samtig klingt."

„Du bist wirklich ein Typ", lachte Ulla wieder und griff sich meine Blockflöte.

„Kann man darauf spielen?"

„Daran", sagte ich, „oder damit."

Ich beugte mich leicht über sie, küsste sie, schob ihre Hand wieder nach oben und legte sie auf meinen Bauch.

War Wochen her, dass ich mit einer Frau geschlafen hatte. Katarina hatte ich klipp und klar gesagt, dass ich nicht mit ihr abhauen und auch nicht mit ihr leben wollte. Sie war daraufhin noch zweimal bei mir gewesen.

Vorige Woche hatte ich sie vor dem Kino gesehen. Händchen haltend.

Mit ihrem Mann.

Ricarda hatte recht behalten.

Jetzt wollte ich diese junge Kirsche mit ihren festen, runden Brüsten genießen und mein Pulver nicht unter der Hand verschleudern lassen.

Mein Hand glitt wieder nach unten, aber sie schob sie auf ihren Bauch zurück

„Kein Sex? Wozu sollte ich da zu dir ins Bett kommen?"

Ich war angesäuert.

„Zum Spielen, Felix, zum Spielen."

„Blinde Kuh vielleicht?"

„Da würde mir schon was einfallen zu dem Spiel."

„Und das wäre?"

„Mach die Augen zu."

Ich schloss die Augen.

Ich spürte, wie sich Ulla über mich beugte.

„Welche war es, die linke oder die rechte?"

An ihren Bewegungen hatte ich gespürt, dass es die linke gewesen sein musste.

„Die rechte", sagte ich.

„Wiederholung."

Es war ein schönes Spiel und ich kam langsam in Form

„Leg dich auf den Rücken Ulla, und mach die Augen zu."

Ich kniete mich neben sie und begann behutsam ihre Ohrläppchen zu reiben.

Sie war schön. Etwas üppig. Sie würde später fett werden, so nach dem zweiten Kind, aber jetzt war sie schön.

Rundlich, aber fest.

Ihre Brüste verteilten sich im Liegen trotz ihrer Fülle nicht auf ihrem Oberkörper, sondern bildeten feste, straffe Halbkugeln.

Ich fuhr mit den Händen darüber, ganz leicht, so, als wären meine Finger die Flügel eines Kolibris.

Ich streichelte den leicht gewölbten Bauch, und fuhr kreisend mit den Fingerspitzen über diese wunderbar glatte Haut.

Meine Hand glitt langsam und leicht weiter nach unten, und mein Finger begann zu suchen. Ich berührte ihre Perle so leicht wie eine Vogelfeder eine Fliederblüte.

Dann verstärkte ich den Druck meiner Fingerspitze und rieb heftiger. Plötzlich richtete Ulla ihren Oberkörper auf und rief: „Jetzt, jetzt, schneller, schneller!"

Ich drückte fester zu, und Ulla stieß einen Schrei aus, der sicher im ganzen Haus zu hören war, griff mit beiden Händen meinen Kopf, küsste mich und flüsterte: „Das war fantastisch, Felix, besser, als es Hannelore je gemacht hat."

Was war das denn? Ich verschluckte mich an meiner Spucke und musste husten.

„Bist du lesbisch?", entfuhr es mir, als ich wieder Luft bekam.

„Quatsch, wir machen es uns nur manchmal gegenseitig. Die Kerle bei uns sind doch so doof, die wollen immer nur eine schnelle Nummer und das war es dann auch schon."

Hat sich wenig geändert seit unserer Studentenzeit, dachte ich.

Ulla stubste mich an der Schulter. Sie zog meinen Kopf zu sich, küsste mich und schob ihre Hand zwischen meine Beine.

„Der Ärmste, verwelkt und abgestorben."

„Wenn du ihn nicht ins Paradies einlässt."

„Es gibt außer der großen Wiese im Paradies noch andere kleine, hübsche Spielwiesen."

„Zum Beispiel?"

„Die französische Wiese", grinste Ulla.

„Mit Froschschenkeln?", sagte ich.

„Die asiatische."

„Mit dem Samureischwert?"

„Die spanische."

„Mit `nem Serrano-Schinken?"

„Die griechische."

„Mit `ner großen Olive?"

„Die italienische."

„Mit `ner Chianti-Flasche?"

„Such dir eine aus." Ulla sah mich auffordernd an.

„Die französiche, gefällt mir schon immer."

„Macht man nur, wenn man sich gut kennt."

„Dann die italienische. Im Ernst, hab keine Ahnung, was die italienische Variante ist."

„Ich zeigs dir. Hast du Öl da?

Ich ging in die Küche und holte die kleine Flasche Rapsöl.

Ulla stellte sie in Reichweite ans Bett.

„Leg dich auf den Rücken."

Tat ich.

Ulla kniete sich zwischen meine Beine und begann eine sanfte Handmassage, nahm dann die Ölflasche, goss etwas Olivenöl in ihre Handfläche und rieb es unter ihre rechte Achsel.

Ich ahnte, was kommen würde, erhob mich und kniete mich hinter sie.

Ulla hob den rechten Arm leicht an.

Es war warm in ihrer Achselhöhle.

Ich hielt, solange ich konnte, die Luft an und mich zurück. Die Töne, die dann aus meiner Kehle kamen, klangen wie das Grunzen eines Ebers in der Rauschzeit.

***

Anfang April wurde ich in die Abteilung einbestellt. Keiner wusste, um was es ging. Ich hatte Erich Weinhold, unseren Stellvertreter, gefragt, aber der hatte nur mit den Achseln gezuckt.

Sperling, unseren Direktor wollte ich nicht fragen, unser Verhältnis war in letzter Zeit etwas angespannt. Ich hatte eine zehnte Klasse zu den Hans-Beimler-Wettkämpfen begleiten müssen und mich strikt geweigert, das FDJ-Hemd anzuziehen.

„Opa im Blauhemd, du spinnst wohl", hatte ich gesagt.

„Das Blauhemd ist ein Ehrenhemd", hatte Sperling geantwortet.

„Würde gut zu deiner Westjeans passen."

„Werd nicht persönlich."

Frost.

Jedenfalls schwante mir nichts Gutes. Hing bestimmt mit der Aktion auf dem Altmarkt zusammen. Gegen Leo hatten sie, da er als Rädelsführer der Umweltaktivisten galt, ein Disziplinarverfahren eingeleitet, und ihn aus dem Schuldienst entlassen.

Für zwei Jahre.

Zur Bewährung.

Kam mir verdammt bekannt vor. Die Stelle im

Elektromaschinenbau als Entgrater hatte er abgelehnt. „Wieder diese verdammten Heuchler von Kaderleitern, Gewerkschaftsheinis und Parteisekretären vor der Nase, die im Betrieb den Sozialismus predigen und zu Hause auf die Westpakete von der Oma warten. Nee, das verkrafte ich nicht mehr", hatte sich Leo Luft bei unserem Bierabend im Schillergarten gemacht.

Er hatte nach der Aktion auf dem Altmarkt eine Woche kein Wort mehr mit mir gewechselt. Am Montag hatte er mich zum Bier eingeladen.

„Ulla hat mich aufgeklärt, Felix, entschuldige mein Misstrauen, aber für den größten Teil der Truppe bist du erledigt. Wenn die einmal misstrauisch sind, hält das an."

Er hatte inzwischen Arbeit bei einem kleinen Krauter am Stadtrand gefunden.

Der Mann stellte Kleinbetonteile wie Gehwegplatten, Ornamentsteine, Dachsteine für Blitzableiteranlagen und ähnliches Zeug her.

Leo gefiel die Arbeit, er war sein eigener Herr, arbeitete acht Stunden gegen Lohn für seinen Arbeitgeber und konnte nach Feierabend auf eigene Rechnung ackern, so lange er wollte.

„Hab mir für heute freigenommen, Felix."

Leo stand vor dem Eingang zur Abteilung Volksbildung.

Wir brannten uns eine an und sahen in den Himmel.

„Also dann, Hals- und Beinbruch oder besser Zirkel-und Hammerbruch", feixte Leo. „Ich warte, wenn`s schief-geht, kannst du bei mir anfangen."

Die Zeit war ran.

Ich klopfte und trat ins Zimmer der Sekretärin.

„Hohndorf."

„Sie werden bereits erwartet, bitte die Tür links."

Ich klopfte wieder, trat zwei Schritte in den Raum und

blieb stehen. Unter dem Bildnis des größten Staatsmannes der größten DDR der Welt, Erich Honecker, saß ein sehr kleiner und sehr dicker Mann mit schütterem Haar und hellen, wässrigen Froschaugen. Rechts neben ihm eine Spindel im dunklen Anzug mit dem Gesicht eines alten, mit der Axt zugehauenen Nussknackers.

Links saß Sperling, mein Herr Schulleiter.

„Hohndorf", sagte ich.

„Inspektor Schmidt", sagte der Dicke.

„Genosse Heinrich", der Herr Inspektor zeigte nach links.

„Und ihr Schulleiter, Genosse Sperling."

Piep, piep. Ich musste grinsen.

Der Herr Inspektor fuhr auf mich los: „Ihnen wird ihr überhebliches Gehabe noch vergehen, Kollege Hohndorf. Erziehungsmethoden mit roten und gelben Karten, da hört ja wohl alles auf …„

Ich hörte den Stein förmlich plumpsen, der von meinem Herzen oder von der Bauchspeicheldrüse oder, was weiß ich, von welchem Organ auf meinen großen Zeh fiel. Bloß jetzt nicht wieder grinsen, dachte ich.

„ …unser sozialistisches Bildungssystem soll die Schüler unserer sozialistischen Schule befähigen, unsere sozialistische Gesellschaft zu verstehen, um später, als sozialistische Persönlichkeiten die technische Revolution voranzutreiben und an der Entwicklung der sozialistischen Demokratie mitzuarbeiten, die sozialistischen Prozesse mitzuplanen und letztendlich den Friedensstaat DDR mitzuregieren und …„

„Arbeite mit, plane mit, regiere mit!", warf der Nussknacker ein.

Regiere mit. Um ein Haar hätte ich wieder gegrinst. Aber ich konnte mich im letzten Moment beherrschen.

Du musst es nicht drauf anlegen, Felix, dass die dich

rausschmeißen. Ich war gern Lehrer, und es war fraglich, ob ich mich in einem anderen Beruf so wohlgefühlt hätte.

„Hör´n Sie mir überhaupt zu, Kollege Hohndorf?", fuhr mich der Inspektor an.

Ich nickte.

„Ihnen sollte klar sein, dass wir mit der Verteilung von farbigen Karten der Einheit von Bildung und Erziehung unserem sozialistischen Bildungssystem in keiner Weise gerecht werden. Wie wollen Sie, Kollege Hohndorf, mit der Verteilung solcher Karten die Liebe unserer Schüler zur Deutschen Demokratischen Republik und die Bereitschaft der heranwachsenden Generation, die Errungenschaften des Sozialismus mit der Waffe in der Hand ...„

Wenn der Blödmann noch einmal "sozialistisch" von sich gibt, lass ich die Hosen runter und scheiß ihm auf den Schreibtisch.

„Wäre noch das Problem", sagte der Nussknacker, „ein sozialistischer Pädagoge, der auf Kosten des Arbeiter-und Bauernstaates studiert hat, sollte es mit der sozialistischen Moral etwas genauer nehmen."

Hosen runter, dachte ich, ließ sie aber an.

Klang harmlos, war es aber mit größter Wahrscheinlichkeit nicht. Der kerl wusste mit Sicherheit mehr über mich, als mir lieb sein konnte.

„Was ich dem Kollegen Hohndorf zugute halten möchte", sagte Sperling, „ist, dass er ein sehr erfolgreicher Pädagoge ist. Seine Klasse, die man wahrlich nicht, als sie zu uns kam, als ein gutes Klassenkollektiv bezeichnen konnte, hat erhebliche Fortschritte in ihrer Lernhaltung und in der gesellschaftlichen Arbeit gemacht und deshalb denke ich ... „

„Tut mir leid, Genosse Sperling, dass ich dich

unterbrechen muss, hab noch einen Termin im Rathaus. Du sprichst dem Kollegen Hohndorf eine Missbilligung aus und ich krieg das schriftlich. Das wars dann fürs erste."

Der Herr Inspektor sah mich an. „Betrachten Sie das als ernste Warnung, Kollege. Wenn sich solche oder ähnliche Sachen wiederholen sollten, sehe ich für Ihren Verbleib im Schulwesen keine zwingende Notwendigkeit mehr. Die Deutsche Demokratische Republik braucht aufrechte, der Sache des ersten Arbeiter-und Bauernstaates auf deutschem Boden treu ergebene Mitstreiter beim Aufbau unseres sozialistischen Vaterlandes."

Er erhob sich, reichte mir die Hand und das war es.

Leo grinste, als ich rauskam. „Na, Alter, noch im Schuldienst?"

„Noch", sagte ich.

„Schillergarten?"

„Schillergarten!"

Wir bestellten Bier und Wodka.

„Erzähl!"

„Es ging um die dämlichen gelben und roten Karten. Prost."

„Prost. Versteh ich nicht, das war doch `ne Superidee. Die Jungs in dem Alter brauchen nun mal eine klare Ansage. Wenn du den Goldjungen jetzt keine Grenzen setzt, geht später garantiert einiges schief."

„Du vergisst das erzieherische Element, mein lieber Leo. Wie willst du mit einer gelben Karte das marxistisch-leninistische Grundprinzip unseres Arbeiter-und Bauern-staates in den Köpfen der Jungen und Mädchen fest verankern, wie willst du mit einer roten Karte die Liebe zum sozialistischen Vaterland und seinen klugen und unfehlbaren Führern in die Pionier- und FdJ-Seelen unserer sozialistischen Schüler einhämmern, wie, frage ich dich?"

„Du hast einen Fehler gemacht, Alter, du hast das lobende Element in der Erziehung krass vernachlässigt."

„Womit du Recht haben könntest."

„Du hättest weiße und schwarze Karten nehmen sollen."

„Willst du mich verarschen?"

„Würde ich nie wagen. Eine weiße Karte für jede gute Tat und eine schwarze Karte für böse Taten und schlechtes Verhalten. Die würden garantiert anfangen zu sammeln und zu tauschen wie mit den Autokarten."

„Hast du, während du gewartet hast, schon einen zur Brust genommen? Welcher halbwegs normale Schüler würde weiße und schwarze Karten sammeln?"

„Wart`s doch ab und lass einen klugen Menschen erst mal ausreden. Auf die weißen Karten klebst du die Bilder von Lenin, Chruschtschow, Ulbricht, Pieck, Krenz, Margot Honecker, Erich Honecker … „

„Und auf die schwarzen Karten kommen Eisenhover, Nixon, Carter, Adenauer, Kiesinger. Ko … „

„Was bist du doch für ein schlaues Kerlchen, Felix."

„Vielleicht könnte man noch Punkte vergeben: Ein Lenin 10, ein Honecker 50 Punkte usw.

„Hör auf, ich kann nicht mehr." Leo hielt sich den Bauch und krümmte sich auf seinem Stuhl.

„Prost Leo, auf die weißen Karten."

„Prost Felix, auf die schwarzen Karten."

Wir tranken.

Leo sah mich an, grinste hinterhältig und sagte „Ulla."

„Und?"

„Hast du was mit ihr angefangen?"

„Und wenn, stört`s dich?"

„Nee."

„Warum fragst du dann?"

„Nur so."

„Red schon!"

„Soll `ne verdammt scharfe Schnalle sein. Pass auf, dass du dich nicht verliebst, die wechselt die Kerle wie die Unterhemden und macht sie verrückt, und wenn sie einen fest an der Angel hat, sucht sie sich `n Neuen."

„Auf die scharfen Schnallen dieser Welt, Prost Leo."

Als ich in der Straßenbahn saß, musste ich mir eingestehen, dass ich in den letzten Tagen ziemlich oft an Ulla gedacht hatte.

***

Silvester.

Wieder ein Jahreskorn in der Sanduhr des Lebens nach unten gerieselt.

Frage: Wie viele Jahreskörner hast du, Felix?

Einer meiner Onkel hatte 101 dieser oft ungerecht verteilten Körner besessen, unglaublich. Soll noch bei klarem Verstand gewesen sein, nur die Hülle war im Eimer.

Besser, nicht darüber nachdenken.

Ich goss mir einen winzigen Schluck Wodka ein.

Bis ich in den Club musste, war noch Zeit. Wir würden heute, zu Silvester, später anfangen, dafür würde es garantiert bis in die frühen Morgenstunden gehen.

Ich hatte die Feiertage und die Tage bis zum Jahreswechsel in Leipzig bei meiner Mutter verbracht und war erst heute gegen Mittag zurück nach Dresden gekommen.

Wir hatten ein absolut ruhiges Fest miteinander verbracht. Am zweiten Feiertag hatten wir Vater auf dem Südfriedhof besucht und die restlichen Tage hatten wir lange Spaziergänge gemacht.

Mutter hatte mir Post von Werner, meinem alten Studienkumpel überreicht, der bei einer großen Bank in Frankfurt arbeitete. Werner war regelmäßig zur Messe in Leipzig. Er hatte mein Ostgeld, das ich ihm über meine Mutter anvertraut hatte, irgendwie umgetauscht und dafür Aktien für mich gekauft.

Einige der Aktien wie Siemens, Deutsche Bank, Daimler-Benz und AEG kannte ich vom Hörensagen, von anderen hatte ich noch nie gehört.

War mir aber letztendlich egal. Es musste ein ziemlich gutes Börsenjahr gewesen sein, denn ich besaß jetzt über viertausend D-Mark.

Kurz vor Weihnachten war Svenja bei mir aufgekreuzt. Wir hatten eine Flasche Wein getrunken. Sie hatte riesige Probleme mit Viola.

Das Mädchen hatte sich einer Gruppe angeschlossen, die eng mit Mitgliedern der Jungen Gemeinde kooperierten, jegliche vormilitärische Ausbildung ablehnten und teilweise aggressiv gegen die Militarisierung im Lande auftraten. Sie hatte mit einer Gruppe gleichgesinnter Mädchen die Teilnahme am Wehrunterricht verweigert und man hatte Svenja davon in Kenntnis gesetzt, dass ein Verbleib an der Schule sehr fraglich wäre.

Ich fühlte mich nicht ganz wohl bei der Sache, denn ich hatte es bis heute nicht fertig gebracht, ein Gespräch mit Viola zu führen.

Was hätte ich dem Mädchen auch sagen sollen?

Tritt wieder in die FDJ ein, zieh das Blauhemd an, geh

zum ersten Mai brav an den Eierköppen auf der Tribüne vorbei, übe im Wehrlager den Umgang mit der Gasmaske, falls die bösen Imperialisten uns mit Sarin begasen würden.

Dabei gab es in Europa wohl kein militärisch aggressiveres Land als die DDR. Wehrerziehung in der Schule, Hans-Beimler-Wettkämpfe, Manöver Schneeflocke. Kampfgruppen in den Betrieben. Die Gesellschaft für Sport und Technik war militärisch ausgerichtet. Die Nationale Volksarmee präsentierte sich zu den großen Feiertagen der Republik mit Schützenpanzerwagen, Panzern, Kanonen und Raketen, Marschkolonnen im Stechschritt. Und das Feindbild war klar formuliert.

Es war an dem Abend sehr spät geworden.

Svenja machte eine Bemerkung, aus der ich schloss, dass sie nichts dagegen hätte, bei mir zu übernachten.

Ich reagiert nicht darauf.

Nicht noch einmal dieses Elend wie nach der Scheidung.

Einen Tag vor Heiligabend hatte ich erfahren ich, dass Leo in Bautzen II einsaß.

Stasiknast der besonders feinen Sorte.

Der verrückte Kerl hatte sich am 1. Mai um Kopf und Kragen demonstriert.

Unser Schulblock latschte die Ernst-Thälmann-Straße in Richtung Altmarkt entlang.

Leo ging, obwohl er nicht mehr zu unserer Schule gehörte, drei Reihen vor mir mit einem ziemlich großen Plakat, auf dem irgendeine Losung zum 1.Mai stand.

Was mir sehr spanisch vorkam.

Leo, der treu ergebene Staatsbürger, da war was faul, oberfaul.

Wenige Meter vor der Tribüne blieb Leo stehen, stellte das Plakat ab, riss die Papierhülle mit der Losung zum ersten Mai herunter, hob das Plakat an seinem Holzstiel weit über seinem Kopf und schwenkte es Richtung Tribüne.

In den Reihen der treuen Genossen kam Unruhe auf. Leo drehte jetzt sein Plakat nach allen Seiten und ich las: **STOPPT DIE MENSCHENVERSUCHE WEST-DEUTSCHER PHARMAUNTERNEHMEN IN UNSEREN KRANKENHÄUSERN!**

Ich sah, wie sich von der Seite drei Leute blitzschnell an Leo herandrängten, ihm das Plakat aus der Hand wanden, ihn aus der Marschreihe drängten, und in wenigen Augenblicken war Leo verschwunden.

Er blieb verschwunden.

Erst allmählich sickerte es durch: Bautzen II.

Die Klingel riss mich aus meinen Gedanken

Ricarda.

Wurde aber auch Zeit.

Im Club war bereits Hochbetrieb.

Helmut empfing uns schief grinsend. „Spät dran, ihr zwei."

„Besser spät dran als gar nicht dran", gab Ricarda lachend zurück.

Ich fühlte mich in Helmuts Gegenwart immer noch nicht ganz wohl, seit er mich nach der Altmarktaktion ziemlich heftig zur Brust genommen hatte.

„Noch eine solche Scheiße wie die auf dem Altmarkt und du bist draußen, Felix. Kannst dann wieder von deinen Lehrerpiepen leben, Westgeld ade! Wenn wir für gewisse Einrichtungen nicht eine ihrer besten Informationsquellen wären und ich nicht für dich gebürgt hätte, wäre für dich längst …"

Helmut hatte tief Luft geholt.

„Was solls, saufe, bis dich die Leberzirrhose erledigt oder vögel dich zu Tode, aber lass die Finger von solchem politischen Scheißdreck. Ich sag dir das nur ein einziges Mal. Haben wir uns verstanden?"

Hatten wir.

Ricarda schob mich in den großen Raum, in dem Elviras Bühnenshows stattfanden.

„Muss das sein?" So richtig wohl fühlte ich mich bei öffentlichen Sexdarbietungen nicht. Liebesspiele hatten für mich etwas Intimes.

Konservative Erziehung. Ich hatte meine Eltern nie nackt gesehen.

Die Bühne war in ein diffuses rötliches Licht gehüllt, und der relativ kleine Raum war so überfüllt, dass einige Leute an den Wänden standen.

Aus einem Kassettenrecorder kam jetzt die Schmeichelstimme von George Michael und Elvira betrat die Bühne im weißen, vorn offenen Bademantel.

Die Brustwarzen ihrer vollen, straffen Brüste waren durch glitzernde rote Sterne verdeckt, und in ihrem Schamhaar steckte eine feuerrote Blume.

Sie begann im Rhythmus der Musik zu tanzen, und bei jeder Drehung ihres geschmeidigen Körpers klaffte der Bademantel auseinander.

Sie tanzte langsam nach vorn, blieb an der Vorderkante der improvisierten Bühne stehen, blickte in die erste Reihe und krümmte den Zeigefinger.

Ein Mitvierziger erhob sich, ergriff ihre Hand und sprang nach oben.

Die Musik wurde lauter, und während sich die beiden Schausteller ihrem erotischen Tanz hingaben, begann Elvira den Mann langsam zu entkleiden.

Dann streifte der Mann, als er nackt war, Elvira den

Bademantel von den Schultern, zupfte mit dem Mund die Glitzersterne von ihren Brüsten, kniete sich vor sie hin, nahm die feuerrote Blume mit dem Mund aus ihrem Schamhaar, ließ sie auf den Boden fallen und vergrub sein Gesicht im Schoß seiner Tänzerin.

Elvira zog den Kopf des Mannes nach oben, und der Tanz ging weiter.

Aus der ersten Reihe sprangen ein Mann und eine Frau auf die Bühne und zogen sich aus.

„Ich hau ab." Ich nahm Ricardas und schob sie zur Tür. Das war nichts für mich Ich war keinesfalls prüde, aber öffentlich zur Schau gestelltes Rudelbumsen war nicht mein Ding.

Hier ging das gewisse Etwas, die prickelnde Intimität des Sexes für mich verloren. Erinnerte mich irgendwie an den Zoo, wo sich die Affen beim Affenmachen nicht im Geringsten vom Publikum stören ließen.

„Bin doch kein Affe", murmelte ich.

„Schade", lachte Ricarda.

„Hättest du gern mitgemacht?"

„Warum nicht? Stell ich mir schon ganz aufregend vor."

„Ist nicht mein Ding."

„Seit wann ist unser Felix denn prüde?"

„Bin ich von Geburt an", lachte ich und kniff Ricarda derb in ihr Hinterteil. „Mach`s eben am liebsten mit dir."

War nur halb gelogen. Der Sex mit Ricarda war zwar nicht das Gelbe vom Ei, aber ihre besonderen Einfälle dabei hatten schon ihren Reiz.

Aber alles zu seiner Zeit. Jetzt war Arbeit angesagt.

Wir gingen in das Spielzimmer, bereiteten die Tische vor, und ich übernahm das Roulett.

Hätte nie gedacht, dass ich das so perfekt beherrschen würde. Mein Talent für Zahlen zahlte sich hier aus, im wahrsten Sinne des Wortes. Helmut war froh, dass er mich nur kurzzeitig ablösen musste und dann wieder zu seinen Würfeln zurück konnte.

Es wurde eine lange Nacht.

Ricarda fuhr mich im Morgengrauen nach Hause.

Für die Summe, die mir Helmut am Ende der Nacht in die Hand drückte, hätte eine Verkäuferin einige Monate arbeiten müssen; das Westgeld nicht mitgerechnet.

Die Beträge, vor allem in D-Mark, die in dieser Nacht gewonnen und verloren wurden, sprengten den bisherigen Rahmen.

Ostgeld schien immer mehr an Wert zu verlieren.

Bisher wurde meist 1 zu 5 oder 6 getauscht. Inzwischen musste man für 100 West bis zu 800, in manchen Fällen bis zu 1000 Ostmark hinlegen.

Da inzwischen fast alles zur Mangelware geworden war, ging ohne harte Währung nichts mehr.

Es sah fast so aus, als würde dieses Land nur noch künstlich am Leben gehalten, als hinge es an einem Tropf, der von den bösen Kapitalisten immer wieder mit frischer Nährlösung in Form von harter Währung versorgt wurde.

Warum taten die das?

Die Antwort war relativ simpel.

Wenn du deine heruntergekommene Verwandtschaft aus der Ferne unterstützt, wird das immer noch billiger, als wenn du sie in deine Familie aufnimmst.

Das nämlich könnte teuer werden, und schließlich hatte man auch auf seine Nachbarn Rücksicht zu nehmen.

Sollten sich wider Erwarten die Brüder und Schwestern aus Ost und West miteinander vereinigen, bestünde immerhin die Gefahr, dass die Familie zu groß, zu laut und zu stark werden könnte.

Besagte Nachbarn hatten da schon ihre Erfahrungen gemacht. Und das waren keine guten gewesen.

Drei bösartige Kriege innerhalb von 75 Jahren mit insgesamt 35 bis 40 Millionen gefallener Soldaten, die vielen Millionen toter und verletzter Zivilisten noch nicht einmal mitgerechnet, das reichte.

Kein Wunder, dass die Nachbarn jede Annäherung der beiden Deutschlands mit Argusaugen verfolgten.

Aber was ging mich das an? Felix Hohndorf, dieses kleine Arschloch im Weltgetriebe, würde wohl kaum ein Mitspracherecht daran haben, ob sich Ost und West eines Tages wieder in den Armen liegen oder mit Panzern und Kanonen übereinander herfallen würde.

„Schläfst du schon?"

Ricardas Stimme riss mich aus meinen fruchtlosen Gedanken.

Wir stiegen aus und sie kam noch mit zu mir und wir spielten „Hoppe, hoppe Reiter, wenn er kommt, dann schreit er."

***

Wieder hatte einer der großen Führer unseres Bruderlandes das Zeitliche gesegnet. Konstantin Ustinowitsch Tschernenko war verschieden und die Werktätigen der Deutschen Demokratischen Republik versanken in tiefer Trauer – tönte zumindest das Zentralorgan Neues Deutschland.

Den Werktätigen der Republik war scheißegal, wer von den alten russischen Betonköpfen wieder mal ins Gras gebissen hatte. Ich saß allein im Lehrerzimmer und

111

blätterte im ND vom 12. März 1985.

Beileidsbezeugungen ohne Ende:

Das Zentralkommitee der SED,

Der Ministerrat der DDR,

Das Politbüro des ZK der SED,

Der Ministerrat,

Der Minister des Innern.

Bei der zwanzigsten Beileidsbekundung hörte ich auf zu zählen. Erstaunlich, wie man die Seiten einer Zeitung füllen konnte

Der neue Mann an der Spitze des Zentralkomitees der KPdSU hieß Michail Sergejewitsch Gorbatschow und war Mitte 50.

Viel zu jung und wahrscheinlich auch noch viel zu gesund.

Ich konnte mich nur an alte, kranke Männer wie Breschnew, Andropow und Tschernenko erinnern.

Und jetzt ein für russische Verhältnisse junger, gesunder Mann an der Spitze des Bruderlandes. Wenn das mal gut ging.

„Seit wann liest du denn das ND?"

Ich war so in Gedanken versunken, dass ich nicht gehört hatte, wie Janet ins Lehrerzimmer gekommen war.

„Man muss sich bilden."

„Mit dem Wurstblatt – das sagst du ohne rot zu werden."

„`Alles Große bildet, sobald wir es gewahr werden`, sagt Goethe."

„Also deshalb ist das Käseblatt so groß", lachte Janet.

„Wir waren nach dem Krieg sehr froh, dass das ND so groß war."

„Weil ihr es für hinterlistige Zwecke missbraucht habt."

„Ich habe die geschnittenen Blätter vorher immer gelesen, jedenfalls teilweise."

„Du musst jetzt nicht noch weitere Einzelheiten preisgeben. Willst du einen Kaffee?"

Janet goss sich aus der Thermoskanne eine Tasse voll.

„Danke, die abgestandene Brühe erinnert mich an den Kaffee meiner Großmutter aus gerösteter Gerste und gebrannten Eicheln, pfui Teufel."

„Wenn du Lust hast, kannst du ja mal zum Kaffee zu mir kommen."

Was war das denn? Janet, die schöne, seit einigen Jahren geschiedene und unnahbare Kollegin.

„Jacobs!"

„Gern", krächzte ich. Irgendwas war mit meinen Stimmbändern nicht in Ordnung.

„Übermorgen so gegen 17.00 Uhr?"

Ich nickte vorsichtshalber nur, denn ich hatte Angst, dass mein Sprechapparat mich völlig im Stich lassen könnte.

„Also dann bis Samstag."

Weg war sie.

Himmel, Arsch und Zwirn! Janet, die kalte Sophie, wie sie allgemein im Kollegium genannt wurde, lädt dich zum Kaffee ein, Alter.

Janet war schätzungsweise Anfang dreißig und du alter Knochen gehst langsam, aber sicher, Richtung fünfzig.

Felix, Felix, was soll das noch werden mit dir?

Ich hatte gerade die Geschichte mit Ulla beendet.

War höchste Zeit gewesen.

Das verdammte Weib war mir mit ihrer wunderbar zarten Haut und ihrem geschmeidigen Körper seit der italienischen Nummer nicht mehr aus dem Kopf gegangen.

Nachts hatte ich im Traum auf ihr gelegen, mich ins Bettlaken gebohrt, und immer öfter hatten mich erotische Tagträume heimgesucht.

Vierzehn Tage nach der Altmarktaktion hatte sie plötzlich

113

wieder vor meiner Tür gestanden. Wir hatten so ziemlich alles, was es außer einem normalen Geschlechtsverkehr gab, ausprobiert, nur die griechische Variante hatte ich abgelehnt.

Nach drei Wochen hatte sie mir angeboten, sie aus dem Gefängnis ihrer Jungfräulichkeit zu befreien. Mir war klar, was das aus ihrer Sicht bedeutete: Verlobung!

Holzauge sei wachsam! Das Mädel hätte meine Tochter sein können.

Ich dachte an das Pärchen, das ich in meinem ersten und einzigen FDGB-Urlaub kurz nach meiner Scheidung von Svenja erlebt hatte.

Das Väterchen an unserem Tisch war an die achtzig oder einiges darüber. Die Frau mochte Anfang fünfzig sein, sah noch relativ gut aus und schien noch nicht mit dem Leben, speziell dem Liebesleben, abgeschlossen zu haben.

Sie rückte dem Väterchen den Stuhl zurecht, versorgte ihn mit den abgezählten Mett- und Leberwurstscheibchen beim Abendbrot, goss ihm Tee ein, fuhr ihm liebevoll über die Wange, reichte ihm die lebensverlängernden Tabletten und schob ihm noch eine Extrapille zwischen die Lippen.

„Nimm noch deine Benedorm, Kurt, damit du gut schläfst."

Die Frau hatte mich angesehen, als wäre sie mir eine Erklärung schuldig.

„Mein Mann schläft im Gebirge immer schlecht. Unser Arzt meint, dass für manche Leute das Gebirgsklima eine Art Reizklima sei."

Der Heimleiter, ein schmieriger Typ, dem man den Schlüpferstürmer kilometerweit ansah, war zur Begrüßung an unseren Tisch gekommen.

114

Die Frau erhob sich und die beiden umarmten sich.

Die Hand des Mannes lag einen kurzen Augenblick so auf dem Hintern der Frau, dass man daraus auf eine gewisse Vertraulichkeit schließen konnte.

Dem Väterchen wurde die Hand geschüttelt und eine gute Nacht gewünscht.

Ich hatte mich nach dem dürftigen Abendbrot auf mein Zimmer begeben, mir ein Radeberger und einen guten alten Bols eingegossen und Jorge Amados `Land der Goldenen Früchte` zurechtgelegt.

Irgendwann gegen Mitternacht wachte ich auf.

Ich musste im Sessel eingeschlafen sein.

Meine Blase war kurz vorm platzen.

Drei leere Radeberger standen auf dem Tisch und in die Bolsflasche war nahezu halb leer.

Ich brachte das Bierfiltrat zur Toilette und ging noch vor die Tür, um eine zu rauchen.

Die Nacht war sternenklar und es hatte sich kaum abgekühlt. Bei der Hitze würde ich so schnell nicht wieder einschlafen, und noch einen zur Brust nehmen wollte ich nicht.

Ich ging quer durch das relativ große Grundstück Richtung See.

Aus dem Bereich des Schilfgürtels hörte ich flüstern, leises kehliges Lachen und dann das langanhaltende Stöhnen einer Frau.

Alter Spanner. So was gehört sich nicht, Felix.

Ich ging trotzdem weiter. Am Ufer zwei Angelruten, ein Klappstuhl und ein Eimer.

Etwa zehn Meter links davon eine Frau, die sich zum Orgasmus ritt. Ihre schweren Brüste bewegten sich hoch und runter, ihr Kopf war weit nach hinten gereckt und die Hände des Mannes umklammerten die kräftigen Po-

Backen und gaben den Rhythmus vor.

Plötzlich schrie die Frau auf und fiel nach vorn auf den Mann.

Ich zog mich leise zurück.

Morgen früh würde die Frau wieder liebevoll ihrem klapprigen Gemahl übers Haar streichen, ihm den Kaffee eingießen, ihm die Marmelade und die Brötchen vom Büfett holen, um dann in der Nacht wieder ihre Bedürfnisse mit so einem Mösenfröhlich wie diesem Heimleiter zu befriedigen.

Das Väterchen tat mir einerseits leid, aber ich konnte auch die Frau verstehen.

Beide hatten den Fehler gemacht und geglaubt, die Heimsuchungen des Alters treffe nur die Anderen.

Wenn du dann im Rollstuhl sitzt und die liebende Gattin mit der noch immer unstillbaren Hitze im Unterleib hüllt dich in die Wärmedecke ein ...

Bloß das nicht, Felix, dann lieber rechtzeitig erschießen oder von der Basteiaussicht springen.

War mir nicht ganz leicht gefallen, mit Ulla Schluss zu machen, aber ein Ende mit Schrecken war besser als ein seniles Papachen mit einer Frau, die des Nachts heimlich und wahrscheinlich mit schlechtem Gewissen ihrem Verlangen nach sexueller Befriedigung mit solch einem Schmierseifenheini wie diesem Heimleiterfiesling nachgehen musste.

Diese Typen, die nur darauf lauerten, das bei anderen Leuten was vom Tisch fiel, waren mir ein Graus.

Die Sache mit Ulla war vorbei.

Leicht gefallen war mir das jedenfalls nicht, aber der Altersunterschied war zu groß gewesen. Zehn Jahre mochte noch angehen, aber was darüber ging, würde keine Allianz versichern.

Es klingelte. Die Stunde war um und die Kollegen strömten zur Kaffeepause ins Lehrerzimmer. Ich hatte Hofaufsicht und begab mich nach unten. Auf der Treppe traf ich Janet.

„Samstag?"

Ich nickte.

***

Die zweistöckige Villa lag in Elbnähe. Ich drückte den Klingelknopf mit dem Namensschild Peters. Janet öffnete die Haustür und bat mich einzutreten. Ich wickelte das Papier von den Nelken und reichte ihr die Blumen.

„Danke, Felix, ist aber nett von dir. Komm rein."

Der Korridor erschlug mich. Es war nicht die Größe und nicht der quadratische Schnitt des Raumes, es waren die Wände.

Auf schneeweißer Rauhfaser hingen Fotos, die mich frösteln machten.

Schneelandschaften mit gespenstischen, toten, anklagend in den Himmel weisenden Baumgerippen, graubraune trostlose Braunkohletagebaulandschaften, Fabrikanlagen, aus deren Schlote sich schwere Rauchschwaden vor die Sonne schoben, eine Flusslandschaft, in die ein dickes Betonrohr weißen Schaum presste, eine Aufnahme von im Wasser schwimmenden bräunlichen Fasern, und zwischen den Fotos Verse, verstreut, wie wahllos zwischen die Bilder geworfen.

Es war das meist gesungene Pionierlied in der DDR: "Unsre Heima", gesungen zu Elternabenden und Schuleinführungen, zu Pioniergeburtstagen, vor der

117

Patenbrigade, zum Frauentag und und und.

Ich trat nah an eine der weißen Wände.

Neben dem Bild eines völlig heruntergekommenen Hauses stand: „Das sind nicht nur die Städte und Dörfer". Ich kannte das Haus. Löbtauer Straße. Oben wuchs seit langer Zeit eine Birke aus der Dachrinne.

Zwischen den Bildern, auf dem der weiße Giftschlamm in die Elbe floss und dem Bild mit der braunen Faserbrühe stand: „Und die Tiere der Erde und die Fische im Fluss".

Ich sah Janet an. „Ganz schön riskant".

„Wer nichts wagt, kommt nicht nach Waldheim", lachte sie.

„Soll wohl nicht gerade das erstrebenswerteste Reiseziel sein."

„Komm ins Wohnzimmer, der Kaffee wird sonst kalt."

Wir setzten uns ans Fenster und Janet goss Kaffee ein, schob mir einen Teller mit Gebäck zu und sah mich an.

Was nun, die Götter sind besoffen, dachte ich, und du bist nüchtern. Für diesen Besuch vielleicht nicht der Idealzustand.

„Möchtest du vielleicht einen Kognak zum Kaffee?"

Ich nickte.

Janet stand auf und ging zur Anbauwand.

Mannomann, was für eine Figur. Wenn die Frau nackt über eine Wiese ginge, würden sich wahrscheinlich die Regenwürmer in Stahlnägel verwandeln.

Janet goss zwei Kognakschwenker halb voll Goldbrand.

„Prost, Felix."

"Prost!"

„Du hast dich sicher über die Einladung gewundert, Felix?"

„Zum Kaffee eingeladen zu werden, ist doch nichts

Ungewöhnliches", log ich.

Beinahe hätte ich Anstößiges gesagt.

„Also, ich will nicht um den heißen Brei herumreden ..."
Schon merkwürdig, dass Lehrer ihre Verkündungen meist mit „also" oder einem langgezogenen „soooo" beginnen.

„Hörst du mir zu?"

„Entschuldige, war gerade geistig austreten."

„Wäre nett, wenn du wieder eintreten würdest."

„Also?"

„Mich interessieren die chemischen Zusammenhänge zwischen industrieller Misswirtschaft und der Zugrunderichtung unserer Umwelt. Du hast ja die Bilder im Korridor gesehen. Dieses Land steuert auf eine ökologische Katastrophe unvorstellbaren Ausmaßes zu. Wir hinterlassen den nächsten Generationen ein Land, das nicht mehr bewohnbar sein wird. Unsere Wälder sterben, unsere Flüsse und Seen werden durch ungeklärte Abwässer und Giftstoffe zu Kloaken, die Fauna unserer Böden wird durch Überdüngung und Massentierhaltung verändert oder zerstört, unsere Luft wird durch Abgase aller Art ..."

„Das reicht erst mal, Janet. Vielleicht sollten wir mit der Luft anfangen."

„Entschuldige, Felix, aber bei diesem Thema gehen die Pferde mit mir durch. Also fang mit der Luft an."

Also, ich musste grinsen.

„Lachst du mich an oder aus?"

„An. Schöne Frauen werden immer angelacht."

„Spar dir den Schmalz, Felix, und fang an."

„Etwa 60 bis 70 Prozent unserer Haushalte heizt noch mit der herkömmlichen Ofenheizung aus der Zeit, als Prometheus mit seiner Fenchelstange das Feuer vom Sonnenwagen des Helios holte und den Menschen brachte und ..."

„Und Zeus vor Wut kochend die schöne Pandora mit ihrer unheilschwangeren Büchse zur Erde schickte ... erklär mir endlich diesen verdammten sauren Regen."

„Braunkohle kann bis zu 3 Prozent Schwefel enthalten, und unsere mitteldeutschen Kohlevorkommen gehören zu den schwefelreichsten Kohlen Deutschlands.

In der DDR werden pro Jahr so zwischen 200 und 300 Millionen Tonnen Braunkohle gefördert, und der größte Teil davon wird in Kraftwerken und Haushalten verbrannt. Wenn du eine Tonne Braunkohle verbrennst, jagst du etwa 20 Kubikmeter hochgiftiges Schwefeldioxid in die Atmosphäre."

Ich hatte die Zahlen noch aus der Zeit mit Leo im Kopf.

„Das heißt also mit 200 Millionen multipliziert ... Wahnsinn."

„Aus dem Schwefeldioxid bilden sich durch die Einwirkung von Luftfeuchtigkeit wie Nebel oder Regen Säuren des Schwefels. Mit dem Stickstoff verhält es sich ähnlich. Die gefährlichen Stickoxide verwandeln sich ebenfalls in Säuren. Diese Säuren machen unsere Böden sauer und zerstören ..."

„Kann man das verhindern?"

„Sicher, es gibt Entschwefelungsanlagen, bei denen reines Schwefeldioxid aus den Rauchgasen abgetrennt wird. Daraus kann dann sofort Schwefelsäure produziert werden. Mit dem Stickstoff verhält es sich ähnlich. Es gibt DENOX-Anlagen, wo aus den Stickoxiden unter Einwirkung von Ammoniak und Sauerstoff in Gegenwart von Katalysatoren ungiftiger Stickstoff und Wasser entstehen.

Ein ebenfalls nicht zu unterschätzendes Umweltgift kommt aber auch aus unserem Benzin. Um die Oktanzahl zu erhöhen und das Klopfen der Motoren zu minimieren, wird dem Benzin Bleitetraethyl zugesetzt und beim Verbrennungsvorgang landet das Blei dann in unserer Atmosphäre."

„Und, gibt's kein bleifreies Benzin?"

„Aber sicher, nur müsstest du mit deinem alten Trabi nach Köln oder Dortmund oder Braunschweig fahren. Der Westen hat seit knapp zwei Jahren bleifreies Benzin."

„Warum werden bei uns keine GENEX-oder DENEX-Anlagen installiert oder reines Schwefeloxid abgetrennt, warum haben wir kein bleifreies Benzin, sag mir das, Felix."

„Das ist doch ganz einfach, Janet. Die Entschwefelungsanlagen kosten Geld, viel Geld, teilweise Westgeld.

Die DENOX-Anlagen dito und das Benzin würde bei uns erheblich teurer. Im Sozialismus gibt es aber keine Preistreiberei wie im profitgierigen Kapitalismus. Bei uns kostet der Liter Benzin 1,50 Mark, basta und dabei bleibt es, und nicht mal 1,42 und dann wieder 1,63.

Der Sinn des Sozialismus besteht darin, alles für das Wohl des Volkes zu tun und die weitere Entwicklung des materiellen und kulturellen Lebens auf der Grundlage eines hohen Entwicklungstempos der Arbeitsproduktivität zu sichern.

Wenn du jetzt anfängst, unsere nach DDR-Standard hochmodernen Industrieanlagen in ihrer auf das Wohl des Volkes bedachten Produktionseffektivität durch Stilllegungen und Umbauten an der Planerfüllung zu behindern, würdest du letztlich den Glauben an den Sieg des Sozialismus untergraben.

Nur unsere vom Zentralkommitee der SED gesteuerte Wirtschafts- und Sozialpolitik ist in der Lage, dem Volke ein Leben in sozialer Sicherheit und materieller Geborgenheit zu geben. Willst du das wegen eines verkümmerten Baumes aufs Spiel setzen, irgendwann wäre der sowieso gestorben. Was sind da schon ein paar Leute mit Bronchialkatarrh, Verschleimung der Luftwege, Lungeninfektionen, Lungenkrebs oder Herzerkrankungen? Unser Gesundheitswesen, das seinesgleichen in der Welt sucht, hat damit keine Probleme, und außerdem treten die genannten Erkrankungen nur territorial begrenzt auf. Die Leute holen sich die meisten dieser Krankheiten mit ihrer Qualmerei auch ohne die Luftverschmutzung.Wenn es der Masse gut gehen soll, kann auf das Wohlergehen des Einzelnen nicht immer mit der nötigen Sorgfalt geachtet werden. Das Wohl des Volkes der DDR steht im Vordergrund und ..."

„Ich wundere mich", unterbrach mich Janet todernst, „warum du nicht unser Parteisekretär geworden bist."

„Prost", sagte ich.

Janet nahm einen Schluck, begann gleichzeitig zu lachen und zu schlucken, verschluckte sich und prustete den Weinbrand über den Tisch.

Ich sprang auf, klopfte ihren Rücken und legte, als sie wieder zu Luft gekommen war, meine Hand leicht auf ihre Brust.

Janet drehte den Kopf, sah mich sonderbar an und schob meine Hand weg.

Ich setzte mich wieder auf meinen Platz.

„Um das Ganze abzurunden, die allergrößten Dreckschleudern stehen bei den Tschechen. Was von dort über den Erzgebirgskamm bei für die Tschechen günstiger Windrichtung zu uns geblasen wird, spottet jeder Beschreibung, Die Zahl der Ausreiseanträge soll im Bereich Erzgebirge in den letzten Jahren überproportional zugenommen haben."

„Kann man dieser Sauerei nicht Einhalt gebieten?"

„Janet, Janet, die Tschechen sind unsere Freunde, gut, mag sein, dass wir mit der Kronenrepublik nicht so eng befreundet sind wie mit dem Rubelgiganten, der uns, wenn auch sehr eng kontigentiert, mit Erdöl versorgt, aber es sind trotzdem unsere Freunde, und Freunde reglementiert man nicht. Die dortigen Genossen haben letztlich genau wie unser hochverehrter Genosse Erich Honecker nur das Wohlergehen ihres Volkes im Blick. Und wie spricht der Volksmund: "Geteilte Giftgaswolken sind halbe Giftgaswolken"."

„Eins steht fest", grinste mich Janet an, „im nächsten Pädagogischen Rat schlage ich vor, dass du in Zukunft das Parteilehrjahr leiten wirst. Deine Argumentationen versteht jeder."

„Hättest du dich während deines Studiums intensiver mit dem dialektischen Materialimus und den antagonistischen und nichtantagonistischen Widersprüchen beschäftigt, könntest du ..."

„Hör bitte auf, Felix, ich bin erschüttert."

„Das solltest du auch sein ob deiner mangelnden Kenntnisse in Marxismus-Leninismus. Dein Denken und Handeln sollte vom sozialistischen Patriotismus und vom proletarischen Internationalismus bestimmt werden und nicht ... „

„Ich bin zerknirscht."

„Reicht dir das?"

„Mir reichts. Du bist unmöglich, Felix."

„Kannst du mir sagen, was du vorhast?

„Wir wollen eine Dokumentation für die Öffentlichkeit zusammenstellen."

„Wer ist wir?"

„Freunde."

„Naturfreunde?"

„Könnte man so sagen."

„Mit enger Bindung an Kirchengemeinden?"

Janet nickte.

„Du spielst mit dem Feuer oder besser mit dem Teufel."

„Mit Sitz auf der Bautzner Straße, ich weiß".

Ich dachte an Leo und ein kalter Schauer lief mir über den Rücken.

„Ich halte dieses Nichtstun nicht mehr aus," fuhr Janet fort, „wir werden nach Strich und Faden belogen und reglementiert, tagaus und tagein. Sämtliche Medien dieses Landes sind doch nichts Anderes als Machtinstrumente der herrschenden Klasse. Denkst du etwa, dass die Nachrichtensprecher den Mist glauben, den sie im Fernsehen von sich geben, oder dass die Journalisten glücklich sind mit dem Müll, den sie im Zentralorgan veröffentlichen?"

Janet holte tief Luft.

„Die wollen nur ihren Job unter der roten Sonne behalten, eventuell Karriere machen und ja, um Gottes Willen, nicht in Ungnade fallen. Guck dir doch unsere Innung an. Wir gehen brav und gehorsam zum Parteilehrjahr, obwohl wir keine Genossen sind, rennen mit unseren Klassen im Rahmen der vormilitärischen Ausbildung mit Karte und Kompass durch die Heide, finden es zum Kotzen, aber machen mit. Abducken und in der Masse untertauchen, nicht den Kopf heben, nicht aufmucken, schön still halten und nicken. Brecht hätte sagen sollen: Nur wer sich duckt, lebt angenehm. Ich kann nicht mehr mit ansehen, wie dieses Land von Leuten, die nur an der Erhaltung ihrer Macht interessiert sind, zugrunde gerichtet wird."

Janet holte erneut tief Luft. An ihrem Hals krochen rote

Flecke nach oben.

„Klar lebst du nicht schlecht, wenn du die Klappe hältst und alles schön mitmachst, dich brav dort anstellst, wo sich andere anstellen, deine Solimarke regelmäßig klebst, deinen Beitrag zur Deutsch-Sowjetischen-Freundschaft zahlst, zum 1.Mai mit deiner Klasse an den Eierköpfen auf der Tribüne vorbeimarschierst, möglichst am zeitigen Vormittag die Kanditaten der Nationalen Front am Wahltag wählst, regelmäßig das Parteilehrjahr besuchst und und und. Aber wehe dir, du prangerst Missstände an, die nicht ins Bild des realexistierenden Sozialismus passen."

In ihren Augen zuckten Blitze.

„Ich kann nicht mehr ruhig und geduckt dahinleben, Felix."

Janet stand auf, ging zu dem Bücherregal an der Wand, griff ein Buch, kam zurück und drückte es mir in die Hand.

„Lies das."

George Orwell, **1984**. Ich hatte die Farm der Tiere von Orwell gelesen, aber **1984** kannte ich nicht.

„Lass dich nicht beim Lesen dieses Buches erwischen, das könnte dir eine kostenlose Reise nach Bautzen einbringen."

„Du übertreibst."

„Kaum, es ist ein Buch, das einer Diktatur, die eine Demokratie zu sein vorgibt, den Spiegel vorhält. Vor einigen Jahren ist ein Theologe zu mehr als zwei Jahren verurteilt worden. Der Mann hat **1984** gelesen und weiter verliehen. Mehr als zwei Jahre für ein Buch, Felix, und so was nennt sich demokratische Republik."

„Jedes Volk hat die Regierung, die es gewählt hat, Janet. Ich denke, dass Leute, die, egal wo auf der Welt, daran glauben, in einer Demokratie zu leben, auch noch an den Weihnachtsmann glauben. Auf der einen Seite hast du die Diktatur des Proletariats und auf der anderen Seite die Diktatur der harten Währung. Dem Volk wird überall auf dieser Erde das Fell über die Ohren gezogen. Der Unterschied besteht nur darin, ob es mit sanfter Hand oder mit brutaler Gewalt geschieht. Der sanfte Fellabzieher heißt dann Demokrat, und der rücksichtslose ist der Diktator. Abgezogen wird dir das Fell letzten Endes überall."

Janet sah mich an, grinste dann schief und murmelte: „Besser geküsst als abgezogen zu werden."

Sie stand auf.

Es war ein langer Kuss. Als ich mehr wollte, schob sie mich behutsam von sich.

„Hast du morgen schon was vor?"

„Soll ich dir einen weiteren Vortrag halten, vielleicht über die Diktatur des Proletariats?"

„Ich brauche noch ein paar Bilder vom Erzgebirgskamm. Wir könnten von Geising aus zum Mückentürmchen wandern."

„Keine dumme Idee für einen trostlosen Sonntag."

„Ich hol dich gegen 10.00 Uhr ab?"

„Geht klar.

***

Der Sinn meines Lebens bestand also darin, geduckt durch die Welt zu laufen. Der Satz von Janet gestern ging mir nicht aus dem Kopf.

Ich goss mir noch einen Kaffee ein. Mir ging es doch gut,

ich hatte Ostgeld und Westgeld, spezielle Wünsche konnte ich mir im Intershop erfüllen, ich hatte eine Arbeit, die mir Spaß machte und einen Nebenjob, der mehr einbrachte als meine reguläre Tätigkeit, ich hatte für den Notfall Ricarda, die Ausreise würde ich nie und nimmer ins Auge fassen – also lass dich nicht verrückt machen, Felix.

Du bist ein erbärmlicher Mitläufer, Felix, flüsterte der Andere in mir. Nur um deinen Allerwertesten warm zu halten, sagst du zu der ganzen politischen Scheiße in dieser vorgetäuschten Demokratie Ja und Amen! Bezahlst brav und treu deinen Beitrag für die Deutsch-Sowjetische-Freundschachaft, obwohl dir der Verein am Arsch vorbeigeht und jeder froh wäre, wenn die Russen endlich abhauen würden, nimmst am Parteilehrjahr teil und lässt dir die Notwendigkeit der Einrichtung von Delikat- und Exquisitläden vom Parteisekretär erklären, der seine Klamotten von der Westverwandtschaft aus Hamburg bezieht.

Was für ein erbärmlicher Wicht bist du? Siehst mit offenen Augen, wie dieses Land zugrunde gerichtet wird, wie die Häuser verfallen, die Umwelt verfault und versifft und die Partei jeden Tag tonnenweise ihre ideologischen Lügenjauche über der braven Masse auskippt.

Jetzt sei aber mal nicht ungerecht, du alter Meckersack. Die große Masse ...

Es klingelte.

Janet.

Wir fuhren in ihrem alten Trabi Richtung Heidenau, bogen rechts ab nach Dohna. Links lagen die heruntergewirtschafteten Fluor-Werke. So wie diese Giftbude aussah, grenzte es an ein Wunder, dass hier noch gearbeitet wurde.

„Die meisten Kinder dieser Gegend leiden unter Fluorose."

„Sind das diese Verfärbungen der Zähne?" Ich hatte irgendwas davon gehört.

„Die fluorhaltigen Abwässer fließen direkt in die Müglitz und verseuchen das Grundwasser. Diese Dentalfluorose ist nicht nur ein kosmetisches Problem für die Betroffenen, der Zahnschmelz kann ebenfalls erheblich geschädigt werden."

Janet hielt, stieg aus, sah sich nach allen Seiten um und machte vom Straßenrand aus einige Fotos.

Als hinter uns zwei Autos in Sicht kamen, stieg Janet wieder ein und wir fuhren das Müglitztal weiter aufwärts. In Weesenstein hielt sie erneut an.

„Dieser Ort mit seinem Schloss und seinen Einwohnern, Felix, ist der untrügliche Beweis dafür, dass der Mensch, nach den Schaben natürlich, zu den überlebensfähigsten Lebewesen dieses Planeten gehört. Die Leute hier haben die Dohnaische Fehde vor rund 600 Jahren, die Zerstörungen durch den Einfall der Hussitten, die Verwüstungen durch die Schweden im Dreißigjährigen Krieg, die Brandschatzungen im Siebenjährigen Krieg und die Vergewaltigungen und Plünderungen im Napoleonischen Krieg durch die Österreicher, Franzosen und Russen überlebt."

„Und du gehst davon aus, dass Weesenstsein auch die Kommunisten überleben wird?"

„Davon gehe ich aus, Felix", lachte Janet.

„Und hoffentlich nicht nur Weesenstein", sagte ich.

„Die DDR lebt seit Jahren auf Pump, Felix, wenn der Westen eines Tages den Geldhahn zudreht, gehen hier die Lichter aus. Die Kredite in D-Mark im innerdeutschen

Handel sollen langsam die Milliardengrenze erreichen."

„Dann sollten die in Bonn den Hahn endlich zudrehen."

„Ist nicht so einfach, wie wir uns das mit unseren Spatzenhirnen vorstellen. Die hätten uns am Hals hängen und das würde wahrscheinlich nicht ganz billig für die Bundis werden. Außerdem wird es nicht einfach, die Engländer und die Franzosen davon zu überzeugen, dass ein geeintes Deutschland nicht erneut eine Gefahr darstellen würde."

„Ich kann mir nicht vorstellen, dass dieses Land noch einmal einen Krieg vom Zaun brechen würde."

„Davor werden die keine Angst haben, aber ein vereintes Deutschland könnte wirtschaftlich wieder so stark werden, dass es den Ton in Europa angeben würde."

Glashütte las ich auf dem nächsten Ortseingangschild. Die Uhrenstadt.

Ich sah auf meine Glashütter Spezimatic, die ich von meinem Vater geschenkt bekommen hatte.

„Hat auch wieder eine interessante Geschichte, dieser Ort", sagte Janet.

„Glashütte lebte jahrhundertelang vom Erzbergbau, Felix. Als gegen Anfang des 19. Jahrhunderts die Erzvorkommen erschöpft waren, geriet die Region in eine ernste wirtschaftliche Schieflage. Rate mal, was da passierte."

Ich zuckte mit den Achseln.

„Die königlich-sächsische Regierung lockte Industrielle mit Anschubfinanzierungen in die Stadt. Ein gewisser Ferdinand Adolph Lange ließ sich in der Stadt nieder, bekam aus der königlichen Kasse 7000 Taler und begann eine Uhrenindustrie aufzubauen, die weit über die Grenzen Deutschlands hinaus bekannt wurde."

„Du willst mir doch wohl nicht weismachen, dass sich der Adel, diese Zecken am Leib des Volkes, um selbiges

Gedanken machte. In Marxismus-Leninismus hat man uns an der Uni da aber etwas ganz Anderes gelehrt."

„Gelehrt wird immer das, was ins System passt", lachte Janet.

In Geising stellten wir den Trabi ab und machten uns auf den Weg. Es war ein schauriger Weg. Der Wald war eines jämmerlichen Todes gestorben, vergiftet, erstickt, verätzt, verhungert und verdurstet.

Dunkle Baumskelette reckten ihre verdorrten Arme anklagend in den Himmel, Baumkinder in Agonie bewegten ihre verdorrten Zweigärmchen um Hilfe flehend im Todeshauch einer verpesteten Luft.

Wenn keine Wanderer in der Nähe waren, fotografierte Janet den biologischen Tod, soweit das Auge der Kamera reichte.

Am Mückentürmchen aßen wir Knödel mit Gulasch, ich trank zwei halbe Liter vom Fass und lauschte dem vergnügten Geplauder der Wanderer.

„Der Tod unserer Wälder scheint hier niemand zu stören", sagte Janet.

„Sieht so aus. Solange der Tod nicht an die eigene Haustür klopft, soll er doch ruhig woanders seine Ernte einfahren."

„Man muss die Leute wachrütteln."

„Und das willst du tun?"

„Allerdings."

„Du weißt, was dir das einbringen kann?"

„Weiß ich."

Wir schwiegen lange.

Janet hatte Recht. Gib dir einen Ruck, Felix. Du kannst nicht immer nur Zuschauer bleiben und warten, dass andere die Kastanien für dich aus dem Feuer holen. Was willst du eines Tages deinem Sohn sagen, wenn er dich fragt, warum du beim Sterben dieses Landes nur zugesehen hast?

Verdammt, ich wusste, dass ich nicht zu den mutigsten Leuten gehörte, ich hing an meinem bescheidenen Wohlstand, schließlich ging es mir besser als dem Durchschnitt. Aber sollte ich mein Leben weiter so verplempern wie bisher? Rauchen wie ein Schlot, auf dem Weg zum Alkoholiker, ständig wechselnde Weiber im Bett, sinnlose Zockernächte um des schnöden Mammons willen.?

Ich straffte mich innerlich.

„Ich bin dabei, Janet."

„Hast du es dir gut überlegt, Felix?"

„Wenn ich zu lange überlegt hätte … ich weiß nicht. Allein der gute Wille kann die Welt nicht verändern."

Wir wanderten zurück nach Geising, schwangen uns in den Trabi und fuhren heimwärts.

„Soll ich dich nach Hause fahren?" Janet sah mich von der Seite an.

Ich brummte etwas Unverständliches vor mich hin. Jetzt den Sonntagabend allein in meiner Bude war wohl nicht das Gelbe vom Ei.

„Kannst noch mit zu mir kommen." Kam ziemlich gequetscht aus Janets Mund.

„Gern", sagte ich mit leicht heißerer Stimme.

In Janets Wohnzimmer tranken wir eine Flasche Wein, dann stand ich auf und nahm sie in den Arm.

Es dauerte maximal 10 Sekunden, bis wir beide nackt waren. Janet zog mich ins Schlafzimmer.

Ihr Körper war vor Erregung mit roten Flecken übersät.

Ich sagte nichts.

Hätte sie auch mit Fleckfieber genommen.

Ich ließ meinen Blick über ihren Körper gleiten.

Langer schmaler Hals, kleine, sehr spitze Brüste mit braunen Brustwarzen, schmale Taille, ein schwarzes Dreieck und traumhaft schlanke, lange Beine.

Janet legte sich aufs Bett, ich legte mich neben sie, nahm ihren Kopf in meine Hände und begann sie zu küssen. Meine Zunge ging in ihrem Mund auf Erkundung, und meine Hände entwickelten ein Eigenleben. Ich streichelte ihre Brustwarzen, ihren straffen Bauch, fuhr leicht über ihren Nabel und ließ meine Fingerspitzen die zarte Haut der Innenseiten ihrer Schenkel erkunden.

Janet lag regungslos, nur ihr Atem ging schneller.

Die Gier übermannte mich. Ich hielt es nicht mehr aus, legte mich auf sie und versuchte, in sie einzudringen.

Ging nicht.

Die Feengrotte war geschlossen.

Ich hatte mir nicht genügend Mühe mit der Suche nach dem Schlüssel gegeben.

Ich gab auf.

Als ich Janet ansah, schimmerten ihre Augen feucht.

„Tut mir leid, Felix, du bist seit zwei Jahren der erste Mann in diesem Bett. Es geht einfach nicht."

„Kein Problem", sagte ich, obwohl es eins war – für mich. Ich stand auf, füllte die Weingläser und stellte sie auf den Nachttisch.

„Seit wann bist du geschieden?"

„Reichlich zwei Jahre."

„Ist dein Mann fremdgegangen."

Mein Gott, was ging mich das an, aber über irgendwas musste man ja reden und neugierig war ich schon, wie ein Mann ein solches Klasseweib aufgeben konnte.

„Die Geschichte ist so verworren, dass ich sie selber noch nicht restlos verstanden habe. Eines Tages war Reinhard weg. Er kam am Abend nicht nach Hause, und er war am nächsten Morgen noch nicht wieder da."

„Unfall?", was Anderes fiel mir nicht ein. Ich hatte meine Hand wieder auf Janets Brust gelegt und streichelte behutsam ihre Spitze.

„Ach wo, Reinhard arbeitete in den obersten Etagen bei Robotron, war Auslandskader, und zwar kapitalistisches Ausland. Am Nachmittag hab ich dann bei Robotron angerufen.

Sie holte tief Luft.

„Ich wurde zur Kaderleitung durchgestellt.

Reinhard hatte die Republik verlassen.

Gegen Abend erschienen zwei Herren bei mir, und du wirst dir denken können, wo die herkamen."

„Sicherheitsnadeln von der Bautzner."

„Die Kotzbrocken haben mich in die Mangel genommen, aber da ich überhaupt nichts wusste, sind sie wieder verschwunden.

Das Einzige, was ich jetzt mit Sicherheit wusste, war, dass Reinhard, wenn er abends Überstunden machte, um an irgendwelchen Rechnern zu arbeiten, in Wirklichkeit an seiner Sekretärin gearbeitet hat.

Die waren plötzlich beide im Westen gelandet. Frag mich nicht wie. Ich nehme an, diese Vera hatte eine genehmigte Reise zu einem Todesfall oder etwas Ähnlichem und Reinhard hat die Gunst der Stunde genutzt. Ich bin sicher, die beiden hatten das Ding seit längerer Zeit vorbereitet."

Janet rückte etwas näher an mich heran. Ich spürte, wie aus ihren Knöpfchen allmählich Knöpfe wurden.

„Und du hattest keine Ahnung, dass er dich betrügt?"

„Ich habe Reinhard total vertraut, das war ein Riesenfehler. So konnte er Abende und halbe Nächte mit dieser Vera verbringen und ich dachte noch, der arme Kerl sollte wirklich nicht so viel arbeiten. Das Wort Vertrauen gehört zu den am meisten missbrauchten Worten der deutschen Sprache."

„Die Frage ist nur: Kann man ohne Vertrauen leben?" Ich dachte an Leo, wir hatten uns blind vertraut.

„Ich habe dieses Wort jedenfalls aus meinem Sprachschatz gestrichen und werde ..."

Janet stöhnte plötzlich laut auf.

Meine Hand war nach unten gewandert und ich hatte den Schlüssel zu ihrer Grotte berührt.

Ich küsste ihre warmen, festen Brüste.

Janet zog mich auf sich.

Die Feengrotte war geöffnet.

Ich schob mich ganz langsam in sie hinein.

Janet hielt den Atem an, erstarrte, und umklammerte mich so fest, dass ich mich nicht in ihr bewegen konnte.

Tief in ihr spürte ich ein ganz leichtes Vibrieren.

Wir lagen still und sahen uns in die Augen.

Meine Wünschelrute nahm jedes Muskelzucken in ihr wahr.

Dann umklammerten ihre Hände meinen Kopf, zogen ihn nach unten, und wir begannen uns wild zu küssen. Janet presste sich mir entgegen, ohne meinen Mund freizugeben.

Ihre heftigen Bewegungen machten aus mir ein rasendes, wildes, unersättliches Raubtier. Ich begann jegliche Kontrolle über meinen Körper zu verlieren.

Die Erlösung kam schnell und heftig.

Janets Kopf fiel zur Seite sie und starb mit mir.

Ich hielt sie in meinen Armen fest, bis ihr Atem wieder ruhig ging, stand dann auf, ging in die Küche, holte ein Glas kaltes Wasser und hielt es ihr an die Lippen.

Sie trank das Glas in einem Zug leer, richtete sich auf,

nahm meinen Kopf in ihre Hände und flüsterte: „War schön, Felix, danke."

„Wofür?"

„Dass ich wieder etwas fühle, dass ich mich wieder als Frau fühle."

„Ich kann mir nicht vorstellen, wie man es zwei Jahre ohne Sex aushalten kann?"

„Viele Frauen sind anders gestrickt als ihr Männer, Felix. Bei uns steht die Liebe im Vordergrund, erst dann kommt der Sex. Bei euch ist das wahrscheinlich eher umgekehrt. Die Frau unterliegt in der Liebe viel stärker äußeren Einflüssen als der Mann."

„Hast du deinen Mann geliebt?"

„Sehr, Felix, es hat mich völlig aus der Bahn geworfen."

„Hast du je wieder von ihm gehört?"

„Vier Wochen, nachdem er abgehauen war, war er wieder da."

„Soll das ein Witz sein?"

„War wirklich so. Die Sache mit dieser Vera war für Reinhard ein Schuss in den Ofen. Dies Frau hatte meinen testosterongesteuerten Einfaltspinsel von Mann so umgarnt, dass er alles für sie getan hätte.

Als sie drüben waren, ging alles ganz schnell zu Ende. Diese Vera hatte nur einen Befürworter für ihre Westreise gebraucht und ihn in Reinhard gefunden. Dieses Miststück – entschuldige Felix, aber dieses verdammte Weib hat einen Teil meines Lebens zerstört – hatte eine Jugendliebe in Hannover, und Reinhard stand da wie Max in der Sonne. Er hat dann einen Brief an einen Bekannten, der bei der Stasi war, geschrieben."

Janet holte tief Luft.

„Vier Wochen nach seinem Verschwinden war er wieder da."

„Im Knast?"

„Ach wo, er stand vor meiner Tür und wollte alles ungeschehen machen."

„Du hast Nein gesagt?"

„Hab ich."

„Und?"

„Er hat seine Koffer gepackt. Das Haus gehört mir, hab ich von meiner Mutter geerbt."

„Sitzt er in Bautzen?"

„Ach was. Arbeitet jetzt frisch und fröhlich bei Robotron in Leipzig."

„Dann gehört er jetzt also zur Innung?"

„Anders ist das Ganze ja wohl kaum zu erklären."

„Hast du noch Verbindung?"

„Alle Brücken gesprengt! Hab ihn nach einem Jahr noch einmal in Leipzig aufgesucht und ihn um Hilfe für meinen Bruder gebeten. Leider ohne Erfolg."

„Willst du`s erzählen?"

„Gibt nicht viel zu erzählen. Wolfgang, mein jüngerer Bruder, hat im Suff im Altmarktkeller bei der Kellnerin Stasischwein statt Wildschwein bestellt. Am Nebentisch saß ein IM. Als mein Bruder den Altmarktkeller verließ, wurde er verhaftet. Zwei Jahre und einen Monat Bautzen II."

„Tut mir leid."

„Mir auch."

„Hast du ..."

Weiter kam ich nicht.

„Das reicht, Felix."

Janet nahm meinen Kopf und begann mich wieder wild zu küssen.

136

Mir war schlecht, sauschlecht. In meinem Hinterkopf pflasterten Straßenarbeiter eine Straße mit Granitsteinen, und Zunge und Gaumen mussten in der Nacht mit groben Sandpapier abgerieben worden sein.

Vor mir lagen sechs Stunden Unterricht und hinter mir eine Lehrertagsfehde im Fresswürfel am Postplatz.

Felix Hohndorf war Aktivist der sozialistischen Arbeit geworden und hatte sich so besoffen, dass er einen erheblichen Teil der Nacht, an einen Baum gelehnt, im Großen Garten verbracht hatte.

Keine Ahnung, wie ich nach Hause gekommen war, aber irgendwie hatte ich es geschafft.

Vielleicht entwickelte sich im Suff so eine Art Magnetfeld im Körper, das uns an den heimischen Herd zurückbringt, der ja im Allgemeinen aus Eisen besteht, oder es lag daran, dass wir, ähnlich den Zugvögeln, uns am Erdmagnetfeld orientieren. Schließlich stammten wir ja letzten Endes vom Archeopteryx, diesem Urvogel, ab. Und einem solchen war ich während des Abends über den Weg gelaufen oder besser gesagt, er war in mich hinein gestolpert.

Hasso Hauptvogel, Schulleiter unserer Nachbarschule, Anfang sechzig, klein, dürr, ehrgeizzerfressen und in allen Schulwettbewerben mit seinem Kollegium Erster im Stadtbezirk.

Ob Altstoffsammlung, Offizierswerbung, Hans-Beimler-Wettkampf, Anzahl der Milchtrinker oder bester Schulgarten, Hauptvogel war immer der Beste.

Nur in den Mathematikolympiaden blieb der arme Kerl stets im Mittelfeld hängen. Nachdem meine Matheschüler in den letzten Jahren immer vordere Plätze und im vorigen Jahr den zweiten Platz bei der Bezirksolympiade belegt hatten, war er hinter mir her.

„Du kannst Stellvertreter bei mir werden", hatte er versucht, mich abzuwerben.

Wär das Letzte, was ich gemacht hätte. Es gibt nichts Schlimmeres, als einen Vorgesetzten, der auf der Karriereleiter mit allen Mitteln nach oben will.

Und gestern Abend kam mir Hauptvogel leicht angedüdelt aus der Toilette entgegen, umarmte mich und lud mich an seinen Tisch ein. Da ich von den Leuten an meinem Tisch keinen kannte, hatte ich die Einladung angenommen.

Wir waren beim vierten Kognak, als Hauptvogel plötzlich vom Thema Schulspeisung abkam, tief seufzte und: „So eine Scheiße!" sagte.

Ich hätte um ein Haar mein Glas fallen lassen. Der feine Herr Schuldirektor, der sich im Allgemeinen einer gepflegten Ausdrucksweise zu bedienen pflegte, sagte Scheiße.

Ich war sprachlos.

„Musst nicht so gucken, Felix Hohndorf, sei froh, dass du nicht verheiratet bist."

Hauptvogel hatte eine Frau, die man, als sie noch jung war, sicher als Kirsche bezeichnet hätte. Sie mochte jetzt vielleicht so Mitte der Fünfzig sein und sah immer noch gut aus. Wie diese schlanke, graziöse Frau diesen Vogel geheiratet hatte, war allen ein Rätsel.

Andererseits erzählte man sich unter den Kollegen, die schon zum Urgestein der Schule gehörten, er sei in jungen Jahren ein lebenslustiger, bei den Schülern äußerst beliebter Lehrer gewesen.

Was ihn zu einem solchen verknöcherten Ehrgeizling gemacht hatte, blieb ebenfalls ein Rätsel.

„Meine Frau ..."

Plötzlich tropften die ersten Tränen auf den Tisch.

Klarer Fall: Besoffen!

„Noch zwei", rief er dem Ober zu, „das Leben ist nur im Suff zu ertragen."

Er griff sein Bier und flüsterte: „Prost Felix, in die Hölle mit dieser falschen Weiberbrut."

Ich sah ihn verständnislos an.

„Meine Frau kümmert sich seit zwei Jahren um eine behinderte Frau Müller."

„Na, ist doch lobenswert", sagte ich, wie man so etwas dahinsagt, wenn es nur darum geht, irgendwas zu sagen.

„Geht für sie einkaufen".

„Hm".

„Erledigt Behördenwege."

„Ist doch schön."

„Macht die Hausordnung, manchmal noch spät am Abend."

„Macht sicher nicht jeder."

„Hilft beim Baden."

„Find ich super."

„Sitzt abends an ihrem Bett und liest vor."

„Was soll daran schlecht sein?"

„Frau Müller heißt mit Vornamen Ferdinand."

Für mehrere Sekunden stand mir der Mund offen, dann musste ich dermaßen lachen, dass es sich wie ein schlimmes Schluchzen anhörte. Ein Glück, dass mir vor Lachen die Tränen kamen.

Hauptvogel sah mich ebenfalls mit Tränen in den Augen an, nahm meinen Kopf, drückte ihn an seine Hühnerbrust und murmelte unter heftigen Schluchzern: „Du verstehst mich, Felix", dann fing er hemmungslos an zu weinen.

Ein Glück, dass an den Nachbartischen der Alkohol

bereits ebenfalls heftig zugeschlagen hatte.

Wenn du Idiot, mit deiner Frau im Bett liegend, von den großen Erfolgen deiner Pioniere beim Alststoffsammeln erzählst, statt sie deinen Hammer – selbst wenn es nur noch ein Hämmerchen sein sollte – spüren zu lassen, hast du nichts Besseres verdient.

Mindesten fünfmal in der Woche brannte bei ihm im Direktorenzimmer bis weit nach 10 noch Licht. Kein Wunder, dass sich die Frau um Frau Müller gekümmert hatte.

Wir nahmen noch zwei Schnäpe und zwei Radeberger, und Hauptvogel kotzte seine Seele vor mir aus.

Irgendwann, als die Morgendämmerung den Tag ankündigte, war ich dann im Großen Garten erwacht.

Mir ging es jedenfalls heute Morgen so miserabel, dass ich noch nicht einmal eine Zigarette geraucht hatte.

Zu Beginn der dritten Stunde meldete sich Christine.

„Was ist?"

„Auf meinen Platz ist ein Hakenkreuz gemalt."

Das fehlte mir heute gerade noch.

Schulleitung informieren, Parteisekretär in Kenntnis setzen, Riesentheater, Elternaktiv, Patenbrigade und weiß der Teufel was noch.

Ich ging zu Christines Platz.

Bleistift. Das Hakenkreuz hatte die Haken nach der entgegengesetzten Seite.

„Das ist kein Hakenkreuz, Christine, das ist das Fruchtbarkeitssymbol der alten Ägypter. Reiche Ägypterinnen hängten sich zu Zeiten des Pharao solche Kreuze aus Gold um den Hals und baten damit die Götter um eine Schwangerschaft."

Kichern.

Ich war froh, dass ich mich in entscheidenden

Augenblicken auf meine Fantasie und Fabulierkunst verlassen konnte.

Es war klar, dass das Kreuz in der Klasse bereits vergessen war und der Pharao und die Schwangerschaft, und wie es dazu kam, von wesentlich größerem Interesse waren.

„Radier`s einfach weg, Christine."

Mario, das blinde Huhn aus der 9a. Hatte sich gestern wieder eine 5 in Mathe und gleich danach eine in Bio eingehandelt. Der Frust musste raus. Also mach was, worüber sich die dämlichen Pauker so richtig aufregen. Ich wusste, dass das verkehrte Hakenkreuz bei ihm nicht das Geringste mit Naziideologie zu tun hatte.

Mario hatte Aussetzer, wenn ihm etwas völlig gegen den Strich ging. Am Ende der siebenten Klasse war klar gewesen, dass er das Jahr wiederholen musste.

Am letzten Schultag hatte er sich einen Feuerlöscher geschnappt und den Inhalt in der ersten Etage versprüht.

Nach dem Unterricht bist du dran, mein Lieber, ganz privat, vorausgesetzt, die Bauarbeiter in meinem Kopf würden bis dahin Feierabend machen.

***

Ich riss das Kalenderblatt ab. 6 Juli 1985. Wieder ein Schuljahr vorbei. Acht Wochen kein Parteilehrjahr, kein Pädagogischer Rat, keine Fachkonferenzen, keine Zensurenkonferenzen, kein Fachzirkel, keine Dienstberatung.

Herrlich!

Die Sache hatte nur einen Haken: Das Ganze wiederholte

sich Jahr für Jahr, und mit jedem Jahr wurde ein gewisser Felix Hohndorf ein Jahr älter. Gehst ganz, ganz langsam auf die Fünfzig zu, alter Knochen.

Ich drehte das Kalenderblatt um: `Du wirst erst alt, wenn dich die Versuchung meidet`. H. Youngman.

Welch ein Trost. Meine Versuchung hieß Janet.

Es war wie eine Sturzflut über mich gekommen, hatte mich mitgerissen, mich unter Wasser gedrückt, dass mir das Bewusstsein schwand, mich wieder an die Oberfläche gespuckt, mich in den Himmel katapultiert, mir Flügel verliehen, mich an den Rand des Wahnsinns getrieben, und aus dem Zustand hatte ich mich noch nicht wieder zu befreien vermocht.

Wenn ich eine Frau von weitem sah, die Janet ähnelte, beschleunigten sich automatisch meine Schritte, wenn ich Janet berührte, bekam ich augenblicklich eine Erektion, und ihr Duft nach Zimt und bitteren Mandeln jagte mir heiße Schauer durch den Unterleib.

Ich dachte nur noch mit dem Schwanz.

Der Zustand der absoluten Verblödung war erreicht. Wenn Janet sich setzte und ihr Rock rutschte über die Knie, packte mich das große Kribbeln. Wenn sie sich bückte, musste ich meine Hände schnellstens in meinen Hosentaschen vergraben, und in der Straßenbahn, wenn wir dicht gedrängt beieinander standen, zählte ich verzweifelt Laternen oder Bäume, multiplizierte mit 83 und teilte durch 12.

Ich hatte den Zustand der totalen Gehirnerweichung erreicht.

In klaren Momenten – die relativ selten waren – überlegte ich, was in diesem Zustand mit unserem Gehirn passierte. Es konnte nur so sein, dass es durch einen Überschuss an Testosteron abgeschaltet wurde, die normalen Körperfunktionen auf ein Minimum zurückgeführt wurden und die Hoden das Sagen übernahmen.

Während ich erhebliche Probleme hatte, meine Gier zu verbergen, gelang es Janet ohne Schwierigkeiten, die unnahbare Lady zu geben.

Dabei war sie im gleichen Zustand wie ich. Sobald wir allein waren und uns berührten, wurde ihr Körper glühend heiß, ihre Lippen zitterten und ihre Brustwarzen wurden hart und steif, wenn ich über ihre Bluse strich. Sie hatte einen Nachholbedarf von zwei Jahren, und wir liebten uns zu jeder passenden und unpassenden Tageszeit und nicht nur im Bett.

Es war Zeit, ich schwang mich auf mein Rad und strampelte los. Wir hatten uns zu einer Radtour verabredet. Janet wollte noch einmal Fotos von dem Schaum machen, den die Heidenauer Zellstoffbude in die Elbe pumpte.

Vor Janets Haus stellte ich mein Rad an den Zaun und klingelte. Es dauerte eine Weile, bis sie öffnete.

„Entschuldige Felix, hab verschlafen."

Sie trug einen Bademantel und ich ahnte, dass nicht allzuviel darunter war.

„Macht nichts", ich schob sie in den Hausflur, drückte sie an die Wand und löste die Kordel ihres Bademantels.

Janet schob mich sanft von sich weg. „Nicht hier im Flur, Felix."

„Entschuldige, aber du ..."

„Kein Problem Felix, erstens ist der Tag noch lang und zweitens ist es für mich ein gutes Gefühl, wieder als Frau begehrt zu werden."

Nachdem wir noch eine Tasse Kaffee zusammen getrunken hatten, schwangen wir uns auf die Räder und fuhren elbaufwärts. Wir setzten uns etwa hundert Meter von der Stelle ins Gras, wo aus einem Rohr der weißliche Schaum in die Elbe floss.

Janet flanierte am Elbufer entlang, warf ab und zu einen flachen Kiesel über die Wasserfläche und schoss unauffällig Fotos.

Ich blieb auf der Decke liegen, rauchte, trank ein Bier und sah in den Himmel.

Janet hatte eine Ausstellung unter dem Thema UNSERE HEIMAT geplant. Wie sie das bewerkstelligen wollte, war mir unklar. Wenn diese Ausstellung nur eine entfernte Ähnlichkeit mit den Bildern in ihrem Korridor haben sollte, dann „Gute Nacht".

Ich hatte angefangen, Orwells **1984** zu lesen. DER GROSSE BRUDER SIEHT DICH! War klar, wer das Buch las und weiter verbreitete, landete mit Sicherheit hinter Gittern. Keine Diktatur schaute gern in einen Spiegel, der nichts als die ungeschminkte Wahrheit reflektierte.

DER GROßER BRUDER SAH ALLES.

Er würde über kurz oder lang auch Janet sehen und nach ihr greifen.

„Was denkt der Herr gerade?" Janet stand vor mir und schwenkte ihre Kamera.

„Wie du deine Ausstellung öffentlich machen willst, ohne dass die Leute von HORCH und GUCK dir einen Strich durch die Rechnung machen?"

„Artikel 15 der Verfassung."

„Was steht da drin?"

„Absatz 2: *Im Interesse des Wohlergehens der Bürger sorgen Staat und Gesellschaft für den Schutz der Natur. Die Reinhaltung der Gewässer und der Luft sowie der Schutz der Pflanzen- und Tierwelt und der land- schaftlichen Schönheit der Heimat sind durch die zuständigen Organe zu gewährleisten und darüber hinaus auch Sache jedes Bürgers. "*

„Und dieser `Jeder Bürger` bist du?"

„Es gibt bereits in vielen unserer Städte diese Bürger."

„Und wo ..."

„Heute Abend Felix, heute Abend zeig ich dir was. Aber jetzt auf die Räder, ich will noch was von diesem herrlichen Tag haben.

***

Das zweistöckige Gemeindehaus lag unmittelbar an der Straße vor dem Friedhof.

Janet klingelte.

Der Mann im Trainingsanzug, der die Tür öffnete, war mittelgroß, trug Vollbart, eine runde Nickelbrille und mochte Anfang vierzig sein.

„Hallo Amadeus."

„Sei mir gegrüßt, Janet."

„Hab jemand mitgebracht."

„Der Herr und ich sehen alles", grinste Amadeus und musterte mich unverhohlen neugierig.

„Felix." Janet wies mit einer Handbewegung auf mich.

„Amadeus", sagte Amadeus und streckte mir die Hand entgegen. Sein Händedruck war fest und kraftvoll.

„Gehen wir rein, ihr seid die Letzten."

Amadeus ging voran.

Vom Flur führte eine ausgetretene Steintreppe in das obere Stockwerk. In der Mitte des Flurs blieb er stehen, zeigte auf die Treppe, die nach oben führte, sah mich an und sagte: „Unser privater Bereich."

Dann wies er auf eine Tür rechts der Treppe, die von einem Rundbogen eingefasst war: „Für unsere Konfirmanden, die die Segenshandlungen der Kirche der staatlichen Jugendweihe vorziehen."

Klang ziemlich angeätzt, der Herr Pfarrer.

Ich fand die Jugendweihe gut. War eine echte Alternative. Schließlich hatten nicht alle Elternhäuser einen direkten Draht zum Herrn.

Übel war nur, dass Druck ausgeübt und die erzieherischen Qualitäten der Lehrer an der prozentualen Teilnahme der Schüler an der staatlichen Weihe gemessen wurden.

Dafür löste es immer wieder große Heiterkeit bei uns aus, wenn der Parteisekretär oder der Werkleiter des Patenbetriebes das Gelöbnis abnahm:

„Liebe Junge Freunde! Seid ihr bereit als junge Bürger unserer Deutschen Demokratischen Republik mit uns gemeinsam, getreu der Verfassung, für die große und edle Sache des Sozialismus zu arbeiten und zu kämpfen und das revolutionäre Erbe des Volkes in Ehren zu halten, so antwortet: Ja, Das Geloben Wir!"

Und der Chor der Weihlinge murmelte dumpf: *„Ja, Das Gloooben Wir!"*

„Hier geht`s rein, Felix." Janet riss mich aus meinen Gedanken und schob mich durch die links neben der Treppe abgehende Tür.

Blankes Sandsteingemäuer, alte Holztische, Regale an den Wänden und einige Klappstühle, die aussahen, als hätte sie Amadeus aus einem Biergarten geklaut.

Janet stellte mich einer Reihe von jungen Leuten vor, von denen mir einige Gesichter aus meiner Zeit mit Leo bekannt vorkamen.

Ich sah mich um. Die Stirnwand des Raumes war

zweigeteilt. Janet zog mich zur linken Hälfte und ließ mich stehen. Die Wandfläche war in einem hellen Gelbgrün gestrichen, mit Sprüchen versehen und mit Bildern behangen. Ganz oben, wenige Zentimeter unter der Decke, prangte in Großbuchstaben:

DIE ERSCHAFFUNG DER WELT.

Das erste Bild zeigte eine endlose Savanne mit der rotgolden aufgehenden Sonne am Horizont. *Und Gott sprach: Es werde Licht. Und es ward Licht. Und nannte das Licht Tag, und die Finsternis Nacht.*

Da ward aus Abend und Morgen der erste Tag.

Der rechte Bildrand des zweiten Bildes zeigte dunkle Felsen, an denen sich die Wellen eines aufgewühlten Meeres brachen.

Da machte Gott die Veste, und schied das Wasser unter der Veste, von dem Wasser über der Veste. Und Gott nannte die Veste Himmel.

Da ward aus Abend und Morgen der andere Tag.

Auf dem dritten Bild leuchtete eine gleißende Sonne durch die sattgrün belaubten Äste eines Apfelbaumes, der voller reifer, rotgoldener Früchte hing.

Und Gott sprach: Es lasse die Erde aufgehen Gras und Kraut, das sich besame; und fruchtbare Bäume, da ein jeglicher nach seiner Art Frucht trage und habe seinen eigenen Samen bei sich selbst auf Erden.

Da ward aus Abend und Morgen der dritte Tag.

Ein merkwürdiges Gefühl breitete sich beim Betrachten dieser Bilder in meinem Körper aus. Ruhe und eine Art Geborgenheit, wie ich sie nur als Kind verspürt hatte, wenn ich bei Großmutter übernachten durfte.

Beim Betrachten der Bilder des vierten, fünften und sechsten Tages löste sich das Gefühl der Geborgenheit in mir auf, und eine große Gelassenheit kam über mich. Ich drehte mich um, suchte Janet, trat auf sie zu, umarmte sie und küsste sie auf den Mund.

Das fröhliche Grinsen der Jugend um mich herum ignorierte ich, ging zurück zur Wand und betrachtete die rechte Seite, die in reinem Weiß leuchtete. Oben, knapp unter der Decke, in gleicher Höhe wie die Erschaffung der Welt, stand: UNSRE HEIMAT und darunter:
SIND NICHT NUR DIE STÄDTE UND DÖRFER.

Das dazugehörige Bild zeigte den grauen, verfallenen Erlweinspeicher, aus dessen oberer Etage die Birke wuchs.

UNSRE HEIMAT SIND AUCH ALL DIE BÄUME IM WALD.

Die toten Bäume des Erzgebirges reckten ihre schwarzen Arme anklagend gen Himmel.

Ich kannte die Bilder, es war eindeutig Janets Handschrift. Zwischen den Bildern Texte: DER BODEN DER DEUTSCHEN DEMOKRATISCHEN REPUBLIK GEHÖRT ZU IHREN KOSTBARSTEN NATURREICH-TÜMERN. Artikel 15 der Verfassung der DDR

Eines der Bilder ließ mich frösteln. Eine Straße, auf der sich ein Trabant durch rauchgraue Industrieabgase seinen Weg ertastet. Am Rand der Straße brennen Fackeln, die dem Auto den Weg weisen.

Mölbis bei Espenhain, 14.00 Uhr

Darunter: IM INTERESSE DES WOHLERGEHENS DER BÜRGER SORGEN STAAT UND GESELL-SCHAFT FÜR DEN SCHUTZ DER NATUR. DIE REINHALTUNG DER GEWÄSSER UND DER LUFT SOWIE DER SCHUTZ DER PFLANZEN UND TIERWELT UND DER LANDSCHAFTLICHEN SCHÖNHEIT DER HEIMAT SIND DURCH DIE ZUSTÄNDIGEN ORGANE ZU GEWÄHRLEISTEN

UND DARÜBER HINAUS AUCH SACHE JEDES BÜRGERS. Artikel 15 der Verfassung der DDR

Ich spürte Janet hinter mir und drehte mich langsam um.

„Hilfst du uns?"

„Was soll ich machen?"

„Wir brauchen präzises Material über die Giftigkeit der Schwefelverbindungen, des Teers und des Ammoniaks. Allein Espenhain verpestet die Luft mit schätzungsweise 15 bis 20 Tonnen Schwefeldioxid pro Tag. Von den anderen Abgasen und den Rauchschwaden mal ganz abgesehen."

„Was wollt ihr damit anfangen?"

Janet drehte sich um und zeigte in eine Ecke, wo zwei junge Leute an einem Ormig-Apparat arbeiteten.

„Flugblätter?"

„Einladungen für unsere Ausstellung hier."

„Wann wollt ihr eröffnen?"

„Vielleicht Ende des Jahres."

„Und ihr nehmt an, das lassen die von der Bautzner zu?"

„Ist doch alles im Rahmen der Verfassung der DDR."

„Gott erhalte dir dein sonniges Gemüt, Janet."

Ich sah mich noch einmal im Raum um. Einer, mindestens, war hier von der Innung, machte fleißig mit und berichtete anschließend. Es waren meistens die, die am lautesten auf die Kommunisten schimpften und die neuesten politischen Witze erzählten.

„Wenn wir alle nur Zuschauer bleiben, kann auch Gott diesen Teil der Welt nicht retten", ertönte hinter uns die sonore Stimme von Amadeus.

„Hilf dir selbst, dann hilft dir Gott", grinste ich den Pfarrer an.

„Du sagst es, Felix. Mich quält keine Sorge, wenn ich mich niederlege, ganz ruhig schlafe ich ein, denn du,

Gott, hältst die Gegner von mir fern und lässt mich in Sicherheit leben. Psalm 4,9."

„Leider ist mir keine Diktatur bekannt, die sich gescheut hätte, auch einen Vertreter Gottes auf Erden in Gewahrsam zu nehmen. Psalm Felix", sagte ich.

„Das reicht", sagte Janet, „Felix ist dabei."

„Was mir Sorgen macht", Amadeus schob uns aus dem Raum, öffnete die gegenüberliegende Tür und dirigierte uns in das Zimmer für die Konfirmanden, „was mir ernsthaft Sorgen macht, ist eine kleine Gruppe unter unseren Freunden, deren Aktivitäten und radikale Vorgehensweisen unser gesamtes Umweltprojekt gefährden kann."

„Du meinst die Leonhardtleute." Janet sah Amadeus fragend an.

„Genau", bestätigte der Pfarrer. „Diese Gruppe um Viola Leonhardt will ..."

Mir schoss plötzlich eine Hitzewelle durch den Körper und mir brach der Schweiß aus.

„Ist dir schlecht?" Janet sah mich besorgt an.

„Ich geh mal kurz raus frische Luft schnappen", sagte ich.

Vor dem Gemeindehaus stand eine Bank und ich ließ mich darauf fallen. Viola, verdammt, verdammt, ich hatte mich seit der Scheidung nicht mehr um das Mädel gekümmert, dabei wusste ich, dass sie sehr an mir gehangen hatte.

Svenjas Bitte, mit Viola zu reden, hatte ich vor mir her geschoben wie die meisten Dinge, die mir unangenehm waren oder die nicht in mein egoistisches Lebenskonzept passten. Aus dem braven Kind war ein aufmüpfiger, selbstbewusster Teenager geworden, der seinen eigenen Weg ging.

Natürlich war mir klar, dass ich Viola nicht von ihrer radikal pazifistischen Lebenseinstellung hätte abbringen können, aber vielleicht hätte ich sie daran hindern können, mit dem Kopf gegen bestimmte Betonbauten auf der Bautzner Straße anzurennen.

„Gehts wieder?" Janet stand vor mir und sah mich besorgt an.

„War nur die abgestandene Luft in der Konfirmandenbude", log ich.

Janet sah mich durchdringend an. „Lass die Katze aus dem Sack, kennst du diese Gruppe, von der Amadeus gesprochen hat?"

„Gehn wir ein Stück?"

Janet hakte sich bei mir ein und wir bummelten die Straße runter, die zur Elbe führte.

Viola war so was wie meine Tochter."

So was wie?"

„Als ich noch verheiratet war."

„Und danach?"

„Haben wir uns aus den Augen verloren."

„Du solltest wieder Kontakt zu ihr aufnehmen. Die Gruppe gefährdet unsere Aktionen. Die bieten der Stasi ihre Breitseite zum Beschuss an und wir werden mit getroffen. Die warten doch bloß darauf, dass wir uns zu weit aus dem Fenster lehnen."

„Das Mädel ist erst 16, Janet, wieso sprecht ihr von der Leonhardtgruppe?"

„Diese Viola hat bei der Truppe das absolute Sagen."

Kotzkes Erbmasse, dachte ich.

„Kurz vor Weihnachten", fuhr Janet fort, „haben die einen Laster organisiert, sind ins Erzgebirge gefahren, haben tote Fichten abgesägt, auf das Auto gepackt, sind zum Altmarkt gefahren und haben diese schwarzen

Strünke, die einmal kleine, gesunde Bäumchen waren, an die Passanten verteilt. Jeder, der einen Baum genommen hat, bekam als Dankeschön eine Tafel Vollmilchschokolade."

„Unglaublich." Ich musste grinsen.

„Die Truppe hatte auch ihren Spaß, aber nur so lange, bis eine Gruppe von Sicherheitsnadeln dem Spuk ein jähes Ende setzte."

„Was hat die Stasi gemacht?"

„Die konnten nicht allzu viel machen, da die, sie geschnappt hatten, alle unter 16 waren und sie die Bäume nicht verkauft, sondern verschenkt haben, sonst hätten die Eltern Probleme gekriegt."

„Und so was haben die wieder vor?"

„Schlimmer, Felix. Die wollen am 1. September, dem Weltfriedenstag, vor dem Centrumwarenhaus gegen die immer mehr ausufernde Militarisierung der DDR zu Felde ziehen. Die sammeln alles, was es an Waffen und waffenähnlichem Spielzeug gibt. Das soll mit Blumenkränzen im Haar tanzend zerstampft und zertreten werden."

„Keine dumme Idee", sagte ich und dachte, dagegen wirkt ja euer Umweltprojekt wie die Behandlung einer bösartigen Krebserkrankung mit lauwarmen Seifenwasser.

„Und ob das eine dumme Idee ist, Felix, das wird richtigen Ärger geben. Das ist ein Affront gegen den Friedensstaat DDR. Unsere Nationale Volksarmee, die Grenztruppen und die Kampfgruppen der Arbeiterklasse sichern unter der Führung der Sozialistischen Einheitspartei, in enger Waffenbrüderschaft mit der Sowjetunion, versteht sich, schließlich den Frieden in der Welt."

„Und der Friede muss bewaffnet sein", grinste ich.

„Du solltest mit dem Mädel sprechen, Felix."

„Darum hat mich schon ihre Mutter gebeten, aber sag mir, was an der Aktion falsch ist? Drüben gehen die Leute seit Jahrzehnten auf die Straße, Ostermärsche, Kampf dem Atomtod, Demos gegen die Stationierung von Pershing II-Raketen und Cruis Missiles und und und. Jede bundesrepublikanische Friedensbewegung wird doch vom „Neuen Deutschland" bejubelt, und jeder bei einer westlichen Demo Verletzte wird in der DDR als Friedensheld gefeiert. Da muss doch eine solche Friedensiniative junger Leute in der DDR ebenfalls begrüßt und bejubelt werden."

„Du vergisst, dass unsere Obrigkeit der Meinung ist, dass die ganze DDR bereits seit Jahrzehnten ein Friedensstaat ist und somit jede zusätzliche Aktion in dieser Richtung überflüssig, wenn nicht sogar als klassenfeindlich zu betrachten wäre."

„Und damit wird jeder Pazifist in diesem Land ein Steigbügelhalter imperialistischer ...""

„Das reicht erst einmal, Felix."

Janet blieb stehen, zog meinen Kopf zu sich heran und küsste mich. Wir waren inzwischen fast an der Elbe.

In der Dunkelheit sah ich, wie die Fähre ablegte und das gegenüberliegende Ufer ansteuerte.

Janets Kuss wurde drängender und ihr fester Körper presste sich an meinen. „Hab`s noch nie im Freien gemacht", hauchte sie mir ins Ohr.

Ich spürte, wie der Sprengkopf meiner Cruis Missiles sich nach oben reckte. Jede Berührung von Janet löste in mir ein Verlangen aus, dass meinen Körper in zwei Teile spaltete.

Meine Rakete schaltete in dem Moment, wo sie auf START ging, alle anderen Körperfunktionen aus. Das

Limbische System übernahm die Steuerung. Ich zog Janet auf einen Weg, der an einem Birkenwäldchen vorbei führte.

Rechts des Weges befanden sich Gärten, die hinter hohen Brombeergestrüpp versteckt lagen. Einer der Gärten, der völlig verwildert war, hatte ein unverschlossenes Türchen. Ich zog Janet hinter die Brombeerhecke. Das Gras war lange nicht gemäht worden und daher weich und einladend. Ich legte meine Jacke auf den Grasteppich und Janet auf die Jacke, knöpfte ihre Bluse auf, schob den BH nach oben, küsste sie und streichelte ihre Brüste.

„Du bist verrückt, Felix", stöhnte Janet, „wenn uns jemand sieht?"

Ich ließ meine Hand zwischen ihre Schenkel gleiten, um das Ziel für meine Rakete zu markieren.

„Wenn uns ..."

Ich verschloss ihr den Mund mit einem Kuss und streichelte sie, bis ihre Hände meine Schultern packten und sie mich auf sich zog.

Meine Cruis Missiles fand sofort ihr Ziel und stieß in das für die Explosion vorgesehene Gebiet hinein. Beim Eindringen gab Janet einen Laut von sich, der tief und rasselnd aus irgendwelchen Tiefen ihres Körpers zu kommen schien.

Es dauerte nur wenige Minuten bis die Explosion erfolgte. Ich hatte das Gefühl, dass der Sprengkopf sich von der Rakete löste, weiterflog und Teile meines Rückenmarks dabei herausgerissen wurden.

„Wir sind total verrückt, Felix", lachte Janet, als wir wieder zu Atem gekommen waren, „ich komm mir vor wie sechzehn."

***

21, 22, 23, 24 … 103, 104, 105 … Zwischendurch verzählte ich mich, fing wieder von vorn an, aber es half nicht.

Ich konnte einfach nicht wieder einschlafen.

Ein Glück, dass Sonntag war. Ich stand auf, ging in die Küche, holte mir ein Bier und setzte mich in meinen Lesesessel.

Worauf hast du dich da eingelassen, Alter?

Machst du aus Überzeugung mit oder weil du Janet damit imponieren willst? Die Sache kann ziemlich brenzlig werden.

Bei Helmut hat es sich auf jeden Fall ausgezockt, der deckt dich garantiert kein zweites Mal. Und Ricarda, die hatte sich zwar nichts anmerken lassen, als ich ihr von Janet erzählte und dass es zwischen uns vorbei war, aber sehr erfreut hatte sie nicht gewirkt.

„Noch einmal zum Abschied, Felix?" Sie hatte sich in meinen Lesesessel gesetzt, mich zu sich herangezogen, meine Hose geöffnet und mir eine Fellatio gemacht, dass mir Hören und Sehen vergangen war.

Ricarda hatte danach lächelnd gesagt: „Daran wirst du dich mit 90 noch gern erinnern, Felix, Deepthroating beherrschen nur die wenigsten Frauen. Sollte dir eines Tages wieder mal danach sein, ich bin immer für dich da."

Sollte einer die Weiber verstehen. Ricarda war ein Notbehelf, zugegeben kein schlechter, aber eben ein Notbehelf. Ich empfand keine Spur von Liebe ihr gegenüber, trotzdem machte ich ab und zu Gebrauch von ihr, und dieses Gefasel, dass es ohne Liebe keinen Spaß machen würde, war meiner Ansicht nach nichts Anderes als Heuchelei.

Klar, wenn du die Frau liebst, wie ich Svenja, Christiane oder Helene geliebt hatte, war es natürlich schöner, inniger, besonders, wenn es vorbei war und man noch beieinander lag und kuschelte.

Aber alle Liebe hatte nichts genützt, die Eine hatte mich verlassen, die Andere hatte ich verlassen und Christiane ..., lieber nicht daran denken. Ricarda dagegen, die Nichtgeliebte, war immer für mich bereit.

Vorbei ist vorbei – ob für immer würde sich zeigen, so ganz sicher war ich mir da nicht.

Fest stand, dass ich Janet liebte ... oder war es nur die heftige sexuelle Anziehung, die ich für Liebe hielt? Ich hatte schon oft Sex mit Liebe verwechselt und manchmal teuer dafür bezahlt.

Egal, ich würde mitmachen. Was sich, die Umweltvernichtung betreffend, in diesem Land abspielte, stank im wahrsten Sinne des Wortes zum Himmel. Wir hatten den ganzen Sommer damit verbracht, weiteres Material für die Ausstellung zusammenzutragen. Espenhain, Bitterfeld, Jänschwalde, Lübbenau, Vetschau, Schwarze Pumpe.

Bei den Tschechen sah es fast noch katastrophaler aus als bei uns. Chomutow, Ostrava und Most hatten gereicht. Was aus den Dreckschleudern der DDR und der Tschechei in die Luft geblasen wurde, war unglaublich. Da waren Polen und Ungarn noch nicht einmal dabei.

Ich hatte für die Umweltaktivistengruppe Material über die Gefährdung von Mensch, Tier und Pflanze durch Schwefel- und Stickstoffverbindungen sowie durch Teer- Ammoniak- und Schwermetalldämpfe zusammengetragen. Das ging von der Reizung der Schleimhäute über chronischen Husten, Atemnot, Bronchialasthma und

Hautleiden bis zu Lungenkrebs und Herzinfarkt. Extrem betroffen waren Kinder in den Regionen wie Osterzgebirge oder Espenhain.

Im Prinzip war alles für die Eröffnung der Ausstellung fertig, aber es gab Querelen.

Janet und Amadeus waren aneinander geraten. Amadeus wollte die heftigsten Bilder, zum Beispiel Espenhain und die schärfsten Textstellen aus den Flugblättern herausnehmen.

Janet war dagegen.

Amadeus war der Ansicht, dass am Tag der Eröffnung die Stasi vor der Tür stehen würde, Janet war das egal. Ich wurde das Gefühl nicht los, dass Janet bewusst auf Kollisionskurs gehen wollte, während sich Amadeus um sein Pfarramt sorgte.

Ich nahm noch einen Schluck aus der Flasche und brannte mir eine Club an.

Du steckst mitten drin, Felix.

Wenn die Bombe platzen sollte, erwischen dich garantiert einige Splitter. Dein schönes, geruhsames Leben könnte schlagartig vorbei sein. Hast ja nichts auszustehen, Alter, hast dich angepasst, bist ein Angepasster wie die meisten Leute in diesem Land.

Dass es dieses Jahr keinen Tomatenketschup gab und nächstes Jahr keine Gewürzgurken und dass du deine Ölsardinen bei den Tschechen holen musstest, obwohl die keinen direkten Zugang zum Meer hatten, damit hatte man sich seit langem arrangiert.

Mit der Verwaltung des Mangels hatten sich 90% der Bevölkerung abgefunden und sich auf Tauschhandel eingestellt, der Rest hatte Westgeld.

Mich störte das am allerwenigsten, denn ich gehörte zu den 10 Prozent, die außer Aluchips noch richtiges Geld besaßen.

Nur die Sache mit Viola lag mir auf der Seele. Die Friedensaktivisten um das Mädchen hatten sich zu einer radikalen Pazifistengruppe entwickelt, die der kirchlichen Friedensbewegung vorwarfen, nicht rigoros und kompromisslos genug das SED-System an den Pranger zu stellen.

Svenja stand zwischen Baum und Borke. Sie glaubte, wie ihr Vater, ernsthaft an den Sieg des Sozialismus als die allein seligmachende Weltanschauung und stand trotzdem zu ihrer Tochter.

Hut ab! Ich war sicher, dass es von der Sorte nicht mehr allzu viele gab.

Die Mehrzahl der kleinen Genossen machten nach der Arbeit das Parteiabzeichen – wenn sie es überhaupt trugen – vom Revers, schimpften auf die Scheißkommunisten und warteten auf das nächste Westpaket.

Die großen Funktionäre predigten am Tag den Sozialismus und waren dann am Abend so besoffen, dass sie das, was sie am Tage von sich gegeben hatten, schnell vergessen konnten.

Da konnte man vor den echten Gläubigen schon den Hut ziehen.

Ich schrak mit einem Ruck hoch, und die halbvolle Bierflasche knallte auf den Boden. Diese verdammte Klingel biss mir mit spitzen Zähnen direkt ins Trommelfell. War ich doch noch eingeschlafen, im Sitzen.

Janet.

„Bist du über Nacht obdachlos geworden?", grinste ich und sah auf die Uhr. Halb neun.

„Kann ich reinkommen?"

„Am besten ins Bett, junge Frau." Ich trat zur Seite.

Janet ließ sich in den Sessel fallen, sah mich an und murmelte: „Ist was Schreckliches passiert, Felix." Sie sah blass aus und ihre Hände zitterten leicht.

Ich ging in die Küche und setzte Wasser auf.

Janet saß immer noch wie ein Häufchen Unglück im Sessel. Ich ging zu ihr, nahm ihren Kopf in meine Hände und strich ihr übers Haar.

Alles zerstört, Felix." Es war mehr ein Schluchzen, was da aus ihrem Mund kam.

„Was ist zerstört?" Ich ahnte bereits, was passiert war.

„Das gesamte Material ..."

Sie konnte nicht weitersprechen.

Ich holten den Kaffee und goss ein.

„Trink erst mal."

„Es ist alles zerstört, Felix, alles, das gesamte Ausstellungsmaterial."

„Ach du Scheiße" entfuhr es mir.

„Das gesamte Bildmaterial ist zerfetzt, Filme sind zerschnitten, zwei Fotoapparate sind unbrauchbar gemacht, das Ormiggerät lag zertrümmert auf der Straße ... alles im Eimer, Felix."

Janet standen Tränen in den Augen.

„Einbrecher?"

Janet sah mich an und tippte sich mit dem Zeigefinger an die Schläfe.

„Entschuldige Felix, aber bist so naiv oder tust du nur so. Ordentliche Einbrecher hätten mitgenommen, was sich verhökern ließ, und hätten sich wohl kaum die Mühe gemacht, Filmmaterial zu häckseln, Fotos zu zerreißen und Flugblätter mit Säure zu übergießen."

„Hat Amadeus nichts bemerkt?"

„Die haben alle fest geschlafen. Amadeus ist nur in den frühen Morgenstunden, als er mal musste, durch einen eigenartigen Geruch stutzig geworden."

„Habt ihr die Polizei informiert?"

„Amadeus hat angerufen und dann seinen Ältesten zu mir geschickt. Als ich ankam, war die Polizei bereits da."

„Und?"

„Die haben alles aufgenommen, und als sie fertig waren, hab ich gehört, wie einer beim Rausgehen zu seinem Kumpel gesagt hat: „Schadet den Querulanten gar nichts, einsperren sollten die die. Hatte wohl nicht mit meinem ausgeprägt guten Gehör gerechnet."

„Denkst du, dass die der Sache nachgehen?"

„Das glaubt wohl nicht mal der liebe Gott, Felix."

„Also fangen wir noch mal von vorn an."

„Ist das dein Ernst?"

„Aber sicher." Ich wusste, dass mich Rückschläge noch nie entmutigt hatten, wohl eher das Gegenteil bewirkten.

„Deine Kamera hattest du hoffentlich zu Hause?"

„Gott sei Dank."

„Dann machen wir heute einen Ausflug Richtung Heidenau. Du kannst noch mal Fotos von der wunderschönen Schlagsahne machen, mit der unser Elbwasser von der Zellstoffhütte verziert wird."

Janet fiel mir um den Hals, dann mit mir in mein noch warmes Bett.

***

Die Themenvielfalt am Schwarzen Brett war mal wieder nicht zu überbieten. Alle Veranstaltungen im Monatsplan standen im Zeichen des XI. Parteitages.

Dienstberatung, Gewerkschaftsversammlung, Parteilehrjahr, FDJ-Lehrjahr, Wehrunterricht, es gab nur ein Thema: XI. Parteitag. Parolen, Parolen und nochmals Parolen. Es lebe der Sozialismus ..., nur im Sozialismus ..., der Marxismus-Leninismus ..., stabile Entwicklung des sozialistischen Lagers ... Dabei hatten wir gerade den XXVII. Parteitag der KpdSU und den 100. Geburtstag Thälmanns überstanden.

Gelinde ausgedrückt, es war zum Kotzen.

Was mir allerdings auffiel, war, dass es plötzlich nicht mehr "Von der Sowjetunion lernen, heißt Siegen lernen" hieß.

Dort wehte seit Gorbatschow ein neuer Wind, der unter Umständen hochansteckende Bakterien und Viren bis nach Ostberlin hätte blasen können.

Neues, kritisches Denken, Glasnost und Perestroika, damit sollte sich der große Bruder allein beschäftigen. Wenn die Verwandtschaft renovierte, musste man nicht gleichzeitig die eigenen vier Wände neu tapezieren. Und von diesem Gorbatschow zur Selbstkritik angemahnt zu werden, ging denn doch etwas zu weit.

Es war schon brüderlich genug gehandelt, dass man die Reaktorexplosion von Tschernobyl, soweit es ging unter den Teppich kehrte.

Die Bevölkerung musste nicht unnötig verunsichert werden. Schließlich hatte man selber zwei dieser Kraftwerke im Land und es waren noch über ein Dutzend geplant.

Die Leute waren schließlich nicht wenig überrascht und gleichzeitig hocherfreut, dass plötzlich die Auslagen der Gemüsegeschäfte von Salat, Gurken und allerlei Gemüse, das im Allgemeinen zur Bück-dich-Ware gehörte, überquollen.

Da musste man nicht von radioaktiver Verseuchung

faseln und Unruhe unters Volk bringen. Wenn die doofen Bundesbürger das sonst so begehrte und preiswerte DDR-Gemüse plötzlich nicht mehr wollten, konnte man doch endlich mal den eigenen Untertanen eine Freude machen. Schließlich stand als nächstes großes politisches Ereignis im Juni die Wahl zur Volkskammer an und da hatte man schließlich ehrgeizige Ziele.

Eine Wahlbeteiligung von über 99% und Ja-Stimmen knapp unter 100% sollten die Scheißkapitalisten erst mal zu Stande bringen.

Klar würden die wieder von Wahlbetrug faseln, aber wenn manche Wahllokalvorsitzenden falsch ausgefüllte Wahlzettel etwas korrigierten, diente das doch letzten Endes nur dem Sieg des Sozialismus.

Natürlich gab es einige sozialistische Länder, wo die Bevölkerung nicht so im Überfluss lebte wie in der DDR, aber gerade denen würde so ein Wahlergebnis klarmachen, dass der Mensch nur im Sozialismus zufrieden, sicher und glücklich leben konnte.

Felix Hohndorf, du bist ein verdammter Sarkastiker und elender Duckmäuser zugleich, du wirst wie immer brav zur Wahl gehen und wie alle anderen Meckerer dein Kreuz an der vorgesehenen Stelle machen, also halt die Klappe!

Ich packte meine Klassenarbeiten ein und machte mich auf die Socken. Jetzt nach Hause und eine Stunde Mittagsschlaf machen. Wäre schön, aber wir hatten uns in Heidenau verabredet – beim Notar.   Janet wollte mir ihr Haus verkaufen.

Als sie das erste Mal davon gesprochen hatte, war ich fast aus den Latschen gekippt. Was sollte ich mit dieser Hütte anfangen. Das Dach musste dringend neu gedeckt werden, die Veranda war so morsch, dass sie von Janet nur zum Wäscheaufhängen genutzt wurde, vom Außenputz ganz zu schweigen.

„Brauchst du Geld", hatte ich völlig verdattert gefragt.

„Quatsch, das regeln wir unter uns ohne Geld."

„Hast du einen zu viel zur Brust genommen?" Ich hatte sie fassungslos angesehen.

„Ich bin so trocken wie ein Tafelschwamm nach den Sommerferien, Felix. Hast du schon mal was von Prophylaxe gehört. Du weißt, dass unsere neue Ausstellung fertig ist und dass wir am Sonntag eröffnen. Ich habe noch einen Brief an den Staatsratsvorsitzen geschrieben und Bilder beigelegt. Beides zusammen soll Herrn Honecker die Augen dahingehend öffnen, dass er dabei ist, das Land für die kommenden Generationen unbewohnbar zu machen und ..."

„Bist du von allen guten Geistern verlassen, Janet!"

Es war fast ein Aufschrei, der aus meiner Kehle gekommen war. „Willst du mit Gewalt nach Hohenschönhausen, so besonders schön soll es dort nicht sein."

„Ich weiß, dass das passieren kann", hatte sie ganz ruhig gesagt, mir ein Kuvert in die Hand gedrückt und mich angesehen. „Du sollst in diesem Fall dafür sorgen, dass die Zentrale Erfassungsstelle für DDR- Unrecht in Salzgitter-Bad rechtzeitig davon erfährt. Ich kann so nicht weiterleben, Felix."

Janet atmete tief ein.

„Zusehen, mit offenen Augen zusehen und bei klarem Verstand miterleben, wie dieses wunderschöne Land von politischen Hasardeuren, die nur an der Erhaltung ihrer eigenen Macht interessiert sind, zugrunde gerichtet wird, nein und nochmals nein.

Wenn es sein muss, geh ich dafür ins Gefängnis bis dieses Scheißsystem zusammenbricht und das wird es über kurz oder lang. Ein Volk, das in der Vergangenheit durch so viel Blut und Elend gehen musste, kann man nicht auf Dauer durch eine Mauer, Stacheldraht und Schießbefehle voneinander trennen."

An ihrem Hals hatten sich rötliche Flecke gebildet, und ihr Atem ging stoßweise.

Und jetzt saßen wir hier im Notariat, warteten und jeder hing seinen Gedanken nach. Ich sollte das Haus für fünfundzwanzigtausend Mark kaufen, ohne es zu bezahlen.

Janet musste übergeschnappt sein, hatte ich zuerst gedacht – bis sie es mir erklärt hatte.

Für den Fall, dass sie hinter Gittern landen sollte, würde das Haus mir gehören, pro forma. Ich sollte es verwalten, könnte selber einziehen, es an Freunde vermieten, wichtig war ihr nur, dass es sich kein Parteinik oder Stasiheini unter den Nagel reißen konnte. Es blieb ihr Haus.

„Ist aber verdammt riskant, was du da machst, wenn ich nun ..."

„Ich vertrau dir, Felix", hatte sie mich unterbrochen. „Du eignest dich nicht zum Betrüger."

Dann waren wir dran. Es ging alles ziemlich schnell, wir unterschrieben irgendwelche Papiere, die Notarin gab uns noch die Telefonnummer für das Grundbuchamt zwecks Terminvereinbarung. Das war`s.

Als wir wieder auf der Straße standen, wurde mir plötzlich schlecht. Mir brach der Schweiß aus und das Haus gegenüber begann sich zu drehen. Ich hielt mich an Janet fest.

„Ist dir schlecht, Felix?"

„Sauschlecht", murmelte ich.

Janet zog mich in das Grundstück zurück auf eine Bank

und drückte den Klingelknopf. Die Sekretärin bat uns ins Haus, aber ich wehrte ab. „Ein Glas Wasser, bitte", murmelte ich. Nach fünf Minuten war der Anfall vorbei und wir fuhren los.

„Was war das denn?", Janet sah mich fragend an.

Mir war, als wir das Notariat verließen, schlagartig klar geworden, dass ich Janet verlieren würde. Der Gedanke war mir wie ein böser Dämon in den Bauch gefahren.

Janet im Knast, vielleicht würde sie irgendwann vom Westen freigekauft, vielleicht kam sie nach zwei oder drei Jahren wieder raus und war nicht mehr meine Janet.

„Willst du im Auto sitzen bleiben?"

„Entschuldige Janet, war völlig in Gedanken." Ich stieg aus, blieb auf dem Fußweg stehen und betrachtete das Haus, das ich vor einer Stunde gekauft hatte, ohne es zu bezahlen.

Die Feuchtigkeit war im Mauerwerk bis über die Kellerfenster gekrochen, die grünen Fensterläden hingen schief in den Angeln, die Dachrinne hatte erhebliche Roststellen.

Trotzdem ging von diesem Haus mit dem weit vorgezogenen Walmdach, dem dunklen, rotbraunen Anstrich und den grünen Fensterrahmen etwas Heimisches aus, es war, als wollte die alte Villa eine Geschichte erzählen, eine Geschichte von Liebe und Krieg und Hungersnot, von lachenden Kindern und weinenden jungen Frauen, von schwerem Abschied und fröhlichem Wiedersehen.

Hohndorf, du hast `ne Macke. Das ist eine alte, marode Bude!

Trotzdem, es war ein Haus mit Atmosphäre.

Ich wusste, dass ich nie ohne Janet darin wohnen würde .

„Bleib noch eine Weile draußen, Felix, ich ruf dich

dann."

Ich setzte mich auf die Bank rechts neben der Haustür und brannte mir eine Zigarette an.

Janet musste diesen dämlichen Brief vernichten. Das Einzige, was er bewirken würde, waren zwei oder drei Jahre Knast.

Die Elbe würde trotz aller Umweltaktivitäten die Kloake Deutschlands bleiben, die Wälder des Erzgebirges würden weiter still vor sich hinsterben und die Braunkohlekombinate würden weiterhin ohne Rücksicht auf die Bevölkerung die Atmosphäre verpesten.

Und Herr Honecker und seine Politbürobonzen würden trotz aller Umweltversiffung weiterhin die relativ saubere Luft der Bernauer Waldsiedlung genießen.

„Du kannst kommen, Felix."

Janet hatte geduscht und trug einen weißen, flauschigen Bademantel. Sie goss Sekt in die Kelche.

„Prost, auf das Gelingen unserer Ausstellung."

„Prost", sagte ich.

Sollte doch diese Scheißausstellung in die Luft fliegen und dieser verdammte Honeckerbrief sich in Asche verwandeln. Nimm ihr diesen dämlichen Brief weg und schmeiß ihn in den Ofen.

„Schmeiß den Brief in den Ofen, Janet." Ich trat einen Schritt auf sie zu und legte meine Hände auf ihre Schultern.

„Kann ich nicht, Felix."

Ich wusste, dass dieses verdammte Weib immer genau das tat, was sie sich vorgenommen hatte.

„Mir zuliebe, Janet, ich liebe dich."

„Ich dich auch, Felix, aber es muss sein."

Sie nahm meine Hand und zog mich Richtung Schlafzimmer.

166

Alle Mühe war umsonst.

Es ging nicht.

Die Angst um Janet machte mich impotent.

Wir lagen lange stumm nebeneinander, und für das, was ich dachte, schämte ich mich noch Jahre später.

Ricarda.

Erzähl Ricarda von diesem Scheißbrief, sie gibt Helmut einen Tipp, der kennt Typen, die für Westgeld das Holzbein ihrer Großmutter klauen würden.

Wohnungseinbrüche gab es auch im Sozialismus.

„Schmeiß diesen verdammten Brief in den Ofen, Janet."

„Geht nicht , Felix, ist seit heute Vormittag im Kasten."

***

Ich hatte bereits vier oder fünf Goldbrand und drei Bier intus, aber die nötige Bettschwere stellte sich nicht ein. Wenn mich etwas besonders ärgerte oder heftig mitnahm, ging das bei mir immer auf Kosten des Schlafs. Ich legte mich hin, schlief ein, wachte mitten in der Nacht auf und das war`s. Ich wälzte mich dann so lange im Bett herum, bis ich aufstand, mir ein Buch griff und bis in die frühen Morgenstunden las.

Heute war an Einschlafen überhaupt nicht zu denken.

Da half nur Alkohol.

Wenn überhaupt.

Janet.

Ich hätte es verhindern müssen. Verrat ist nicht gleich Verrat. Für Janet wäre ich ein Verräter gewesen, aus meiner Sicht lediglich ein Egoist, einer, der das behalten wollte, was sein Leben lebenswert machte, einer, dem

Loyalität am Arsch vorbeiging, wenn es um eine Frau, wenn es um DIE FRAU, ging.

Wärst du ein egoistischer Verräter, Hohndorf, wäre Janet noch auf freiem Fuß.

Du hättest es verhindern können.

Ein kurzes Gespräch mit diesem Hochstädter von der Bautzner Straße hätte wahrscheinlich genügt, um das Schlimmste abzuwenden.

Leider bist du ein erbärmlicher Duckmäuser und Feigling, der sich vor folgenschweren Entscheidungen vorsichtshalber lieber drückt und abwartet, bis es zu spät ist.

Und zu spät war es.

Am Samstagnachmittag hatte ich das Telegramm erhalten. Mutter lag im Uniklinikum Leipzig.

Ich hatte den letzten Zug nach Leipzig genommen und war am Sonntag ins Klinikum gefahren. Mutter war am Freitagabend mit einer schweren Gallenkolik eingeliefert und am Samstagmorgen operiert worden.

Der Arzt sagte mir, dass es knapp gewesen sei, und wenn ihre Nachbarin nicht den Notarzt gerufen hätte …

Seine Handbewegung deutete an, dass ich Mutter dann wohl nicht mehr lebend angetroffen hätte.

Gegen Sonntagmittag ging es ihr schon wieder relativ gut. Mutter war eine zartgliedrige, aber äußerst widerstandsfähige Frau, die sich von Krankheiten und Schicksalsschlägen schnell wieder erholte.

Am Nachmittag hatte ich von Leipzig aus Erich Weinhold, unseren Stelli, angerufen. Da ich am Montag nur drei Stunden Unterricht hatte, war es kein Problem gewesen, dass ich den Montag noch in Leipzig bleiben konnte.

Ich hatte Mutter noch am Montag besucht, ihr alles

Nötige ins Krankenhaus gebracht und war dann mit dem Abendzug zurück nach Dresden gefahren.

Am Dienstagmorgen hatte mich Erich vor der ersten Stunde in sein Zimmer gebeten.

„Die Kollegin Peters ist verhaftet worden." Erich sprach weiter, aber das, was er sagte, erreichte mich nicht mehr.

Ein dumpfes Gefühl in der Magengegend zwang mich schnellstens Richtung Toilette.

Ich kotzte, bis nur noch Galle kam.

Ich war nach Unterrichtsschluss als erstes zu Amadeus gefahren.

Die Ausstellung hatte am Sonntag 10.00 Uhr eröffnet werden sollen. Punkt 8.00 Uhr hatten die Herren von der Bautzner Straße bei Amadeus geläutet und das gesamte Material konfisziert.

Am Mittag gab es keine Ausstellung mehr. Als die Mitglieder der Umweltaktivistengruppe gegen 9.00 Uhr eintrafen, wurden sie zur Bautzner gebracht.

Es gab heftige Proteste von Seiten der zahlreichen Besucher, aber es ging ja nur darum, das Ausstellungs-material auf seinen Wahrheitsgehalt und eventuelle revanchistische Tendenzen zu überprüfen, sagte man. Sonntagabend waren alle Aktivisten wieder auf freiem Fuß.

Man wollte unter allen Umständen größeres Aufsehen vermeiden. Janet, die als Initiatorin der mit staats-feindlichen und volksverhetzenden Materialien ge-spickten Ausstellung galt, hatte man einbehalten.

Die Inhaftierung von Einzelpersonen erregte bei den Feindmedien kein so großes Aufsehen wie die Fes-tsetzung einer größeren Gruppe Jugendlicher.

Der Brief an den Staatsratsvorsitzenden würde ihr den Rest geben.

War es Vorsehung, Schicksal, Zufall, dass Mutter genau zu diesem Zeitpunkt ins Krankenhaus kam?

Ich war wieder ungeschoren davongekommen, hatte aber mit Sicherheit bei den Umweltleuten endgültig den Schwarzen Peter gezogen.

Einige würden sich noch an die Kreuzkirchendemo und die Geste Hochstädters erinnern, mit der er mich vor der ganzen Gruppe brüskiert hatte.

Dieser Hohndorf ist ein indifferentes Subjekt, wenn nicht Schlimmeres, der wusste mit Sicherheit, was passieren würde. Wahrscheinlich geht er bei denen ein und aus.

Dieses Mal gab es keinen Leo, der mich rehabilitieren konnte, ich war erledigt.

Ich würde morgen ans andere Ende der Stadt fahren und den Brief, den mir Janet anvertraut hatte, unter einem erfundenen Absender und irgendeiner Hausnummer und irgendeiner Straße dort in den nächsten Briefkasten schmeißen.

Ohne Bildmaterial, versteht sich.

Werners Deckadresse in Frankfurt hatte ich im Kopf gespeichert. Gott sei Dank, die gesamte Post der DDR konnten die Brüder jedenfalls nicht kontrollieren.

Am Nachmittag würde ich in Janets Haus nach dem Rechten sehen. War ja jetzt eigentlich mein Haus, würde es aber nie sein.

***

„Verräter … Zuträger … Stasischw …"

Die Worte trafen, nur gemurmelt, kaum wahrnehmbar, mein Trommelfell, richteten aber dahinter den Schaden

170

einer Handgranate in einem geschlossenen Raum an.

Ich stellte meinen Drahtesel an den Zaun und ging durch die Gruppe, die vor dem Gemeindehaus stand und mir widerwillig Platz machte.

Seit Janets Verhaftung war eine knappe Woche vergangen und ich wollte wissen, ob Amadeus über seine Verbindungen nach Leipzig und Berlin etwas erfahren hatte. Außerdem wollte ich ihm das mit Mutter erzählen, denn vor Amadeus, den ich inzwischen schätzen gelernt hatte, wollte ich auf keinen Fall als Verräter dastehen.

Er bat mich unter dem Pfeifkonzert der Gruppe ins Haus.

„Die wissen nicht, woran sie mit dir sind, Felix." Es klang wie eine Entschuldigung.

„Kann ich ihnen nicht verdenken, spricht ja alles gegen mich."

Wir setzten uns an einen Tisch an der Wand in dem nahezu leeren Ausstellungsraum.

„Hab am Samstag ein Telegramm erhalten. Mutter im Krankenhaus ..."

„Du musst dich nicht vor mir rechtfertigen Felix, Janet hat mir am Samstagabend erzählt, dass du nach Leipzig musstest und dass sie ihr Haus pro forma an dich verkauft hat und dass sie einen Brief an den Staatsratsvorsitzenden geschrieben hat."

Amadeus zupfte an seinem Bart herum, als wäre es ihm peinlich, dass Janet ihm da anvertraut hatte.

„Das mit dem Brief an Honecker werden die ihr hoch anrechnen, zwei Jahre schätze ich und für das Wort `verantwortungslos` im Zusammenhang mit dem Politbüro werden sie ihr noch was draufpacken."

„Wir können nur hoffen, Felix. Freikaufen von politischen Häftlingen ist inzwischen für die DDR ein lukratives Geschäft geworden. Früher sollen ja schon

Landgrafen ihre Untertanen verkauft haben. Ich begreife nur nicht, dass eine Regierung, die das Wort Sozialismus auf ihren Fahnen stehen hat, einen so üblen Menschenhandel betreibt. Von kameradschaftlich, wie man das lateinische Wort `socialis` zu übersetzen hat, kann hier ja wohl keine Rede sein. Die sollten sich in Grund und Boden schämen, diese Pseudosozialisten."

Amadeus wischte sich mit einem Taschentuch über die Lippen, auf denen sich feine Speichelbläschen gebildet hatten.

„Oder die pfeifen finanziell bereits auf dem letzten Loch. Was mir am meisten zu schaffen macht, Amadeus, ist dieses verdammte Haus. Hätte ich mich bloß nicht darauf eingelassen. Die denken doch garantiert jetzt alle, ich hätte Janet an die Stasi verraten, um mir diese Bude unter den Nagel zu reißen."

„`Wer den Stein in die Höhe wirft, dem fällt er auf den Kopf`. Ich habe die ganze Gruppe zum Gespräch eingeladen, und sie werden danach keine Steine mehr werfen – hoffe ich."

„Wollt ihr weitermachen?"

„Jedem redlichen Bemühn sei Beharrlichkeit verliehn, sagt Goethe, und es wäre nicht im Sinne des Herrn, wenn der Mensch sich von einer guten Sache abwendet, nur weil ihm Ungemach droht."

„Ich danke dir sehr, Amadeus, und ich werde dich in meine Nachtgebete einschließen", grinste ich.

„Der Herr freut sich über jeden Atheisten, der hin und wieder zu ihm aufschaut", grinste Amadeus zurück und zupfte wieder an seinem Bart.

Ich schwang mich auf mein Rad und fuhr Richtung Elbe zu "meinem Haus". Es machte auf mich den Eindruck, als trüge es Trauer. Vielleicht leiden Häuser genauso wie

Menschen, wenn sie verlassen werden.

Ich schloss die Haustür auf und merkte, wie meine Hand zitterte.

Im Wohnzimmer ließ ich die klapprigen Holzjalousien runter, ging in die Küche, holte mir die Flasche Gin aus dem Kühlschrank, ging zurück, ließ mich in einen Sessel fallen und nahm einen kräftigen Hieb.

Schmeckt scheußlich, blanker Gin. Mit Orangensaft gemixt, wie wir es oft am Wochenende gemacht hatten, war es ein herrliches Getränk, pur war es ein scheußliches Gesöff, aber es sollte ja im Moment nicht schmecken, sondern betäuben.

Ich nahm noch einen Schluck, stand auf, ging ins Schlafzimmer, legte mich auf Janets Bett und vergrub meinen Kopf in ihrem Kissen.

Der Duft, der daraus aufstieg, nahm mir jedes klare Denken. Eine besinnungslose Wut auf diesen Scheißstaat trieb mir die Tränen in die Augen. Nur weil ein mutiger Mensch Missstände im Lande anprangert, wird er einfach weggesperrt.

Janet hatte niemand betrogen oder ausgeraubt, sie hatte keine Unterschlagung begangen, sich nicht an Volkseigentum vergriffen, sie war weder eine Brandstifterin noch eine Diebin, sie hatte sich weder Körperverletzung noch eines Mordes schuldig gemacht, sie hatte keine Republikflucht geplant.

Allein laut die Wahrheit zu sagen, galt als Landesverrat.

Entweder du hältst dein Maul oder du gehst in den Knast.

Ich erhob mich und schlenderte durch das Haus, das jetzt mir gehörte, aber das ich nie als mein Eigentum betrachten würde. Vielleicht saß Janet ihre Zeit einfach ab und kam dann wieder. Also wirst du versuchen, die marode Bude einigermaßen wieder auf Vordermann zu bringen.

Die Veranda schien mir am meisten gelitten zu haben. Sie war aus Ziegeln gemauert, das Fundament war aus Beton gegossen und die Feuchtigkeit hatte sich so nach oben gearbeitet, dass der Putz an vielen Flächen abgefallen war und der Salpeter im Mauerwerk saß.

Der Putz musste auf alle Fälle runter und das Mauerwerk isoliert werden. Sollte der Schimmel das ganze Haus befallen, wäre der Abriss kaum zu verhindern.

Ich würde mir den Balkon vornehmen. Was mir jetzt zugute kam, war meine Zeit in einer Feierabendbrigade. Ich hatte drei Jahre für 5 Mark die Stunde beim Bau von Rinderoffenställen mitgearbeitet und so mein Stipendium aufgebessert.

Ich ging zurück ins Wohnzimmer, goss mir noch einen ordentlichen Hieb Gin ein, brannte mir eine Club an und machte Kassensturz:

Verlieben solltest du dich besser nicht mehr, Alter. Du hast zwar einigermaßen Glück bei den Weibern, aber keins mit ihnen. Ich spürte bereits die ersten Symptome eines beginnenden Kopfschmerzes.

Ich wusste, dass mir eine schwere Liebesgrippe bevorstand.

Lass in Zukunft die Finger von diesem verdammten Liebesscheiß, Felix. Das Einzige was du davon hast, du leidest wie ein räudiger Hund mit Hodenkrebs im Endstadion.

Ich goss mir noch einen ein, fing langsam an zu schmecken, das Gesöff.

Nimm, was dir geboten wird, Alter, aber leg dein Herz in Formalin. Klar war, dass ich ohne weibliche Zuwendung und Wärme nicht leben konnte, aber lass die Finger von festen Beziehungen, du hast kein Glück damit.

Ricarda, verdammt, das Weib machte es richtig, die vögelte kreuz und quer durch die Botanik, nahm mit, was sie kriegen konnte, hatte ihren Spaß dabei und ließ sich auf keine feste Bindung ein.

Ich kippte noch einen, schloss dann ab und schwang mich auf mein Fahrrad. Wenn dich jetzt der ABV erwischt, gibt's Ärger. Als Lehrer besoffen im Straßenverkehr, nein so was aber auch.

***

Verdammt kalt. Ich hielt an und klappte die Ohrenschützer meiner Mütze runter. War inzwischen zur Gewohnheit geworden, bei nahezu jedem Wetter mit dem Rad zur Schule zu fahren.

Man war beweglicher. Musste nicht vom Bus in die Bahn umsteigen und umgekehrt, wenn ich von der Schule zu Janets Haus und dann zu mir wollte.

Die Tage seit Janets Verhaftung flossen wie ganz zäher Schlamm dahin. Die einzigen Lichtblicke waren die Tage, an denen ich an Janets Haus arbeitete, das ja eigentlich jetzt mir gehörte, aber mir nie gehören würde.

Ich hatte fast den gesamten, versifften Putz der Balkonmauer abgehackt, war zur Bäuerlichen Handelsgenossenschaft gefahren und hatte nach Zement und Mörtel gefragt.

Die dicke Dame hinter dem Tresen sagte nur lapidar: „Hammernich."

„Und wann wäre wieder damit zu rechnen", hatte ich eingeschüchtert gefragt?"

„Weesichnich."

Ich hatte kurz überlegt, mein Portmonee gezückt und einen Zehner West in die Hand genommen. Plötzlich wurde die dicke Trulla lebendig; ich sah es am gierigen Aufblitzen ihrer trüben Augen.

„Ich würde natürlich einen Teil in D-Mark bezahlen.".

Trulla griff zum Telefon und rief das Lager an. „Hast du noch Portland und Kalk, Fred?"

Kurzes Geplauder ..., dann: „Ja, halbe-halbe wie immer, Fred."

Trulla hatte mich angesehen: „Wieviel?"

„Fünf, fünf."

„Fünfe, fünfe", nuschelte sie in den Hörer.

Ich war zum Lager marschiert und dieser Fred hatte mir bereits 10 große Papiersäcke vor das Tor gestellt.

„Hast´n Auto?"

Hatte ich natürlich nicht.

„`n Zehner?" Fred hatte mich auffordernd angesehen. „Für`n Zehner bring ich dir das Zeug heute Abend vorbei."

War klar, was der Kerl wollte. Ich hatte einen DDR-Zehner aus der Tasche gezogen und ihm hingehalten. Freds Kehrtwendung auf dem Absatz war sehenswert.

„War ein Scherz", hatte ich ihn gebremst und ihm einen Fünfer in harter Währung angeboten.

„Zehn!"

„Fünf!"

„Zehn!"

So nicht, mein lieber Kokoschinski. Du hängst ja schon bei der dicken Trulla mit drin. Ich hatte mich umgedreht und so getan, als wollte ich gehen.

„Fünf und deine Adresse."

War einer der Tage gewesen, die mir Spaß gemacht hatten. Dieses System konnte mit größter Wahrscheinlichkeit so nicht überleben. Die hiesige Währung war erledigt, war in den letzten Jahren von der D-Mark in einem Grad unterwandert worden, dass sie allenfalls noch für Kartoffeln, Brot und Butter benutzt werden konnte.

„Vorsicht! Rechts hat Vorfahrt", lachte Herbert.
„Entschuldige." Ich stieg ab. „War ganz in Gedanken."
Wir schoben unsere Drahtesel zum Fahrradständer und gingen dann über den Schulhof.
„Seit wann macht denn Erich Weinhold Einlassdienst? Hat der als Stelli nichts Anderes zu tun?"
Herbert schüttelte verwundert den Kopf. „Und nur der Mitteleingang ist offen, komisch."
An der Tür sagte Erich: „Treffpunkt Lehrerzimmer, fünf Minuten vor Unterrichtsbeginn."
„Ist was passiert?"
„Nachher."
Da musste wirklich was passiert sein. So kurz angebunden war Erich sonst nie.
Fünf vor halb Acht war die ganze Truppe im Lehrerzimmer versammelt.
„Unser Schulleiter, der Genosse Sperling, ist gestern verstorben."
Sperling hatte während eines Konzerts des bundesdeutschen Schlagersängers Udo Jürgens im Friedrichstadtpalast einen schweren Herzinfarkt erlitten und war noch in der Nacht in einem Berliner Krankenhaus verstorben. Unsere Trauer hielt sich in Grenzen. Am meisten interessierten sich die Kollegen dafür, woher er die Eintrittskarten, die ja sehr kontingentiert und nach einem bestimmten, aber allgemein bekannten Prinzip vergeben wurden, hatte.
Sperling war in den vergangenen Jahren immer mehr zu

einem Apparatschik erster Ordnung geworden. Sein vorauseilender politischer Gehorsam war uns seit langem auf die Nerven gegangen. Wenn wir allerdings gewusst hätten, was uns erwartete, wäre unsere Trauer sicher angemessener ausgefallen. Im Moment jedoch hatten wir die Hoffnung, dass Erich Weinhold unser neuer Schulleiter werden würde.

Was der Schule sicherlich gutgetan hätte.

***

Ich verbrachte viel meiner Freizeit mit Arbeiten an Janets Haus. Der gesamte Putz am Balkon war abgehackt, die drei obersten Ziegelschichten, die nur noch lose auf der Mauer gelegen hatten, waren runter und neu aufgemauert. Ich hatte Holzleisten mit Putzhaken angebracht, und es konnte losgehen.

Als ich auf den Balkon trat, ging wie immer in letzter Zeit, am gegenüberliegenden Haus die Balkontür auf und eine üppige, blonde Enddreißigerin schüttelte ihre Tischdecke aus. Als sie mich sah, klaffte ihr Bademantel, wie von Geisterhand berührt, oben auseinander.

Mannomann, was für Glocken

Was für ein Bademantel.

Rosa.

Rosa zu blond versprach Zartheit und weiche Formen, eine rosafarbene Wolke, in deren erotischer Unendlichkeit man versinken konnte. Du bist oft genug versunken, Felix Hohndorf, im Liebeselend versunken. Also halt dich zurück.

Aber eine üppige Blondine im Bademantel?

Im rosa-flauschigem Bademantel?

He, he, was hat die da drunter?

Wenn überhaupt?

Reiß dich am Riemen, Alter! Du kommst wohl nie zu Verstand, Hohndorf. Kaum siehst du ein paar pralle Möpse, schon kribbelts bei dir. Sonderbar war, dass ich noch nie einen Mann in diesem Haus gesehen hatte.

Geh an deine Arbeit, du alter Bock, und reagiere dich am Schaufelstiel ab.

Ich ging raus, mischte Sand mit Kalk in einer alten, angerosteten Schubkarre, gab zwei Schaufeln Zement und Wasser dazu und schob das Gemisch mit der Schaufel von einer Seite der Karre zur anderen und zurück, bis sich ein schöner, sähmiger Brei gebildet hatte. Als ich meine Kelle ergriff hörte ich ein zartes „Hallo" vom Fußweg.

Ich sah zur Gartentür.

Da stand der Bademantel in Jeans und rosafarbenem Pullover.

Ich winkte und rief: „Das Tor ist offen."

Rosa machte mich, ob ich es wollte oder nicht, kribbelig. Und einen Hintern hatte das Weib, dass es einem im Schritt juckte.

„Isolde Weinreich."

Sie streckte mir ihre Hand entgegen, die sich so weich und samtig anfühlte, wie ich mir diesen Körper unter dem Bademantel vorgestellt hatte.

„Felix Hohndorf."

„Entschuldigen Sie, Herr Hohndorf, wenn ich so unan- gemeldet bei Ihnen eindringe."

Ich würde mich wahrscheinlich nicht entschuldigen, wenn ich bei ihr unangemeldet eindringen würde, dachte ich und klopfte mir im selben Moment mahnend auf mein moralisches Innenleben.

Denk daran, Felix, keine Beziehung mehr. Nichts gegen einen bumsfidelen Abend oder ein feuchtes Techtelmechtel, aber keine feste Bindung.

„Sie könnten sich unseren alten Betonmischer leihen, falls er noch läuft."

„Wäre sehr nett von Ihnen."

„Wollen Sie sich das Ding vielleicht mal ansehen."

„Gern."

Wir gingen rüber zu ihr. Was für ein Gang. Mir wurde leicht schwindlig. Ich lebte seit Janets Verhaftung in sexueller Abstinenz, aber dieses verdammte Kribbeln beim Anblick eines straffen, wohlproportionierten weiblichen Körpers konnte man einfach nicht abstellen.

Isolde schloss einen Schuppen auf, holte eine Kabeltrommel heraus und ging ins Haus, um den Strom anzuschließen. Von der Haustür rief sie: „Der Mischer steht hinterm Schuppen."

Ich zerrte das Ding unter einer provisorischen Überdachung hervor. Die Trommel war stark angerostet, heftig zerbeult, und der Zahnkranz hatte seit Jahren keine Schmiere mehr gesehen. Im Schuppen fand ich eine Kartusche Staufferfett und drückte reichlich davon auf die Zähne.

„Strom ist an", rief Isolde von der Haustür.

Ich steckte den Stecker in die Buchse und schaltete den Mischer ein. Es gab ein knarzendes Geräusch, dann begann sich die Trommel ächzend zu drehen. Nach einer halben Umdrehung gab das Gerät einen heftig quietschenden Ton von sich, der sich bei jeder Umdrehung wiederholte.

Aber er lief.

„Wenn Sie wollen, können sie ihn mit rübernehmen."

„Gern, was soll er pro Tag kosten?" Das Verleihen von Baugeräten gegen einen kleinen Obulus von privat an privat war üblich.

„Nichts, Herr Hohndorf, das Ding steht doch nur nutzlos hier herum."

„Vielleicht braucht ihr Mann den Mischer noch." Ich blickte die rohen, unverputzten Ziegelwände des Schuppens an.

„Bin geschieden." Klang nicht besonders lustig.

„Tut mir leid."

Dämlich Floskel. Es tat mir nicht wirklich leid, weil es mich nichts anging. War nur gefährlich. Ein Verhältnis mit einer verheirateten Frau, die bloß mal ihren privaten Spaß haben wollte und dann zu ihrem lieben Ehemann zurückkehrte, war ungefährlich. Eine Liaison mit einer Einspännerin war das nicht, denn die fing mit Sicherheit nach einer gewissen Zeit an zu klammern.

War mir im Moment aber egal, denn der Mischer würde mir gute Dienste leisten.

***

Die Zeit verging wie im Flug. Ich arbeitete nachmittags an Janets Haus, soff am Abend bei mir zu Hause, bis ich die nötige Bettschwere hatte, fuhr morgens meist leicht verkatert in die Schule und war am Nachmittag wieder am Haus.

Wenn man viele Jahre nur mit dem Kopf arbeitet, ist es ein absolutes Vergnügen, etwas mit den Händen zu schaffen, was man nach getaner Arbeit ansehen und anfassen kann.

Nachbarin Isolde hatte mich mehrmals zum Kaffee eingeladen, aber ich hatte mich zurückgehalten. Wie lange ich das durchhalten würde, stand in den Sternen, denn Isolde trug in letzter Zeit Blusen, die gewagt weit offen standen und Glocken offenbarten, die von einem hochmotivierten Glockengießer mit viel Fingerspitzengefühl modelliert worden sein mussten.

Man würde sehen.

Ich trat heftiger in die Pedale, um mich abzureagieren und dachte an den Hammer, der Anfang Mai unsere Köpfe getroffen hatte.

Wir waren alle davon ausgegangen, dass Erich Weinhold Schulleiter werden würde.

Das Kollegium denkt, aber die Abteilung lenkt. Sie lenkte eine Dame an unsere Schule, die starke Ähnlichkeit mit einer Käthe-Kruse-Puppe hatte, nur mit dem Unterschied, dass sie zur Fettsucht neigte.

Walpurga Hutschenreuter, vom Schulrat persönlich bei uns eingeführt. Russisch und Geschichte, glühende Thälmann-Verehrerin mit Tunnelblick und perfekte Hypnotiseurin. Ihr gelang es mittels ihrer leisen und monotonen Stimme eine ganze Klasse innerhalb von fünf Minuten in den Schlaf zu wiegen.

Der erste Pädagogische Rat unter ihrer Leitung offenbarte uns, was wir in Zukunft zu erwarten hatten:

Alle Pioniere tragen zu den Pioniernachmittagen Pionierkleidung und Halstuch.

Alle FDJler tragen zu ihren Veranstltungen das Blauhemd, was besonders für den Wehrunterricht gilt.

Jede Pionier-und FDJ-Gruppe fertigt monatlich zu aktuellen Themen im DDR-Alltag eine Wandzeitung an!

Erstes Thema für die Jungpioniere: Wir lieben Ernst Thälmann und unsere Deutsche Demokratische Republik.

Thema für dieThälmannpioniere: Ernst Thälmann – unser Vorbild im Kampf um gute schulische Leistungen zu Ehren unserer Deutschen Demokratischen Republik.

Thema der FDJler: Vorbildliche Leistungen im Wehrunterricht zu Ehren Ernst Thälmanns, Hans Beimlers und unserer Deutschen Demokratischen Republik.

Termin: 22.05.

Hinter mir murmelte es: „Die Alte hat doch `n gezackten Riss in der Rübe." Das kam mit solcher Inbrunst heraus, dass ich lachen musste.

„Hat der Kollege Hohndorf Einwände?"

Hatte der Kollege Hohndorf natürlich nicht. Was sollte der Kollege auch gegen Ernst Thälmann, Hans Beimler und die Deutsche Demokratische Republik einzuwenden haben.

Der Schock saß bei allen tief, aber es war erst der Anfang.

In dieser renitenten Schule musste endlich wieder mit einem sozialistischen Besen gekehrt werden. Drei Ausreiseanträge von Pädagogen in einem Jahr, da musste der Glaube gestärkt werden, der Glaube an den Sieg des Sozialismus im Arbeiter-und Bauernstaat.

Da mussten dringend die Zügel angezogen werden, und dafür eigneten sich erfahrungsgemäß besonders Kutscher, die nicht nur ihren Pferden, sondern auch sich selbst Scheuklappen anlegten.

Vorwärts und nicht nachgedacht.

Es gab genügend Vordenker, auf die man sich verlassen konnte. 22 hochintelligente, sprachgewandte, ihre eigenen Interessen stets in den Dienst der Gemeinschaft stellende Genossen (davon sollte man ausgehen) unter der Führung des charismatischen Generalsekretärs mit der Falsettstimme gaben die Marschrichtung vor und der sollte man ohne Wenn und Aber bedingungslos folgen. Wer die Marschrichtungszahlen verwechselte oder gar ignorierte, der sollte …

Nicht zu fassen, mein alter Drahtesel hatte die Route zu Janets Haus ohne mein Zutun gefunden.
Ich warf den Mischer an und holte mir ein kaltes Bier aus der Küche. Ich trank die Flasche in einem Zug leer, stand auf und ging raus.
Der Putz von gestern an der Rückfront war getrocknet und sah verdammt fachmännisch aus.
Also los, Alter. In zehn Minuten geht es dir wieder besser.
Arbeit macht Spaß, viel Arbeit macht viel Spaß.
Es war ein herrliches Gefühl, wenn der Schwung der Kelle so saß, dass der Mörtel genau dort landete, wo er hin sollte und dann auch noch kleben blieb. Und wenn du dann mit der Kartätsche glatt ziehst und mit dem Reibebrett der Wand den letzten Schliff verpasst, einfach ein herrliches Gefühl.
„Hallo Felix."
Isolde stand mit zwei Bierflaschen in der Hand am Gartentor.
Kam jetzt öfter vor.
„Komm rein, ist offen."
Wir setzten uns auf die Bank vor dem Balkon.
„Prost, Felix."
„Prost, Isolde, auf dein Wohl."
„Und auf meinen Siebenunddreißigsten."
„Soll das heißen, du hast Geburtstag?"
„Schlimm, aber es ist so. Geh mit Siebenmeilenstiefeln auf die Vierzig zu."
„Sieht man dir aber nicht an."
Man sah es ihr aber an. Der Hochglanzlack der Jugend

war schon ein wenig stumpf geworden.

„Schmeichler. Würde dich gern zu einer kleinen Feier einladen."

„Wir zwei?"

„Wir zwei. Ist es dir unangenehm?"

„Allerdings."

Ich sah die Enttäuschung in ihren braunen Augen.

„Hab nicht mal ein Geschenk für dich."

„Dein Anblick reicht mir", grinste Isolde hinterhältig, und der Glanz der Vorfreude kehrte in ihre Augen zurück.

„In einer Stunde?"

„In einer Stunde bei mir."

Ich verarbeitete den Rest Mörtel, säuberte die Werkzeuge, spülte den Mischer aus und machte mich frisch. Ganz hinten im Garten blühten irgendwelche gelben Blumen und ich schnitt eine Handvoll ab.

Isolde trug einen dünnen, dunklen Pullover ohne BH, und ihre Knospen versuchten sich durch das feine Gewebe zu bohren.

Oh, oh, dachte ich, hier kommst du nicht ungeschoren davon, Alter, aber ich war mir nicht sicher, ob ich das überhaupt wollte.

Ich legte den kümmerlichen Blumenstrauß auf ein Beistelltischchen, nahm Isolde in den Arm, drückte sie an mich und gratulierte ihr mit einem heftigen Kuss zum Geburtstag.

Dann ging alles so schnell, dass ich nicht glauben konnte, dass es wirklich passiert war. Isolde presste sich genauso ausgehungert an mich, wie ich mich an sie.

Meine Hände fuhren sofort unter ihren Pullover, und als ich ihre warme, nackte Haut spürte, waren alle guten Vorsätze vom Winde verweht. Ich schob den Pullover nach oben, nahm eine ihrer Rosinen in den Mund, umspielte sie mit der Zunge und saugte daran. Die Rosine wurde größer, rundete sich und versuchte, wieder zur Weinbeere zu werden.

Isolde öffnete meinen Gürtel und griff zu. Ich spürte das Klopfen des Blutes von Hänschen, der blitzschnell zum Hans geworden war, bis hinauf in die Schläfen.

Ich schob ihren sehr knappen, elastischen, schwarzen Rock nach oben bis zur Taille, zog ihren winzigen Slip nach unten, und beugte sie rücklings über den stabilen Esszimmertisch.

Mich packte ein wellenartiges Lustgefühl.

Gleich darauf war es vorbei.

„Entschuldige, dass es schnell ging", murmelte ich, als ich einigermaßen wieder zu Atem gekommen war.

„War sehr schön, Felix, war das Geburtstagsgeschenk, das ich mir am sehnlichsten gewünscht habe."

„Bin ich aber froh, dass mein Geschenk so gut angekommen ist", grinste ich.

„Bleibst du über Nacht?" Isolde sah mich flehend an.

Das wäre mit Sicherheit wieder der Anfang vom Ende. Denk daran, was du dir geschworen hast, Alter. Keine feste Bindung mehr, du hast einfach kein Glück damit, also lass es.

Isolde trat dicht an mich heran, sah mir in die Augen und streifte mit ihren vollen Brüsten meinen Oberkörper.

„Bleibst du?"

„Hm." Was bist du doch für ein jämmerlicher Jämmerling, Felix Hohndorf. Zwei sehnsuchtsvolle blaue Augen und ein paar stramme Titten, und schon flattern alle deine guten Vorsätze wie trockenes Laub bei einem Windstoß davon.

***

„Die Alte hat doch nicht mehr alle."

„Die hat doch `ne Meise."

„Die kann doch nicht ganz dicht sein, Freitag 14.00 Uhr."

„Will die für mich einkaufen geh`n, die spinnt."

Gigantisches Palaver im Lehrerzimmer.

Die Kolleginnen waren stocksauer.

Außerordentliche Dienstberatung. Tagesordnungspunkt: Auswertung der Wandzeitungen.

„Unverschämtheit!"

„Was sagt denn die Gewerkschaft dazu?"

Hubert, unser Gewerkschaftsboss sah aus dem Fenster, als ginge ihn das Ganze nichts an,

„Die holt ihr Zeug wahrscheinlich im Delikatladen oder im Intershop."

Die Tür des Lehrerzimmers ging auf.

Stille.

Hutschke stand in der Tür. Aus Hutschenreuter war zuerst Hutschkenreiter geworden und dann Hutschke.

„Tut mir leid Kollegen, aber in Anbetracht der zum Teil katastrophal gestalteten Wandzeitungen erachte ich eine Auswertung der Arbeit der einzelnen Klassen und ihrer Klassenleiter für dringend notwendig."

Pause.

„Zumal für nächste Woche Schulinspektor Pohland seinen Besuch angekündigt hat."

„Der kann mich mal", murmelte es hinter mir.

„Hat jemand Probleme mit dem Termin heute?"

Stille.

„Natürlich nicht, Genossin Walpurga." Julian, unser neuer Parteisekretär, beugte sich leicht nach vorn.

„Ich empfinde den Termin dieser Dienstberatung als eine

187

nicht zu akzeptierende Zumutung für das Kollegium, insbesondere für unsere Kolleginnen."

Alle drehten sich zu mir um.

Hutschke war das Kinn nach unten geklappt.

Ich war jetzt richtig sauer, aber mehr auf meine Kollegen als auf diese rote Trulla. Meckern, maulen, schimpfen, aber alles schön hinter vorgehaltener Hand. Gelinde ausgedrückt, fand ich das allmählich zum Kotzen. Irgendwann musste man doch mal das Maul aufmachen, sonst denken die doch, sie können mit uns machen, was sie wollen.

Vor meinem inneren Auge sah ich, wie mich Janet angrinste. Ihre Worte: Ich kann nicht mehr ruhig und geduckt dahinleben, hatten sich irgendwo in meinem Kopf festgehakt, und ich hatte mir damals schon geschworen, dem Duckmäuser in mir den Hals umzudrehen.

Jetzt hatte ich`s getan.

Und ich fühlte mich seit langer Zeit wieder mal wohl in meiner Haut.

Hutschke drehte sich auf dem Absatz um und verließ das Lehrerzimmer.

***

Ich hatte mich für heute Abend mit Erich im Kulturpalast verabredet. Das Restaurant schenkte Radeberger aus, und allein das war ein Grund zum Einrücken.

Radeberger vom Faß gehörte zu den höchsten Bier-genüssen dieser Zeit. Erich wollte seinen Abgang von unserer Schule mit mir feiern. Das Wort `Feiern` hatte ich abgelehnt, aber Erich hatte darauf bestanden.

Ich machte mich noch eine Weile lang, ein Schläfchen vor einer ordentlichen Fete tat immer gut. Nur einschlafen konnte ich nicht.

Dieses dämliche Schuljahr war zu Ende gegangen mit pausenlosen, zum Teil recht bösartigen Auseiandersetzungen zwischen einem Teil der Kollegen und Hutschke.

Die Schulhausatmosphäre war vergiftet wie lange nicht. In der Woche nach der Freitagsdienstberatung hatte es einen heftigen Krach zwischen Hutschenreuter und Erich Weinhold, unserem Stelli, gegeben, und das Unangenehmste für die Schule, was passieren konnte, war passiert. Erich hatte seine Versetzung beantragt, und die war von der Abteilung angenommen worden. Inzwischen wusste man im Kollegium, woher die Rückendeckung für Hutschke kam.

Ihr Ehemann arbeitete als Sekretär für Agitation und Propaganda bei der Bezirksleitung der SED.

Gleich an diesem bewussten Freitag waren drei Klassenleiter mit lobenden Worten und einem Buchscheck über 20 Mark bedacht worden.

Gestaltete Wandzeitung ganz im Sinne unseres verehrten Genossen Ernst Thälmann.

Drei Kollegen waren an den Pranger gestellt worden.

Die beste Wandzeitung hatte Klasse 9a.

Allgemeines grinsen.

Die Kollegen wussten, dass eine Schülermutter meiner Klasse bei der Zeitung arbeitete und gleichzeitig Mitglied des Elternaktivs war. Die gute Frau war seit langem geschieden und mir mehr als wohlgesonnen, und auch das war im Kollegium bekannt.

Die Wandzeitung der 9a war jedenfalls ein Prachtstück

mit einem farbigen Konterfei des großen Arbeiterführers und allem Drum und Dran, was das Herz einer strammen Genossin erfreuen musste.

Als Hutschke mir den Buchscheck überreichte, war ich aufgestanden, zu Sibylle gegangen und hatte ihr meinen Scheck in die Hand gedrückt.

„Hat sich aber große Mühe gegeben, deine Klasse."

Sibylle hatte zu denen am Pranger gehört.

Irgendwann zahlt die Alte dir das heim, Felix.

War mir aber egal.

Ich konnte das Weib einfach nicht ausstehen.

Diese verdammte Parteimauschelei bei der Verteilung von Prämien-und Aktivistenvorschlägen hatte aus einem fröhlichen Kollegium ein Truppe von Duckmäusern, Heuchlern und Schleimern gemacht.

Ich erhob mich, zog mich an und machte mich auf die Socken. Mit der Straßenbahn fuhr ich bis Zwinglistraße, schlenderte Richtung Großer Garten, trank am Carolasee ein Bier und lief dann rüber zur Ernst-Thälmann-Straße.

Erich stand schon vorm Eingang des Kulti und rauchte. Wir gingen hoch, suchten uns einen Tisch ganz hinten und bestellten zwei Radeberger und zwei doppelte Auslese.

„Auf dein Wohl, Erich."

„Auf dein`s, Felix, du wirst es brauchen."

„Ich weiß, Hutschke ist nachtragend."

„Leidet wohl eher unter einem Mangel an Selbstbewusstsein", grinste Erich.

„Machst du `n Witz?"

„Ist so, Felix, ob du`s glaubst oder nicht. Die fühlt sich euch Oberstufenlehrern unterlegen. Die Frau kommt aus der Unterstufe, hat so was wie eine Lehrbefähigung für Geschichte und Russisch und schlägt sich damit mehr schlecht als recht durch.

Will, um ihre Minderwertigkeitskomplexe loszuwerden, sogar promovieren.

„Sag jetzt ganz schnell, dass du mich auf den Arm nimmst, Erich."

„Was denkst du, warum die so ein Theater um die Wandzeitungen gemacht hat? Das Thema ihrer Doktorarbeit lautet: `Die Pionierorganisation Ernst Thälmann - jüngste Kampfgruppe der SED beim Übergang von der entwickelten sozialistischen Gesellschaft zum Kommunismus`."

„Hilfe!"

„Wirst du brauchen können, mein Lieber. Die Dame ist nicht gut auf dich zu sprechen. Deine Einstellung zum Sozialismus und zu unserem sozialistischen Staat sowie deine laxe Werbung der Jungen deiner Klasse für die Offizierslaufbahn lasse sehr zu wünschen übrig."

„Originalton Hutschke, Parteileitung", lachte ich.

„Lache nicht, Felix, du solltest eigentlich Aktivist der sozialistischen Arbeit werden da deine Schüler bei der Matheolympiade wieder die vordersten Plätze belegt haben, aber ...

„Aber da keiner der Jungs Offizier der NVA werden will, ist das vom Tisch."

„So ist es. Felix. Ganz einfaches Prinzip, das die meisten Vorgesetzten perfekt anwenden: Lobe drei und tadle drei und der Rest frisst dir aus der Hand."

„Hättest Philosph werden sollen, Erich."

„Der die Wahrheit, das Schöne und das Gute liebt und begehrt, wie Platon sagt."

„Das mit der Wahrheit hat so seine Eier. Nach Thomas von Aquin ist die Wahrheit die Übereinstimmung der Sache mit dem Verstand."

„Und genau da liegt der Hase im Pfeffer." Erich sah irgendwie durch mich hindurch.

„Nicht mehr ganz so fest im Glauben", grinste ich.

„Die Anderen werden sicherer immerdar, ich werde fragender von Jahr zu Jahr, sagt Morgenstern."

„An irgendetwas muss der Mensch glauben, und ich glaube, wir sollten noch einen trinken, sagt Felix Hohndorf."

Bis die hübsche Kellnerin das Radeberger und den Weinbrand brachte, hing jeder seinen Gedanken nach.

„Prost, Felix, bleib wie du bist."

„Prost Erich, dito."

„Nicht ganz so einfach, Felix, der Umgang formt den Menschen."

„Oder er verformt ihn."

„Wenn die wirkenden Kräfte stark genug sind, kommt es immer zu Verformungen."

„Oder es wird etwas in Bewegungen versetzt."

Erich sah mich eine Weile an und sagte dann: „Was mich irritiert, ist, dass Tausende und Abertausende das Land verlassen wollen, obwohl es zum Sozialismus keine Alternative gibt."

„Glaubst du."

„Glaube ich."

„Bist du sicher?"

„Bin ich nicht mehr. War im Februar bei meiner Schwester in Berlin. Die gucken von früh bis spät Westfernsehen. Hab mir diesen ganzen Faschingsrummel mit ansehen müssen von Weiberfastnacht, über Mainzer Fastnacht bis zum Köllner Karneval und weißt du, was mich beeindruckt hat, obwohl ich absolut kein Faschingsfan bin?"

Ich schüttelte den Kopf.

„Da sitzen die Großen aus Politik und Wirtschaft in den ersten Reihen, werden gnadenlos durch den Kakao gezogen und das Unfassbare ist, die lachen mit, und es gibt anschließend weder Verhaftungen noch Berufs-oder Auftrittsverbote. Unfassbar."

„Du denkst an O. F. Weidling?"

„Und an Voltaire: `Wenn du wissen willst, wer dich beherrscht, musst du herausfinden, wen du nicht kritisieren darfst.`"

„Wer am Abend den Mittag aufs Korn nimmt sollte die Kimme nicht außer acht lassen." Ich hob mein Glas: „Wer sich mit den Kleingeistern der Macht anlegt, gerät unweigerlich in ihr Visier."

„Was muss man für ein Kretin sein, wenn man einem der besten Kabarettisten dieses Landes einen Maulkorb verpasst, nur weil der auf seine frech-fröhliche Art sagt, dass ein gewisser Genosse nicht gelacht hat. Hat das noch was mit Demokratie zu tun, frage ich dich, Felix?"

Die Kellnerin, die die nächste Runde brachte, lächelte mich an, aber ich wartete mit meiner Antwort, bis sie außer Hörweite war.

Man konnte nie wissen.

„Mir scheint, Erich, dein Glaube an den Sozialismus hat gelitten."

„Der Glaube hat nicht gelitten, Felix, ich glaube nach wie vor, dass es für die Menschheit keine Alternative zum Sozialismus gibt, nur mit diesen Leuten, die sich jetzt an ihm versuchen, wird er scheitern."

„Was im Grunde genommen schade ist, denn das heißt letzten Endes nichts Anderes, als dass der Kapitalismus, der erwiesenermaßen nicht unbedingt zu den menschen-freundlichsten Gesellschaftsordnungen zählt, doch die derzeit einzige Wirtschafts-und Lebensform ist, die halbwegs funktioniert."

„Vielleicht wird die Menschheit in einigen hundert Jahren so klug sein wie wir beide heute, Felix und dann klappt es vielleicht mit dem Sozialismus."

„Prost Erich!, kein Vormarsch ist so schwer wie der zurück zur Vernunft, sagt Brecht."

„Prost Felix!, auf die Vernunft!"

***

Mein Antrag war abgelehnt. Werner, der ein Jahr älter war als ich, hatte mich zu seinem Fünfzigsten nach Frankfurt am Main eingeladen. Die Einladung fiel zwar gerade in die Vorbereitungswoche, aber durch meine An- oder Abwesenheit dabei wäre der Sieg des Sozialismus sicher nicht in Frage gestellt worden.

Ich schaufelte wütend Kies und Zement in den Mischer. Wenn ich mich abreagieren wollte, half bei mir nur harte, körperliche Arbeit.

Schweinerei, verdammte!

Mit welchem Recht maßten sich diese Sesselfurzer in Meldestellen, Polizei, Stasi, Kreis-und Bezirksleitung der Partei, oder weiß der Teufel was für degenerierte Pfeifenreiniger dafür zuständig waren, an, dass ich überhaupt einen Antrag stellen musste, wenn ich einen Freund in Deutschland besuchen wollte.

Immerhin wollte ich von Deutschland nach Deutschland reisen und nicht nach Neuguinea zum Volk der Korawai-Nomaden.

„Das ganze Pack gehört in die Elbe", brüllte ich den Mischer an .

„Auf keinen Fall", lachte Isolde, die auf der Bank saß und rauchte. „Der Verschmutzungsgrad dieses Flusses ist ohnehin schon viel zu hoch."

„Und dieser Honecker fährt übermorgen rüber, da frag ich mich doch glatt, wer das genehmigt hat?"

„Vielleicht der Genosse Mittag, weil er mitfahren darf oder vielleicht Karl Eduard, der mal was Positives vom Westen berichten will?"

Das Funkeln in Isoldes Augen brachte mich langsam wieder runter. „Und wer weiß, vielleicht wärst du drüben geblieben?"

„Nie und nimmer, bin nicht der Typ für schnelle und radikale Veränderungen." Außer wenn es um euch Weiber geht, schob ich in Gedanken nach.

Ich füllte die Form mit Betonmörtel und bearbeitet die Oberfläche mit der Glättkelle. So nach und nach war ich zum ersten Gehwegplattenproduzenten am Ort geworden.

Sybilles Gartenweg hatte man mit bloßem Auge kaum noch als solchen wahrnehmen können.

Im Frühjahr hatte ich die alten Ziegel, mit denen der Weg gepflastert war, rausgerissen, war zur BGH gefahren und hatte nach Gehwegplatten gefragt.

„Hammernich."

Kam mir irgendwie bekannt vor.

„Wann wäre mit einer Lieferung denn zu rechnen?"

„Weesichnich."

Kam mir wieder bekannt vor.

Aber Westgeld wollte ich nicht schon wieder opfern.

Isolde konnte sich erinnern, dass in dem alten Schuppen bei ihr noch so ein angerostetes Eisending stand, mit dem ihr Ex Platten und Ornamentsteine hergestellt hatte.

Wir holten das Ding aus dem Schuppen, entrosteten und ölten alles und siehe da, das Gerät funktionierte.

„Vergiss die Zeit nicht, Felix, so gegen acht bei mir, meine Schwester will dich endlich mal kennenlernen." Isolde drückte mir noch einen Schmatz auf die Backe und verschwand.

Ich holte mir eine Flasche Coschützer Sterbehilfe aus der Küche, die im Konsom noch nicht geflockt hatte, setzte mich auf die Bank und brannte mir eine F6 an.

Schon eigenartig, wie sich das hier entwickelt hatte. Isoldes Schwester war Sekretärin in der Betonbude, die Platten für den Wohnungsbau produzierte.

Außerdem hatte sie ein Techtelmechtel mit dem Abteilungsleiter, da war Zement kein Problem.

Unter mir wohnte Roland, der als Kiesfahrer arbeitete und für ein Pfund schnell mal eine Fuhre bei mir abkippte.

Die ersten Platten, die ich probeweise gemacht hatte, waren noch nicht ausgehärtet, als eine Nachbarin vorm Zaun stand und fragte, wie es wäre, ob villeicht, eventuell, gewissermaßen …

„Kein Problem", hatte ich gesagt.

War eine Arbeit, die Spaß machte.

Trotzdem, dass der große sozialistische Staatsmann Honecker, für dessen Gilde die Bonner Ultras ja letzten Endes die gefährlichsten Stammesführer der westlichen Kannibalen waren, dass dieser den Weltfrieden sichernde, größte aller Sozialisten dorthin fuhr, wo die Messer für das Schlachtfest aller Friedenstauben geschliffen wurden, das konnte ich nicht begreifen.

Wenn der größte Staatsmann der größten DDR und der Welt im Sumpf des faulenden Kapitalismus versinken und verloren gehen würde, wäre die Trauer hier im Lande unermesslich.

Für die Nachrufe in der sozialistischen Presse hätte das

196

Papierkontingent für das nächste Quartal dran glauben müssen.

Was dagegen wäre es für ein Verlust gewesen, wenn der unbedeutende Steißbeintrommler Felix Hohndorf, durch welche Umstände auch immer, im Dschungel einer kapitalistischen Großstadt wie Frankfurt verloren ginge? Keiner!

Oder doch.

Der Bevölkerungsbedarf an Gehwegplatten hätte nicht mehr oder nur noch stark eingeschränkt befriedigt werden können.

Hutschke hatte sich jedenfalls für meine Nadelstiche revanchiert. Als bei meiner Ablehnung die Worte „laxe Einstellung zu unserem Staat", fielen, wusste ich, woher der Wind wehte, beziehungsweise wer mir die Tour vermasselt hatte.

Warte du altes Reff, irgendwann zahl ich es dir heim.

Ich machte den Mischer sauber, dann mich, zog ein frisches Hemd an und ging rüber zu Isolde.

Was war das denn? Ich hatte erst ein Bier und noch keinen Schnaps getrunken und sah trotzdem doppelt.

Vor der Haustür stand Isolde in zweifacher Ausführung. Mein Gesichtsausdruck musste der eines hochgradig Schwachsinnigen sein, denn das doppelte Lottchen vor mir grinste mich derart niederträchtig und hinterlistig an, dass ich ganz schnell meine Kinnlade wieder nach oben klappte.

Die beiden Schwestern trugen rosafarbene Rüschen-blusen und dunkle, schmal geschnittene Röcke. Die Blusen standen leicht offen und der rosa Spitzenbesatz der BH's zeigte ein leichtes, hellblaues Blümchenmuster, was einen Hauch von Unschuld suggerierte.

„Meine Schwester Ilse", lachte Isolde und schob dieses

Zwillingsexemplar auf mich zu.

Eineiig, dachte ich.

Ilse drückte mich zur Begrüßung an ihre Brust, was sich sehr angenehm anfühlte.

Wir gingen ins Wohnzimmer und Isolde reichte mir ein kaltes Radeberger. „Trink inzwischen `n Bier, wir sind gleich fertig in der Küche."

Ich ließ mich in einen Sessel fallen, brannte mir eine an und nahm einen Schluck.

Seltsam, dachte ich, hast nur beim ersten Mal hier geschlafen, seitdem nie wieder.

Ich wollte den Abstand und Isolde machte es nichts aus. Ihr genügte es, wenn ich einmal die Woche mit ihr schlief, ohne bei ihr zu schlafen.

Ich nahm an, dass sie ebenso auf Abstand bedacht war wie ich.

Mir war`s recht.

Nur keine zu große Nähe mehr, das Elend, wenn es in die Brüche ging, und meine Beziehungen waren alle in die Brüche gegangen, war zu groß.

„Zu Tisch, bitte!" Die beiden Frauen hatten ein Fondue aufgestellt. Es gab Hühner- Puten- und Schweinefleisch, Bratwurststücken, Champignons, Tomaten, Käse, Weißbrotwürfel und mehrere Schälchen mit pikanten Soßen. Es war mein erstes Fondueessen und ich war skeptisch, ob ich von diesen Häppchen jemals satt werden würde.

„Felix`Antrag ist abgelehnt", sagte Isolde an ihre Schwester gewandt.

Was geht das die Schweste an, dachte ich, aber dann war mir klar, dass es zwischen Zwillingen, noch dazu eineiigen, keine Geheimnisse gab.

„Vielleicht wär er dort geblieben", grinste Ilse.

„Wär ich sicher nicht."

„Hat mancher schon gesagt und ward nicht mehr gesehen. Ich war voriges Jahr drüben, und es hat mich glatt umgehauen. War drei Tage völlig von der Rolle. Wir waren am ersten Tag bei Aldi, allein das Obst- und Gemüseangebot hat mich erschlagen."

„Und warum bist du nicht drüben geblieben?"

„Isolde hätte mir gefehlt", Ilse starrte gedankenverloren auf ihren Fonduespieß. „Und außerdem ist das eine ganz andere Welt. Wenn du dort nichts hast, bist du nichts und zwar gar nichts. Dort macht jeder sein Ding für sich. Kein Mensch würde sich dort für deine Platten interessieren, weil du die in jedem Baumarkt kriegst."

„Ist doch super", warf ich ein.

„Wenn du Geld hast, ist da alles super, aber es gibt leider auch Arbeitslose, und das kann ich nicht begreifen.

Schweigen.

Ich steckte ein Stück Putenfleisch auf den Spieß und hielt ihn ins heiße Öl.

Arbeitslosigkeit konnte ich mir beim besten Willen nicht vorstellen. Es gab hier kaum einen Betrieb, der keine Arbeitskräfte suchte.

„Und glaub ja nicht, dass du drüben alles Gold ist, was glänzt.

„Das reicht aber jetzt", unterbrach Isolde das Gespräch, stand auf und machte ihren Recorder an.

Die Frauen räumten den Tisch ab und Isolde reichte mir noch ein Radeberger.

Ich setzte mich im Sessel und nahm einen Schluck.

Isolde kam aus der Küche zurück, stellte eine Flasche Rosenthaler Kadarka und drei Gläser auf den Tisch, legte eine Kassette ein und Roland Kaiser sang `Haut an Haut´.

Ich drehte mein Glas um.

Bloß keinen Wein.

„Korn?" Isolde sah mich fragend an.

„Ein doppelter Doppelkorn wäre nicht schlecht nach dem Essen."

Wir tranken, rauchten, schwatzten und irgendwann forderte mich Isolde zum Tanzen auf. Sie fühlte sich heiß an, küsste mich und ich sah dabei zu Ilse rüber, die aufstand, zu uns kam und mich ebenfalls küsste.

Wir tanzten jetzt zu dritt und die Frauen küssten mich abwechselnd. Mir war so heiß, dass ich eine Pause brauchte.

Ich ging in die Küche, goss mir einen Doppelkorn ein und nahm mir noch ein Radeberger aus dem Kühlschrank.

Ilse und Isolde hatten ihre Gläser wieder mit Rosenthaler gefüllt und stießen mit mir an. Ihre Blusen hatten sich um zwei weitere Knöpfe geöffnet, und die vom Tanz erhitzte Haut ihrer Brustansätze glänzte rosa.

Isolde erhob sich, zog mich hoch und wir begannen eng aneinandergeschmiegt zu tanzen. Mein Knie schob sich bei jeder Drehung zwischen ihre Schenkel und ich bekam eine gewaltige Erektion, die Isolde, sich an mich pressend, bei jeder Drehung genoss.

Wir tanzten jetzt so langsam, dass es mehr ein rhythmisches Stehen war.

Ich schob meine Hand von unten in ihre Bluse, und begann ihre volle, warme Brust zu streicheln.

Aus den Augenwinkeln sah ich, wie Ilse die große, rote Kerze anzündete und die Stehlampe ausknipste.

Sie erhob sich, kam zu uns und wir wiegten uns jetzt zu dritt rhythmisch in der Mitte des Zimmers.

Ich nahm meine andere Hand von Isoldes Hinterteil und legte sie um Ilses Taille.

Isolde lächelte, ließ mich los und ging zur Küche.

Plötzlich sagte Ilse: „Fass mich an, Felix, fass mich an."
Ich schob beide Hände unter ihre Bluse und nahm mit
einem derben Griff ihre Glocken in die Hände. Ilse legte
ihre Hand auf meine Erektion und atmete heftig. Ich hätte
sie am liebsten auf den Teppich geworfen.
Plötzlich ging das Licht wieder an und Isolde stellte eine
weitere Flasche Wein auf den Tisch, holte mir noch ein
Bier und einen großen Korn und wir tranken.
Ich wusste aus Erfahrung, dass der da unten im Zustand
der Trunkenheit zwar ein unglaublich langes Stehver-
mögen hatte, aber das war es dann auch.
Isolde nahm eine leere Weinflasche, legte sie auf den
Tisch und drehte sie.
Flaschendrehen, dieses alte, dämliche, wieder in Mode
gekommene Sexspiel, bei dem jeder, auf den der
Flaschenhals zeigte, ein Kleidungsstück ablegen musste.
Als die Schwestern nur noch ihre Slips trugen und ich
meine Unterhose, beendete wir das blöde Spiel und
begannen wieder zu tanzen.
Es wurde mehr ein Aneinanderreiben als ein Tanz.
Und es wurde heiß.
„Ich habe Durst", sagte Isolde und goss die Gläser erneut
voll.
Wir tranken, rauchten, redeten und dann schlug Isolde
vor, zu Bett zu gehen.
Da bin ich aber jetzt echt neugierig, dachte ich und ging
ins Bad.
Heute machst du eine Ausnahme, Felix, und bleibst.
Wollen doch mal sehen, wie sich das Ding entwickelt.
Ich machte mich fein und ging ins Schlafzimmer.

Der verdammte Pfeil bohrte sich direkt in mein linkes
Auge.

Ich blinzelte.

Durch ein Loch im Rollo fiel ein greller Sonnenstrahl. Der Pfeil.

Ich hatte von einem Eingeborenen in Papua-Neuguinea geträumt, der mit seinem Bogen direkt auf mein Auge zielte.

Nicht zu fassen, ich war eingeschlafen, bevor der Tanz im Bett richtig hätte losgehen sollen.

Verdammt blamabel, Felix.

Ich sah nach links. Da lag Isolde, eingerollt wie ein Embryo im Mutterleib und schlief.

Vor meiner Bettseite, wo zwischen Frisiertoilette und Bett der einzige Platz für eine Luftmatratze war, lag Ilse lang ausgestreckt auf dem Rücken.

Ich ließ meine Hand wie unabsichtlich nach unten baumeln und schob ihre Decke etwas zurück.

Sie war nackt und ich fuhr ganz vorsichtig mit den Fingerspitzen über ihre wohlgeformte Brust.

Ein kaum wahrnehmbarer Schauer kräuselte die Haut ihres Bauches.

Sie war wach, tat aber, als ob sie schliefe.

Ich spielte an ihren Brustwarzen, tastete mich behutsam in Richtung Nabel, streichelte ihren Unterleib und fuhr dann leicht über ihr Vlies.

Als mein Finger sie berührte, entrang sich ihrer Kehle ein kaum wahrnehmbares Stöhnen.

In dem Moment, in dem ich zu ihr nach unten wollte, griff eine Hand nach mir.

„Erst ich", flüsterte mir Isolde ins Ohr.

Als es vorbei war, spürte ich, wie Ilse ins Bett kam und erst am späten Vormittag ließen die Damen von mir ab.

***

„Glasnost."

„Perestroika."

Die neue Begrüßung unter uns Nichtgenossen.

Seit dem 27. Parteitag in der Sowjetunion im vergangenen Jahr gab es Gerüchte, Gemunkel und Getuschel über eine politische Wende beim Großen Bruder.

Auslöser war ein Bauernsohn aus einem Dorf im tiefsten Russland: Michael Sergejewitsch Gorbatschow, Landmaschinenmechaniker mit abgeschlossener Juristenausbildung und neuer Generalsekretär des ZK der KpdSU, der den Worten Transparenz und Umgestaltung in der Sowjetunion Taten folgen lassen wollte.

Der Mann hatte es gewagt, die große KPdSU zu kritisieren, Fehler aufzuzeigen und eine Demokratisierung von Partei und Gesellschaft zu verlangen.

„Nestbeschmutzer", schrien die Ostberliner Genossen des Zentralkomitees in ihren schalldichten Räumen.

Aufhebung der „Breschnew-Doktrin."

„Sakrileg!", empörten sich die Ostberliner Genossen hinter vorgehaltener Hand.

Kein militärisches Eingreifen, wenn Ostblockstaaten ihr Land demokratisieren wollten.

„Totale Entgleisung! Totale Entgleisung!", schnaubten die Ostberliner Genossen in ihre rotgewürfelten Taschentücher.

Jeder Staat des Ostblocks hat das Recht, sein eigenes politisches und soziales System zu wählen.

„Verrat! Verrat! Verrat", kreischten die Ostberliner Genossen in Angst und heller Verzweiflung.

Einige Ostblockstaaten wurden wankelmütig und begannen, die bis dahin gültigen Moskauer Marschrichtungszahlen zu ignorieren.

Woraufhin die Reiselust von DDR-Bürgern zum Beispiel in Richtung Ungarn bedenklich zunahm.

Es fing an zu kriseln im Land der begrenzten Möglichkeiten.

Frischluft aus Moskau begann in den abgestandenen Ostberliner Mief Bewegung zu bringen, leichte, kaum wahrnehmbare Turbulenzen entstanden, die einen Hauch von Frühling andeuteten.

Im November jedoch tötete plötzlicher Frost diese zarten Keimlinge des Lenzes.

In der Nacht vom 24. zum 25. November wurde die Umweltbibliothek in der Berliner Zionskirche durchsucht und einige Leute verhaftet.

Die Staatsmacht hatte zugeschlagen.

Wo gab es denn so was, Kritik, wenn auch versteckt, im Zweitmutterland des Sozialismus. Da hörte doch wohl alles auf.

Mochte der große Bruder ruhig von Reformen reden, hier war doch alles in bester Ordnung, die Massen jubelten nach wie vor am ersten Mai den Genossen auf den Tribünen zu, die Kampfgruppen marschierten, die FDJ schwenkte ihre Fahnen und selbst die Jungpioniere liebten Erich Honecker.

Diese sogenannten Umweltaktivisten waren doch nichts Anderes als vom Westen ferngesteuerte Revanchisten, denen man rechtzeitig zeigen musste, wo der Hammer hing.

Die Sichel war da nicht unbedingt von Nutzen.

In der Woche darauf bekam ich Besuch.

Amadeus.

„Hast du Lust, wieder bei uns einzusteigen?"

Hatte ich nicht.

„Nach der Sache in der Zionskirche ist das Interesse an Umweltproblemen stark gewachsen."

„Keine Lust auf Knast, Amadeus."

„Die sind alle ganz schnell wieder freigelassen worden."

„Weil man Aufsehen vermeiden will. Wenn es ernst wird, lassen die nicht mit sich spaßen, da kannst du Gift drauf nehmen. Das ist nicht nur eine Frage des Machtkampfes zwischen den Ideologien, sondern eine Frage des Überlebens der Genossen in Berlin. Wer büßt schon gern seine Privilegien ein?"

„Schade", sagte Amadeus.

In der selben Woche kam noch ein Besuch.

Ricarda.

„Hast du Lust, wieder bei uns mitzumachen?"

Hatte ich nicht.

„Die Zockerei blüht wie nie zuvor. Wird fast nur noch mit Westgeld gespielt."

Ich schüttelte den Kopf. Meine Gehwegplatten, Rasennägel und Ornamentsteine warfen mehr Geld ab, als ich ausgeben konnte.

„Hast du Lust auf ...?"

Hatte ich.

Ricarda behielt nur die Bluse an. Sie wusste genau, dass mich das mehr anmachte, als wenn sie ganz nackt vor mir stand. Ich blieb im Sessel sitzen und Ricarda beugte sich zu mir herunter.

War schön und entspannend wie immer, aber irgendwas fehlte eben dabei.

Kurz vor Weihnachten bekam ich wieder Besuch.

Es klingelte.

Ich öffnete die Tür.

Die Dame sagte kein Wort, drängte sich an mir vorbei

und schloss sofort die Korridortür hinter sich.

War das ein Überfall?

Ich stand völlig überrumpelt an die Wand gelehnt vor ihr. Damals ahnte ich nicht, dass man später erst durch den Spion sehen würde und wenn einem die klingelnde Person nicht bekannt vorkam, würde man die Sicherheitskette einhaken.

„Jrüße von Janet."

Ich sah die unauffällige, ganz in Grau gekleidete Frau an.

„Aus Frankfurt."

„Wie geht`s ihr?"

„Jut."

Sie drehte sich auf dem Absatz um, öffnete die Tür, sah nach oben und unten und war weg, bevor ich eine weitere Frage stellen konnte.

Gott sei Dank, dachte ich, auf Werner, meinen alten Kumpel, war Verlass.

Ich hatte ihm nach Janets Verurteilung eine Nachricht zukommen lassen.

Über meine Mutter erfuhr ich, dass er reagiert hatte.

Der Freikauf politischer Häftlinge war seit Anfang der sechziger Jahre ein lukratives Geschäft für die DDR geworden.

Der Westen zahlte und die DDR lieferte. Anfangs sollte der Preis pro Häftling zwischen dreißig-und vierzig-tausend D-Mark gelegen haben.

Inzwischen munkelte man von achtzig bis hunderttausend D-Mark und von über dreißigtausend Häftlingen und an die zweihunderttausend Leuten, die die Ausreise be-antragt hatten, die man aber noch hier schmoren ließ.

Janet war jedenfalls in Sicherheit.

Alles Andere berührte mich im Moment wenig, da ich hauptsächlich mit mir beschäftigt war.

Ich hatte aufgehört zu rauchen.

Ohne Zigarette, ohne dieses leicht erotische runde Etwas zwischen den Fingern und an den Lippen bist du einfach kein Mensch.

Es war der schlimmste Monat meines Lebens. Von dreißig Zigaretten pro Tag auf Null war die Hölle.

Ich wusste nicht mehr, ob ich Männlein oder Weiblein war. Der fehlende Glimmstengel zwischen den Fingern glich der Amputation einer ganzen Hand.

Es gab von morgens bis abends nur einen Gedanken: Eine einzige Zigarette, ein einziger Zug an einer Lunte.

Ich hatte die Nikotinsucht mit Joggen bekämpft, war ein glatter Schuss in den Ofen gewesen.

Nach fünf Kilometern und einer ausgiebigen Dusche war die Gier nach einem Glimmstängel schlimmer als vor dem Lauf.

Dann hatte ich`s mit Alkohol versucht. Abends hatte ich regelmäßig einen Sitzen und am Morgen zittrige Hände.

Manchmal dachte ich, wozu lebst du noch, ist doch sinnlos ohne Zigarette.

Silvester hatte ich bei Isolde verbracht und kurz vor zwölf war ich endlich wieder ein glücklicher Mensch gewesen.

Konnte wieder fliegen.

Wir waren im Bett gewesen, aber ich war nicht so richtig bei der Sache. Sie hatte sofort gemerkt, dass ich ohne Zigarette wahrscheinlich bis zum Delirium saufen würde.

Danach hatten wir uns angeschwiegen bis … ja bis Isolde aufstand, zum Schrank ging, eine Schachtel Zigaretten auf den Tisch legte und mich ansah.

„Du musst nicht, Felix, aber ich brauche jetzt eine Zigarette."

„Soll mich doch der Teufel holen oder dieser

Scheißlungenkrebs, ich halte das sowieso nicht durch."
Die ersten Züge schmeckten noch nicht so wie sonst, aber bereits die zweite Zigarette brachten mich ins Leben zurück. Wir tanzten, rauchten, schwatzten und tranken und ich fiel als glücklicher Mensch in Isoldes Bett, war aber erst gegen Mittag am Neujahrstag wieder zu gebrauchen.

***

Nach der sechsten Unterrichtsstunde schwang ich mich auf mein Rad und fuhr nach Hause.
Für den späten Nachmittag hatte sich Svenja angemeldet.
War also noch Zeit für ein Mittagsschläfchen.
Ich holte mir ein Bier aus der Küche, warf mich auf meine Liege und brannte mir eine Zigarette an. Seit ich wieder rauchte, war auch die Welt wieder in Ordnung. Dabei wusste ich genau, wie total bekloppt das war, aber mach was, wenn du ein schwacher, genusssüchtiger Mensch bist.
Ich griff mir die DIE SEHR RESPEKTLOSEN LIEDER DES FRANCOIS VILLON.
Hatte ich als Reclam-Heft gekauft.
Meine Sammlung dieser preiswerten und handlichen Heftchen nahm bereits zwei Reihen meines Bücherregals ein.
Ich legte das Büchlein, nachdem ich `Die Klage der Schönen Helmschmiedgattin` gelesen hatte, aus der Hand und drehte mich auf meine Schlafseite.
Die letzte Nacht war verdammt kurz gewesen, hatte Isolde erst nach Mitternacht verlassen.

Als es klingelte, fuhr ich aus einem bösen Albtraum hoch. Svenja.

Himmel, Arsch und Zwirn! War sie's oder war sie's nicht?

Kurzer Rock, strammer Pullover, breiter, roter Lackledergürtel und ein Lippenstift, der farblich auf den Gürtel abgestimmt war. Aber eigentlich war es die Frisur, die mich erschlug.

Schwarz, halblang, Ponny.

„Darf ich reinkommen?"

Ich kam ganz langsam zu mir und trat zur Seite.

„Nimm Platz. Kaffee, Tee, Bier oder Weinbrand?"

„Kaffee und ein Weinbrand wären nicht schlecht."

Ich ging in die Küche, setzte Kaffeewasser an und goss Goldbrand in zwei Schwenker.

Es ging um Falks Jugendweihe. Der Junge war ein begeisterter Friedensfahrtfan und wünschte sich nichts so sehr wie ein ordentliches Rennrad, wollte außerdem mit seiner Klasse eine Woche mit Jugendtourist nach Leningrad und hatte noch einige kleinere Wünsche. Unter anderem eine echte Jeans aus dem Intershop und einen japanischen Kassettenrecorder.

Ich goss das kochende Wasser über das Kaffeepulver, stellte Kaffeesahne, Zucker und den Weinbrand auf das Tablett zu den Tassen und der Kaffeekanne und trug es ins Wohnzimmer.

Svenja griff wie früher die Kanne und goss ein. Ich schob ihr den Kognakschwenker über den Tisch.

„Prost!" Ich hob mein Glas.

„Prost! Viele Grüße von Falk, er wollte mitkommen, aber er hatte keine Zeit."

„Schade." Hatte den Jungen eine ganze Weile nicht gesehen. Er war viel mit seinem Radclub unterwegs.

„Bei dem Gespräch muss er nicht dabei sein. Ich bin der Meinung, dass wir ihm nicht alle Wünsche zur Jugendweihe erfüllen. Aus solchen Kindern wird später meist nicht viel. Die wissen den Wert des Geldes nicht zu schätzen, wenn sie zu früh zu viele Wünsche erfüllt kriegen."

„Und wie hast du dir die Sache gedacht?"

„Wir beide bezahlen ihm die Leningradreise, und meine Eltern besorgen ihm die Jeans."

„Dein Vater kauft im Intershop?" Mir stand der Mund offen. Genosse Kotzke, Mitglied der Kreisleitung oder vielleicht schon der Bezirksleitung, handelt mit Westgeld, dem schnöden Mammon des Klassenfeindes. Ich konnt`s nicht fassen.

„Und das Rennrad?"

„Kriegt er später von uns beiden, aber erst, wenn er einen Teil des Geldes selbst verdient hat."

Hut ab, dachte ich, das machst du genau richtig.

„Und was gibt`s Neues von den Friedensaktivisten?"

„Viola hat kurz nach ihrem achtzehnten Geburtstag geheiratet."

„Was hat das Mädchen?" Ich war sprachlos.

„Geheiratet."

Ich sah, wie Svenjas Augen feucht wurden.

„Irgendwo an der Ostsee, mit Rucksack, Fahrrad und Zelt."

„Ohne Eltern, ohne Gäste, ohne Feier?"

„Wäre nichts weiter wie ein alter Zopf, die meisten Paare würden eine Riesenfeier machen und nach ein paar Jahren wären sie sowieso wieder geschieden."

„Und bei ihr wird das alles besser funktionieren," grinste ich.

„Weißt du, was das Mädel mir daraufhin geantwortet

hat?" Svenja sah mich schief an. „Nimm lieber noch einen Schluck."

Ich ging in die Küche, holte den Goldbrand und goss noch einmal nach.

„Prost, Svenja."

„Prost, Felix."

Wir stießen an und tranken.

„Ihre glücklichste Zeit, hat sie zu mir gesagt, sei die gewesen, wo wir beide noch gut miteinander und eine richtige Familie gewesen seien. Und genau das wolle sie für ihre Kinder und nicht so ein Scheißleben wie zuletzt bei uns mit ständigen Stänkereien und Streit. Und das funktioniere am besten, wenn man sich von solchen kaputten Typen wie uns möglichst fern hält."

„Aua, aua!"

„Hast du eigentlich jemals mit ihr gesprochen?"

„Was hätte ich ihr denn sagen sollen, dass der Sozialismus siegt, dass die DDR nur aufrüstet um für den Frieden zu kämpfen, dass alle den Staatsratsvorsitzenden lieben, dass es den Leuten nur in der DDR gut geht, dass wir wie nirgendwo auf der Welt im Überfluss leben ..."

„Jetzt halt aber die Luft an, Felix. Hier hat jeder Arbeit, kann von seinem verdienten Geld leben und die Miete bezahlen. Die Anzahl der Trabis auf unseren Straßen wächst von Jahr zu Jahr, die Leute machen Urlaub in den befreundeten Nachbarländern und Frauen brauchen keine Angst um ihren Arbeitsplatz haben, wenn sie Kinder kriegen."

Svenja holte tief Luft.

„Hast du mal drüber nachgedacht, was so ein Krippen- oder Kindergartenplatz kostet und was wir bezahlen? Oder nimm unsere Betriebsferienlager, da kann jedes Kind teilnehmen, egal ob der Vater Betriebsleiter oder

Schlosser ist. Auch unser Schulsystem, das meiner Ansicht nach zu den besten der Welt zählt ..."

Das war wieder meine Svenja.

„Dann verstehe ich nicht, was die Leute tagaus tagein zu meckern haben ..."

„Die Leute meckern immer und überall und würden immer alles besser machen als die da oben, die sowieso von nichts eine Ahnung haben. Denkst du etwa, die da Drüben nicken wohlwollend zu allem, was ihr lieber Kanzler und seine Gefolgsleute veranstalten. Gemeckert wird immer und das ist gut so. Zufriedenheit ist Stillstand, der letzten Endes zum Untergang führt ..."

„Na, Gott sei Dank, da besteht ja Hoffnung für dieses Land."

„Die besteht auch. Hast du dir mal eine Bundestagsdebatte angehört oder angesehen? Wenn sich meine Klasse so benehmen würde wie diese Leute dort, möchte ich kein Lehrer mehr sein. Ich denke, dass diese Politiker Leute sind, die aus der Gosse des schlechten Benehmens kommen, in eine Partei eingetreten sind und dort davon leben, dass sie bei jeder passenden und unpassenden Gelegenheit ihr Maul aufreißen und zwar egal, ob sie über die Angelegenheit, um die es geht, Kenntnisse besitzen oder nicht."

„Da ist es schon besser, wenn die Teilnehmer nach unseren Parteitagen Nackenschmerzen vom vielen Nicken und wunde Finger vom Mitschreiben haben", lachte ich.

„Ach, Felix, wenn du doch einmal ernst sein könntest", stöhnte Svenja.

Ich stand auf, ging zu ihr und strich ihr sanft mit der Hand über die Wange.

Svenja sah zu mir auf, und in ihre Augen trat ein Glanz,

wie ich ihn aus unserer Anfangszeit kannte.

Ganz langsam erhob sie sich, trat dicht an mich heran und küsste mich.

Nach mehreren Jahrhunderten löste sie sich aus meiner Umarmung, trat einen Schritt zurück, sah mich sonderbar an und sagte: „Hab jemand kennengelernt, Felix. Joachim wird zur Jugendweihefeier auch da sein. Wollte es dir nur rechtzeitig sagen."

Und weg war sie.

Ich wusste, dass ich in der Jugendweihewoche einen mittelschweren grippalen Infekt haben würde.

***

Wieder ging ein Schuljahr zu Ende. Mittwoch fragte mich Sabine, ein meiner Schülerinnen, ob sie ihr Zeugnis schon am Donnerstag bekommen könne.

„Wollt ihr in den Urlaub fahren?"

Sabine sah mich verlegen an.

„Red Mädel, die Zeugnisse liegen noch bei der Schulleitung und die Ausgabe ist auf Freitag, 3. Stunde, festgelegt."

„Bin ich nicht mehr da", druckste sie verlegen.

„Ausreise?"

Sabine nickte.

Eine meiner besten Schülerinnen in Mathe.

„Schade", sagte ich.

„Sehr schade", sagte das Mädchen, „wäre lieber hier geblieben, aber die Eltern wollen weg."

„Warte hier, ich geh hoch und hol dir dein Zeugnis."

Das Sekretariat war leer. Die Tür zur Schulleitung stand

offen.

„Kollege Hohndorf?" Hutschke sah mich fragend an.

„Ich hätte gern das Zeugnis für Sabine Schindler."

„Wozu, Zeugnisausgabe ist am Freitag – ohne Ausnahme."

„Da ist das Mädchen aber nicht mehr in der Schule."

„Haben Sie vorzeitig Urlaub gewährt, Kollege Hohndorf, ohne Absprache mit uns?" Die Stimme hatte an Schärfe zugenommen, was bei mir stets dazu führte, dass meine Stacheln sich aufrichteten.

„Die Familie muss bis heute Abend die DDR verlassen."

„Republikverräter – und da kommen sie und wollen ihr das Zeugnis aushändigen? Sie müssten doch wissen, dass wir keinerlei Schuldokumente mitgeben. Erst alle Vorzüge unserer kostenfreien, hervorragenden Schulbildung in Anspruch nehmen und dann zum Klassenfeind wechseln. Für solche Leute…

„Sabine ist ein Kind und kann nicht für die Entscheidungen ihrer Eltern bestraft werden."

Mir schwoll der Kamm.

„Es wird kein Zeugnis ausgehändigt, Kollege Hohndorf und damit basta."

„Riecht verdammt nach Sippenhaft!" Ich war auf achtzig.

„Überlegen Sie sich, was Sie sagen, Herr Hohndorf." Hutschkes Mund war jetzt ein dünner Strich.

„Das Mädchen verliert ein ganzes Schuljahr, ist das ..."

„Lassen Sie sich von der Sekretärin ein Schreiben geben, in dem bestätigt wird, dass die Schülerin die Schule besucht hat. Frau Schmidt ist in einer halben Stunde wieder im Sekratriat."

Ich kochte, drehte mich um und sagte beim Rausgehen: „Sozialismus kommt von sozial, aber das hier ist asozial."

„Wir sprechen uns noch, Kollege Hohndorf", rief mir Hutschke nach.

„Du kannst mich mal am A..." , knurrte ich in mich hinein und ließ die Türklinke mit Schwung los.

Ich setzte mich mit Sabine auf die Treppenstufen am Schuleingang. Nach etwa zwanzig Minuten kam Irene aus Richtung Kaufhalle.

„Wartest du auf mich, Felix?"

„Voller Sehnsucht", grinste ich sie an.

Wir mochten uns.

„Ich wollte das Zeugnis für Sabine holen, die Familie muss bis spätestens heute Abend raus. Die Alte weigert sich, das Zeugnis mitzugeben. Du sollst eine Bescheinigung ..."

„Liegen oben, hab Kopien gemacht."

„Ist es so schlimm?"

„Schlimmer."

„Oh!"

„Kannst du laut sagen", grinste Irene. „Aber ich bleibe, hab gerade ein ganzes Kilo Bananen erwischt."

„Dann können wir ja zusammen hier das Licht ausmachen."

„Mit dir im Dunkeln, Felix, immer", lachte sie.

„Du kannst mit Frau Lehmann mitgehen", wandte ich mich an Sabine, „die gibt dir die Schulbesuchsbescheinigung und grüß deine Eltern."

Sabine sah mich eine Weile an, gab mir die Hand, hielt sie eine Weile fest und stammelte: „Danke für die schönen Jahre mit Ihnen", drehte sich um und rannte ins Schulhaus.

Ich schwang mich auf meinen Drahtesel und fuhr zu Janets Haus.

Seit kein Frost mehr herrschte, hatte ich meine

Betonartikelproduktion wieder aufgenommen.

Die Nachfrage war riesig. In diesem Land wurde, wie es aussah, nur noch der Mangel verwaltet.

Ich hatte das Gefühl, dass es von Jahr zu Jahr schlimmer wurde.

Die Republik als Billiglohnland wurde zur Kolonie für den Westen. Alles, was sich gegen harte Währung verkaufen ließ, wurde verkauft.

Klar, es kam auch was zurück, aber das wurde dann im Intershop und im Exquisit-und Delikatladen zu horrenden Preisen angeboten.

Abschöpfung der Kaufkraft nannten die Genossen das.

Ich stellte meine Mühle ab, holte mir ein Bier, setzte mich auf die Bank vor dem Haus und brannte mir eine Club an.

Der Westen als Schaufenster ins Paradies. War schon klug ausgedacht.

Aufrüstung der besonderen Art.

Weihnachtsgeld, Urlaubsgeld, Lohnerhöhungen, Gewinnbeteiligung der Arbeiter in großen Konzernen. Eine Büchse Ananas gabs für 78 Pfennige, einen VW für 300 DM, wenn beide eine, oder besser, mehrere Beulen hatten.

Ansonsten, hörte man, gab es dort nichts, was es nicht gab, und ein Witzbold hatte ergänzt: Und was es nicht gab, brauchte man nicht.

Schaufenstertaktik.

Ich trank mein Bier aus und füllte den Mischer.

Was würde passieren, wenn die Mauer weg wäre? Massen würden rüber fahren, aber ich war mir sicher, dass der größte Teil zurückkommen würde, denn ein wirkliches Schlaraffenland gab es nicht auf dieser Welt. Alles hatte seinen Preis.

Das fing beim Wohnraum an. Für meine 2 Zimmer mit Küche und Bad zahlte ich seit Jahren 33 Mark. Mehr als preiswert. Sicher, dafür gab es nahezu keinerlei Instandhaltung an den Altbausubstanzen.

Die Häuser verfielen, und der vorherrschende Farbton im Lande war grau. Natürlich schaute das menschliche Auge lieber Farbe, Glanz und Glimmer.

Und so gesehen, würde wahrscheinlich das größte gesellschaftliche Experiment der letzten Jahrhunderte zum Scheitern verurteilt sein.

Schade wäre es schon, wenn eine Gesellschaftsordnung wie der Sozialismus, der von der Theorie her allen bisherigen Lebensformen und Gesellschaftsordnungen überlegen war, nicht lebensfähig sein sollte.

Würde wahrscheinlich erst dann funktionieren, wenn dieser Planet in einigen tausend Jahren von einer besonderen Spezie Mensch bewohnt würde, deren Raffsucht sich in eine Sucht des Teilens und der Bescheidenheit gewandelt hätte.

Ob der Mensch sich je in diese Richtung entwickeln würde, stand in den Sternen

Was solls, Alte, du lebst jetzt und hier, also mach das Beste daraus.

Ich füllte die ersten Formen mit Betonpampe. War vielleicht nicht das Beste, was ich machen konnte, aber es war meine besondere Art der Selbstbefriedigung.

„Du könntest mir wieder mal guten Tag sagen, Felix."

Isolde stand vor mir. Ich war so in Gedanken versunken, dass ich sie nicht bemerkt hatte.

„Nachher?"

„Wäre schön". Ihre Augen strahlten mich an.

„Muss los, will noch einkaufen."

Meine Gedanken rotierten weiter. Es sah tatsächlich nicht

gut aus im Lande. Im Februar hatte es hier in der Stadt Festnahmen von Demonstranten gegeben, die für die Verwirklichung der Menschenrechte auf die Straße gegangen waren, und im Juni hatte es schwere Auseinandersetzungen in Ostberlin zwischen Jugendlichen und der Volkspolizei anlässlich eines Michael-Jackson-Konzerts jenseits der Mauer gegeben.

Die Unzufriedenheit im Lande war mit Händen zu greifen.

Die Frage war, was würde passieren, wenn das Volk der DDR ernsthaft rebellieren würde. Ein ganzes Volk einsperren war nicht möglich. Blieben Gewehre und Panzer wie am 17. Juni, nur, die Russen unter Gorbatschow würden dieses Mal mit Sicherheit nicht dabei sein.

Man munkelte von heimlichen Absprachen zwischen Gorbatschow und Kohl und dass Honecker aufs Abstellgleis geschoben werden sollte.

Der große Kessel in der Gerüchteküche DDR brodelte Tag und Nacht. Das Ansteigen des Dampfdrucks unter dem fest verschlossenem Deckel konnte man fast körperlich spüren, und es schien nur noch eine Frage von Wochen oder Monaten, bis der Kessel explodierte.

Die entscheidende Frage war, ob kluge Leute den Dampf im Kessel durch Öffnen der Ventile so entweichen ließen, dass der Deckel gefahrlos abgenommen werden konnte oder ob es von Dummheit geplagte Fanatiker zur Explosion kommen ließen und das Land in einem blutigen Chaos versinken würde.

Fanatiker, egal, ob religiöser oder politischer Art, hatten seit Jahrhunderten außer Mord, Elend und Zerstörung nichts auf der Welt zustande gebracht.

Hüte dich vor Neidern, Ignoranten und Idioten, hatte

einer meiner Onkel immer gesagt, aber wenn du einen Fanatiker triffst, dann mach einen weiten Bogen um ihn.

An meiner Uhr war es kurz vor sechs.

Das reichte für heute.

Ich reinigte erst den Mischer, dann mich und ging rüber zu Isolde.

Es wurde eine lange Nacht mit großem Feuerwerk. Isolde schien ausgehungert nach Sex zu sein, wie lange nicht. Ihre Gier steckte mich an, und diese Nacht erinnerte mich an meine wilde Zeit mit Jo.

Was ich nicht ahnte, war, es würde unsere letzte gemeinsame Nacht sein.

***

Nach den Sommerferien gab es keine Isolde mehr.

Sie war weg.

Mit ihrer Zwillingsschwester.

Einfach weg.

Fort.

Hatte das Haus nicht verkauft, hatte es ganz einfach im Stich gelassen, um keinen Verdacht zu erregen.

Sie hatte mir nichts gesagt, keine Andeutung gemacht, hatte sich nicht das Geringste anmerken lassen.

Die Stasi hatte es geschafft, dass man das Wort Vertrauen immer kleiner und das Wort Misstrauen immer größer schrieb.

Man munkelte von einigen hunderttausend inoffiziellen Mitarbeitern im Land. Alle Diktaturen dieser Welt hatten ihren Untergang durch den immer rücksichtsloseren Einsatz ihrer Geheimpolizei hinausgezögert.

Untergegangen waren sie letzten Endes doch – und zwar alle.

Wie lange noch DDR, das war die Frage?

Und was kam danach?

Die bundesdeutsche Demokratie?

Herrschten dort die vom Volk gewählten Vertreter im Sinne des Volkes?

Mir fiel der Spruch ein, den ich irgendwo gelesen hatte:

WER GLAUBT, DASS VOLKSVERTETER DAS VOLK VERTRETEN, DER GLAUBT AUCH, DASS ZITRONENFALTER ZITRONEN FALTEN.

Ob das in der BRD anders war?

Aber im Moment war mir das egal.

Schade, dass Isolde weg war, denn sie hatte in regelmäßigen Abständen für meine innere Ausgeglichenheit gesorgt.

Die Schwestern waren in den Sommerferien nach Ungarn gereist und dann in Gießen gelandet.

Die Ungarn hatten Anfang des Jahres ihrer Bevölkerung das Reisen ins kapitalistische Ausland genehmigt – ohne Visa.

Wen wunderte es, dass die Ungarn die ersten waren, die Gorbatschows Nichteinmischung in die inneren Angelegenheiten der Bruderländer auf den Prüfstand stellten.

Und siehe da, er hielt Wort.

Vielleicht war der Mann gar kein richtiger Russe?

Wer wollte es den Ungarn verdenken? Schließlich hat kein anderes Land unter den sozialistischen Bruderländern so verzweifelt gegen die Russen gekämpft wie die Ungarn.

Am Ende war auch dort aus einem hoffnungsvollen Frühlingslied im Jahr 1956 ein trauriger Totengesang geworden.

Und jetzt durften die Ungarn in den Westen reisen, einfach so, ohne Antrag, ohne nachweislichen Todesfall eines Familienmitgliedes, ohne urkundlich beglaubigte Goldene Hochzeit einer Schwester, ohne standesamtlich bestätigte Geburt eines Neffen oder ... viel mehr Anlässe gab es nicht.

Unglaublich.

Verrat an den sozialistischen Bruderländern.

Irgendwie hatten die Schwestern es über Ungarn und Österreich in die Bundesrepublik geschafft.

Jetzt war mir auch klar, warum sich Isolde an unserem letzten Abend – von dem ich nicht ahnte, dass es unser letzter Abend gewesen war – so wild aufgeführt hatte.

Sie hatte in dieser Nacht Dinge mit mir getan, die mir in der Erinnerung daran noch jetzt ein Kribbeln in den Unterleib jagten.

Verdammte Weiber.

Wahrscheinlich lag`s an mir, hatte einfach kein Glück mit meinen Beziehungen.

Vielleicht wäre ich mit abgehauen, wenn Isolde etwas davon gesagt hätte.

Über meine Mutter wusste ich, dass mein Westgeldkonto beachtlich angewachsen war. Mein alter Kumpel Werner aus Studientagen und inzwischen Mitarbeiter in den höheren Etagen einer großen Bank in Frankfurt hatte mein in Aktien angelegtes Geld äußerst gewinnbringend verwaltet.

Ich hätte also keinesfalls mit leeren Händen dagestanden.

Hör auf, Felix, verarsch dich nicht selber.

Reicht schon, wenn du verarscht wirst.

Du wärst nie und nimmer nach Drüben gegangen.

Radikale Veränderungen waren noch nie dein Ding gewesen.

Außerdem war ich fest davon überzeugt, dass dieses geteilte Land eines Tages wieder vereint sein würde.

Ob ich ein vereintes Deutschland noch erleben könnte, war allerdings zweifelhaft, denn unser Generalsekretär hatte im Januar diesen Jahres verkündet, dass die Mauer in 50 und auch in 100 Jahren noch stehen würde.

In 50 Jahren könnte ich vielleicht meine letzten Atemzüge noch in einem vereinten Land aushauchen, in hundert Jahren hätte ich längst ausgehaucht.

Es sah jedenfalls nicht gut aus für die größte DDR der Welt. Aus dem Knistern im Gebälk wurde allmählich ein laut vernehmbares Knacken, und auch die Fundamente schienen sich zu senken und bekamen Risse.

Die Vertretung der Bundesrepublik in Ostberlin sowie die BRD-Botschaften in Prag und Budapest mussten immer wieder wegen Überfüllung geschlossen werden.

Der ungarische Außenminister Horn und der österreichische Außenminister Mock zerschnitten am 27.06.89 den Stacheldraht an der gemeinsamen Grenze und lösten damit eine gewaltige Reiselust von DDR-Bürgern in Richtung Ungarn aus.

Doch die aufkeimende Hoffnung wurde brutal gedämpft, als allmählich durchsickerte, was sich in Peking auf dem „Platz des Himmlischen Friedens" abgespielt hatte.

Die als Studentenproteste begonnen und dann zum Volksaufstand mutierten Demonstrationen der Chinesen wurden vom Militär mit Panzern niedergewalzt.

In den Stadtteilen Pekings sollten Hunderte oder Tausende (verlässliche Informationen gab es nicht) von Chinesen umgebracht worden sein.

Hinter vorgehaltener Hand wurde jetzt häufig von der sogenannten „Chinesischen Lösung" gesprochen.

Die Genossen der DDR bezeichneten das Pekinger

Massaker als Niederschlagung einer Konterrevolution und begrüßten den Einsatz militärischer Machtmittel.

In Berlin wurden Demonstrationen gegen die Fälschung der Kommunalwahlen durch das Ministerium für Staatssicherheit und der Volkspolizei aufgelöst, und es gab massenhaft Festnahmen.

In Leipzig begannen Montagsdemonstrationen für Reise- und Pressefreiheit.

Irgendein „Neues Forum" machte von sich reden.

Zigtausende verließen die DDR über die ungarische Grenze.

Das Zentralkomitee der DDR sprach von organisiertem Menschenhandel. Wahrscheinlich hätte man die Leute lieber verkauft.

Im Kollegium wurden jeden Tag Neuigkeiten ausgetauscht wenn die Luft sauber, also kein Genosse in der Nähe war.

Man spürte, dass die Stimmung im Land immer explosiver wurde, ein Ausbruch schien in greifbarer Nähe. Niemand wusste, wie Polizei, MfS und eventuell die NVA reagieren würden.

Käme es zu einer chinesischen Lösung?

Würden Panzer rollen?

Würde Blut fließen?

Keiner konnte es voraussagen.

Nur eins war sicher, auf die Russen würde das Zentralkomitee nicht bauen können, und das schien die sich rasch entwickelnde Opposition in allen größeren Städten der DDR zu beflügeln.

Am 30. September verkündete der Außenminister der BRD Hans-Dietrich Genscher in Prag, dass alle DDR-Flüchtlinge, die sich in der Prager Botschaft befanden, ausreisen dürften.

Mein Kollege Bernhard, Geografie und Kunsterziehung, Katholik und Mitglied der „Heiligen Familie" konnte nach Mitternacht auf der Südhöhe fast störungsfrei RIAS hören.

Dresden und Umgebung – das Tal der Ahnungslosen – war vom Rest der Republik isoliert. Rundfunk und Fernsehen des Westens schafften es nicht bis hierher, und so bastelten die Leute wie verrückt Antennen.

Von Bernhard erfuhr ich, dass Ostberlin den freien Reiseverkehr in die CSSR ausgesetzt hatte und das am Abend vier Züge mit den Flüchtlingen aus der Prager Botschaft den Dresdner Hauptbahnhof passieren sollten.

„Kommst du mit, Felix?"

„Willst du aufspringen?"

„Quatsch, aber da ist garantiert der Teufel los. Viele werden versuchen, in die Züge zu kommen. Mich interessiert, wie Modrow und Genossen reagieren werden."

Die Straßenbahnen waren stadteinwärts rammelvoll.

Wir stiegen schon am Pirnaischen Platz aus und marschierten die Leningrader Straße hoch Richtung Hauptbahnhof.

Vor dem Bahnhof hatten sich einige tausend Menschen versammelt und im Bahnhof herrschte heftiges Gedränge. Die Leute versuchten in Richtung der Bahnsteige zu gelangen.

Plötzlich, in der Nähe des Haupteingangs, sah ich meinen alten Stasifreund Hochstädter mit seiner schwarzen Pomadenglanzfrisur und den stechenden Augen in einer Gruppe junger Lederjacken.

Ich ahnte nichts Gutes.

Als die Polizei begann, den Bahnhof zu räumen, flogen die ersten Pflastersteine.

Glas splitterte, ein Polizeiauto wurde in Brand gesetzt, Menschen schrien, Steine flogen, Schlagstöcke wirbelten und willkürlich herausgegriffene Personen wurden im Polizeigriff abgeführt.

Bernhard und ich wurden, ohne das wir uns dagegen wehren konnten, von hinten nach vorn geschoben.

Das Gedränge war unglaublich.

Meine Jacke riss am Ärmel, weil sich eine junge Frau an mir festhielt, neben mir fiel ein Mann zu Boden, und ich dachte, nur raus hier.

Plötzlich setzte die Polizei Wasserwerfer ein und die Menge wich zurück, um gleich darauf wieder die Polizei anzugreifen.

„Raus hier!", brüllte Bernhard mir über einige Köpfe zu, aber das war unmöglich. Der Druck von hinten war so groß, dass wir in Richtung der heftigsten Auseinandersetzungen zum Bahnhof gedrückt wurden.

Allmählich gelang es mir, mich nach links zu drängeln, und dann spürte ich einen heftigen Schlag an meiner rechten Kopfseite, und es wurde dunkel um mich.

Als ich zu mir kam, saß ich auf einem Fußweg an einen Baum gelehnt. Vor mir kniete eine junge Frau und ein junger Mann.

„Gehts wieder?" Die Stimme der Frau klang komisch und kam von sehr weit her, obwohl sie vor mir kniete.

„Was war denn los?", krächzte ich mühsam.

„Ein Stein hat sie getroffen, Gott sei Dank hat er sie mehr gestreift, aber das hat gereicht."

Die Stimme des Mannes hörte ich jetzt deutlich.

„Sie sind zu Boden gegangen und wären garantiert festgenommen worden. Die Polente war kurz vor ihnen."

„Danke", murmelte ich und stand mühsam auf.

Meine Jacke war voller Blut und ich merkte, dass der

obere Teil meines Kopfes mit irgendetwas umwickelt war.

„Mein Schal", sagte die junge Frau.

„Der ist aber sicher hinüber", grinste ich schief.

„Kein Problem", lachte die Frau, „war sowieso nicht mehr der letzte Schrei."

„Können Sie gehen?" Der junge Mann sah mich unsicher an.

Ich machte ein paar Schritte, es ging.

„Also dann", sagte die junge Frau.

„Bis zur nächsten Demo", sagte der Mann.

„Ihre Adresse, ich möchte ihnen den Schal ersetzen."

„Lieber nicht", sagte die Frau.

Ich ging zu Fuß nach Hause.

Mit der Straßenbahn zu fahren, wäre bei meinem Aussehen ein Unding gewesen.

Zu Hause ging ich ins Bad und wickelte den Schal ab. Der Stein hatte die Haut etwa drei Zentimeter lang aufgerissen. Kopfwunden bluten meist so sehr, dass es aussieht, als hätte man einen Ochsen abgestochen. Ich schnitt die Haare an der Wunde soweit es ging ab, rasierte vorsichtig um den Riss herum, klebte ein Pflaster darauf und kämmte Haare darüber.

***

Der Machtapparat hatte zugeschlagen.

In der Woche nach den Hauptbahnhofkrawallen gab es Festnahmen im gesamten Stadtgebiet, die man lapidar als Zuführungen bezeichnete.

In den Medien der DDR wurde kaum über das Geschehen

am Hauptbahnhof informiert. Trotzdem gab es Fragen von Schülern, denn die Westmedien berichteten ausführlich darüber. Viele Leute im Tal der Ahnungslosen hatten große Antennen auf den Dächern und hörten, wenn auch durch Störsender stark beeinträchtigt, RIAS.

Als die ersten Anfragen von Schülern im Unterricht kamen, hatten die meisten Kollegen keine Antworten, da sie über das Geschehen am Hauptbahnhof nicht oder nur unzureichend informiert waren.

Am Freitag, in der ersten großen Pause, beorderte „Genossin Hutschenreuter" alle Kollegen ins Lehrerzimmer.

„Liebe Kollegen, da sich die Anfragen unserer Schüler bezüglich der verantwortungslosen, vom westdeutschen Imperialismus provozierten Gewaltausbrüchen am Hauptbahnhof häufen, möchte ich Ihnen im Namen unserer Parteileitung mitteilen, dass es sich bei diesen verbrecherischen Ausschreitungen gegen den Sozialismus in unserem Lande um eine vom Klassenfeind gesteuerte Provokation asozialer Elemente gehandelt hat und ..."

Seltsam dachte ich, immer, wenn das Volk aufbegehrt, sind die Anderen schuld, oder die Aufbegehrer sind verkommene Existenzen, Rowdys, Pack, asoziales Gesindel und Nazis.

„Das großzügige und menschliche Verhalten unserer Regierung gegenüber den verblendeten Bürgern in der Prager Botschaft war den Bonner Ultras ..."

Hutschke holte Luft.

„Das Dumme an der Sache ist nur", sagte ich, „dass man die Asozialen von den Sozialen nicht unterscheiden konnte, die sahen dort alle ziemlich normal aus, zumindest, bis zwielichtige Gestalten die ersten Steine warfen. Wäre ja sonst für die Volkspolizei leichter

gewesen, nur die Asozialen zu verhaften."
Allgemeines Grinsen bei den Kollegen.
„Wir sprechen uns später noch, Kollege Hohndorf." Mit diesen Worten und einem hochroten Kopf verließ Hutschke das Lehrerzimmer.

***

Am Samstag wurde ich zugeführt. Ich bekam ein Einzelzimmer im Präsidium auf der Schießgasse.
Der Herr, der das Gespräch mit mir führte, war mittelgroß und aschblond. Die grauen, leicht verschleierten Augen waren unverhältnismäßig klein, und die Augenlider waren an den Rändern leicht rötlich verfärbt. Alkoholmissbrauch oder zu viele Akten studiert. Gesamteindruck: Buchhalter in mittlerer Position.
„Sie waren also, wie uns bekannt wurde, bei den staatsfeindlichen Auschreitungen asozialer Elemente gegen unsere Sicherheitskräfte am Hauptbahnhof dabei, Herr Hohndorf?"
„Das ist so nicht richtig, Herr …"
„Nennen Sie mich ganz einfach Herr Lehmann."
„… Herr Lehmann."
Denunziert hatte mich garantiert Hutschke, oder einer von der Innung. Mindestens einer im Kollegium war IM, meistens sogar zwei, damit der Eine den Anderen unter Kontrolle hatte und umgekehrt.
„Also war es Zufall, dass Sie dort waren?"
„Reiner Zufall, Herr Meier, Verzeihung, Herr Lehmann."
Bei Meier sah ich ein kurzes Aufblitzen in den schiefergrauen Augen.

Halt dich zurück, Felix, die verstehen hier garantiert keinen Spaß.

„Also der reine Zufall, dass Sie in der Nähe des Hauptbahnhofs waren?"

„Wie ich sagte."

„Was wollten Sie an diesem Tag in der Stadt?"

Hoffentlich saß Bernhard nicht im Nebenraum und erzählte etwas ganz Anderes.

„Wir wollten im Newa ein Bier trinken gehen, hatten gehört, dass es dort Wernesgrüner geben sollte."

„Und warum sind Sie dann nicht ins Newa gegangen, sondern zum Bahnhof?"

„Dumme Angewohnheit. Wenn viele Menschen in eine bestimmte Richtung gehen, liegt die Vermutung nahe, dass es dort was Besonderes gibt."

Herr Lehmann stand auf und verließ wortlos das Zimmer.

Nach einer knappen Stunde sah ich mich nach einem Aschenbecher um, es war aber keiner da.

Ich holte trotzdem meine Schachtel Club aus der Jackentasche und wollte mir eine anbrennen.

Die Tür ging in dem Moment auf, als mein Streichholz brannte. Der uniformierte Polizist sagte: „Hier ist Rauchverbot!" Er nahm mir die Zigarette aus der Hand und verschwand wieder.

Hohndorf, du bist ein Volltrottel, hast dich durch dein großes Maul wieder voll in die Scheiße geritten. Weiß der Kuckuck, was dieser Lehmann jetzt alles ausgräbt.

Mir gingen tausend Gedanken durch den Kopf. Wenn die wollen, können die dich locker einbuchten, Alter. Mir fiel mein Depot bei der Deutschen Bank in Frankfurt ein und mir wurde siedendheiß.

Nach mehr als zwei Stunden erschien Herr Lehmann wieder.

„Sie hatten also nicht die Absicht, in einen der Züge zu gelangen, mit denen unser großzügiger Staat eine kleine Gruppe von Verrätern an ihrem sozialistischen Heimatland in die Unfreiheit des Westens reisen ließ?"

„Nein, diese Absicht hatte ich nicht." Meine Stimme hatte ihren Klang verloren.

„Vielleicht wollten Sie zu einer gewissen Dame mit Vornamen Helene?"

Ich hatte plötzlich das Gefühl, als hätte jemand einen Tauchsieder, der in mir steckte, an den Strom angeschlossen.

Mir brach der Schweiß aus.

„Nein." Das war ein verdammter Krächzlaut, der aus meinem Munde kam.

„Das mit dem Treff am Balaton vor Jahren war ja wohl ..."

„Das geht euch einen Scheißdreck an", fuhr ich auf.

Die undefinierbare Angst in mir wandelte sich in Wut um. Mach bloß keine Dummheiten jetzt, Alter. Die Arschlöcher sitzen am längeren Hebel.

Herr Lehmann grinste mich schief an. „Wie geht es eigentlich ihrem alten Studienkumpel bei der Bank in Frankfurt?"

Tiefschlag.

Ich spürte, wie mein Mageninhalt nach oben wollte. Über mein Depot können die jedenfalls nichts wissen. Gott sei Dank gab es das Bankgeheimnis.

Herr Lehmann erhob sich, grinste mich süffisant an und sagte: „Sie können gehen, Herr Hohndorf."

Noch ein Tiefschlag.

Ich hatte gedacht, es geht erst richtig los.

Als ich an der Tür war, hörte ich, wie Herr Lehmann sagte: „Augenblick noch, Herr Hohndorf. Besser Sie laufen in Zukunft nicht wieder in die falsche Richtung, wenn es einen Massenauflauf gibt. Könnte sein, dass es da etwas gibt, womit sie nicht gerechnet haben und das muss nicht immer etwas Gutes sein.

Also dann, genießen Sie den Rest des 40sten Jahrestages unserer sozialistischen Republik."

Ich stolperte nach draußen und in Richtung Altmarkt-keller. Nach dem fünften Bier und dem fünften Doppel-korn bestellte mir der Kellner nach einem reichlichen Trinkgeld ein Taxi.

Das Taxi war schnell vor Ort, was immer von der Höhe der Gratfikation abhing, die man dem Kellner zukommen ließ.

Zu Hause goss ich mir noch einen großen Kognak ein, machte meine letzte Flasche Radeberger auf und soff mich ins Koma.

***

Ich soff jetzt regelmäßig unmäßig.

Kein Abend ohne Weinbrand und Bier. Diese verdammte Zuführung lag mir schwer in den Knochen.

Nach dem Unterricht fuhr ich jetzt jeden Tag zu Janets Haus, machte Gehwegplatten oder Ornamentsteine, trank zwei, drei Bier, qualmte eine halbe Schachtel Club, fuhr nach Hause, soff und rauchte bis gegen 23.00 Uhr, legte mich ins Bett, dachte an Helene, an die traumhaft schönen Stunden am Balaton, streichelte im Halbschlaf ihre wohlgeformten Brüste, manchmal waren es auch die von Janet, schlief ein und träumte von heftigem Sex, der irgendwie nicht richtig in Erfüllung ging.

Am Morgen hatte ich den Geschmack von Katzenkotze im Mund, meine Hände zitterten bereits, und ich schwor mir, den Abend ohne Alkohol zu verbringen.

Im Brechen von Schwüren wurde ich Meister.

Sobald ich am Abend allein in meiner Bude saß, griff ich wieder zur Flasche. Ich wusste, dass ich auf dem besten Weg zum Alkoholiker war, aber die Gier nach Betäubung war stärker als ich.

Ohne Bernhard, der ab und zu bei mir aufkreuzte, um einen mit mir zur Brust zu nehmen (der Herr vergab dem reuigen Sünder) hätte ich von der Stimmung im Lande wenig oder gar nichts mitbekommen.

Bernhard hatte Glück gehabt und war der Zuführung entgangen, weil er das Maul gehalten hatte. Er hörte regelmäßig RIAS, und seine „Heilige Familie" schien gute Verbindungen nach Berlin und in andere große Städte des Landes zu haben.

So erfuhr ich, dass sich in Ungarn die Kommunistische Partei aufgelöst hatte, dass sich in Leipzig über hunderttausend Menschen zu Montagsdemonstrationen formierten, dass sich bei uns in Dresden die Gruppe der Zwanzig gebildet hatte und dass sich in Berlin Vertreter des „Neuen Forums" trafen und einen demokratsichen Dialog forderten, da die Kommunikation zwischen Regierung und Volk völlig aus dem Ruder gelaufen war.

Der Vulkan schien kurz vor dem Ausbruch. Ich dachte mit Schaudern an die Bilder von Pompej!

Am 18. Oktober erfolgte die erste große Eruption.

Erich Honecker trat von allen Ämtern zurück und Egon Krenz wurde Generalsekretär.

Ich konnte es nicht fassen.

Der Mann, der die Mauer noch in hundert Jahren stehen sah, warf das Handtuch.

Wie lange noch würde uns jetzt der antifaschistische Schutzwall vor den imperialistischen Kräften des Westens schützen?

FDJ-Egon sollte den großen Ausbruch verhindern, der, wie sich überall im Lande andeutete, nicht mehr zu verhindern war.

Anfang November schmiss der Vorsitzende des Ministerrates Willi Stoph die Flinte ins Korn und die Regierung trat zurück.

Einen Tag später kapitulierte das Politbüro.

Am 9. November fiel die Mauer.

II

Die Ereignisse überschlugen sich. Ich konnte mich an keine Zeit in meinem Leben erinnern, die so aufregend gewesen war, wie die Monate, die auf den Fall der Mauer folgten.

Am 13.November trat Horst Sindermann, Präsident der Volkskammer, zurück.

Hans Modrow, Chef der Bezirksleitung der SED Dresden, wurde Ministerpräsident. Knapp die Hälfte der Minister seines neuen Kabinetts entpuppten sich später als Stasimitarbeiter.

Anfang Dezember kam es zu einer Demo vor der Stasizentrale auf der Bautzner Straße. Als einige junge Burschen über die Mauer sprangen und nicht geschossen wurde, öffneten sie die Tore und die Demonstranten besetzten das Gebäude. So wurde der größte der Teil der Akten vor dem Reißwolf bewahrt.

Dann kam der Hammer. Armeegeneral und Minister für Staatssicherheit Erich Mielke wurde verhaftet und kam in U-Haft.

Das ganze Land befand sich in einem Rauschzustand. Täglich gab es Meldungen, die wir vor ein, zwei Monaten als Aprilscherze der besonderen Art abgetan hätten.

Aber es war Realität, was jetzt täglich passierte, nur konnten wir das Geschehen in der Geschwindigkeit, mit der es ablief, nicht fassen.

Im Unterbewusstsein lauerte bei den meisten Leuten der Gedanke, was passiert, wenn die Armee eingreift, wenn die Russen doch noch mit Panzern anrücken. Was würde der Westen machen, was die Amerikaner? Beim Mauerbau hatten sie zugesehen.

Wie würde Gregor Gysi reagieren, der auf einem Sonderparteitag der SED im Dezember zum Parteivorsitzenden gewählt wurde.

Aus der SED wurde während der Fortsetzung des Parteitages Mitte Dezember die SED-PDS, was sich mit „Sozialistische Einheitspartei Deutschlands – Partei des Demokratischen Sozialismus" übersetzen ließ.

Die Frage war, würden sich die alten Machthaber so einfach vom Volk auf den Müllhafen der Geschichte werfen lassen?

Sie ließen.

Die Rückendeckung fehlte.

Gorbatschow hielt Wort.

Keine Einmischung.

Der Teil der Bevölkerung, vor allem die Nutznießer und Pivilegierten, der noch an den Sozialismus glaubte, verhielt sich still, duckte ab und sah seine Felle den Fluss abwärts schwimmen.

Aus Leipzig kamen die ersten Rufe nach Wiedervereinigung.

Wendepunkte in der Geschichte sind Aufbrüche, die auch den Bodensatz an die Oberfläche spülen und Teile des alten Machtapparates in das neue System infiltrieren.

So wurde bei der Gründung der Partei des „Demokratischen Aufbruchs" der Rechtsanwalt und IM der Stasi Wolfgang Schnur Parteivorsitzender.

Am 19. Dezember zerrte mich Bernhard im wahrsten

Sinn des Wortes an den Ohren mit in Richtung Frauen-
kirche.

Bundeskanzler Helmut Kohl war in Dresden und würde
eine Rede halten.

Wir standen ziemlich weit hinten in der Menge, die sich
vor der Ruine versammelt hatte. Ich schätzte so auf
einige zehntausend Leute, die gekommen waren, um zu
hören, dass die Einheit Deutschlands morgen vollzogen
sein würde.

„Helmut! Helmut! Helmut!", wurde vorn in der Nähe der
Tribüne geschrien.

„Wenn die denken, Kohl bringt ihnen morgen die Wiedervereinigung", sagte Bernhard, „werden sie bitter ent-
täuscht nach Hause gehen."

„Du meinst, das dauert noch?"

„Sicher. Denk ja nicht, dass die Franzosen und die
Engländer an einer Vereinigung Deutschlands übermäßig
interessiert sind. Mit einem starken Deutschland haben
die in der Geschichte keine guten Erfahrungen gemacht."

Helmut Kohl lobte die Errungenschaften der DDR-
Bürger, sprach von der Einmaligkeit einer friedlichen
Revolution in Deutschland und der Welt und versprach,
das Recht der DDR auf Selbstbestimmung zu respek-
tieren.

Vor der Tribüne brüllten hirnlose Claquere mit weit
aufgerissenen Mäulern und erhobenen Fäusten lautstark:
„Deutschland, Deutschland, Deutschland!"

„Idioten", sagte ich.

„Schlechte Inszenierung", sagte Bernhard.

Dann kam der Satz: „Mein Ziel bleibt, wenn die
geschichtliche Stunde es zulässt, die Einheit unserer
Nation."

Nach den Februarferien kam Besuch aus Köln.

Genossin Hutschenreuter stand als Schulleiterin nicht mehr zur Verfügung, und Bernhard hatte interimsmäßig ihre Stelle übernommen.

Er hatte gleich nach Öffnung der Grenzen eine Verbindung zu einer Kölner Schule hergestellt, in der irgendein Verwandter von ihm als Lehrer arbeitete, und so kam Anfang März eine Gruppe von Lehrern und Schülern einer alternativen Gesamtschule zu uns.

Ich hatte am Montag zur ersten Stunde in meiner 10a Mathe.

Als ich die Tür öffnete, herrschte das absolute Tohuwabohu.

Im Normalfall dauerte es nach dem Klingeln zehn Sekunden, bis alle Schüler ihre Plätze eingenommen hatten und zum Unterricht bereit waren.

Die Kölner Truppe ließ sich durch meine Anwesenheit nicht im geringsten stören und palaverte frisch und munter weiter, während meine Schüler bereits auf ihren Stühlen saßen.

Ich wartete etwa eine Minute mit verschränkten Armen an meinem Pult und sagte dann mit normaler Lautstärke: „Wenn die Damen und Herren aus Köln bitte ihre Plätze einnehmen würden."

Betont langsam schlenderten die Kölner zu den letzten Bänken, die für sie vorgesehen waren.

Ein blonder Schlacks schob seine langen Beine in das Fach für die Hefte, kippte seinen Stuhl nach hinten und grinste mich an.

Sein Nachbar hatte eine Art Mütze mit übergroßer Blende auf dem Kopf, und ich sah aus den Augenwinkeln, wie meine Schüler grinsten. Na, was wird Hohni jetzt wohl machen?

Ich sah Mütze an und sagte: „Das Bebrüten von Vogeleiern im Unterricht ist aus biologischer Sicht nicht zu vertreten und deshalb im Schulhaus nicht gestattet."

Der Junge sah mich verständnislos an.

Ich nahm ihm die Mütze vom Kopf, drehte sie um und sagte: „Mein Gott, der hat ja gar keine Eier – unter der Mütze."

Eins zu Null für mich, die Klasse johlte.

Ich sah Schlacks ins Gesicht, dann auf seine Beine. Schlacks grinste etwas dümmlich und zog umständlich seine langen Stelzen aus dem Fach und stellte die Füße auf den Boden.

Ich ging zum Pult und legte eine Folie auf den Polylux.

Ein gleichschenkliges Trapez rotiert um seine Symmetrieachse. Stellen Sie den entstehenden Körper im Grund- und Aufriss dar!

Nach zehn Minuten sah ich Mütze an. „Möchten Sie die Aufgabe an der Tafel lösen?"

„Keine Ahnung, um was es hier geht", knurrte der arme Kerl.

„Dann vielleicht Ihr Nachbar?"

Schlacks sah zum Fenster, als stünde dort die Lösung.

Ziemlich gemein von mir, aber es wäre schade, wenn das Verhalten unserer Gäste zur neuen Norm unseres Schulalltags werden würde.

Gegen Ende der Stunde waren unsere Gäste ziemlich kleinlaut.

Mir war klar, dass die Kölner in Mathematk um mindestens ein Jahr hinter uns herhinkten. Was aber wahrscheinlich nicht viel zu sagen hatte, denn in vielen anderen Disziplinen waren sie uns weit voraus.

So lag zum Beispiel der bundesdeutsche Lebensstandard weit über dem unseren.

Gleiches galt für die Kriminalitätsrate.

Nach der Eiergeschichte, die sich schnell herumgesprochen hatte, passten sich die Kölner bei mir in Mathe schnell unseren Normen an.

Am Mittwoch trafen wir uns mit den Kölner Kollegen im Altmarktkeller.

Es wurde ein feuchtfröhlicher Abend, mit wilden Diskussionen über Freiarbeit, schülerorientierte Unterrichtsmethoden, Einschränkung oder Abschaffung des Lehrervortrags, zweigliedriges und dreigliedriges Schulsystem, Hauptschule, Gesamtschule, 13-jähriges Abitur und und und.

Eine hübsche blonde Mitvierzigerin, die neben mir saß, stieß mich an, grinste und sagte leise: „Typisches Pädagogengeschwafel, gleich sind eure Schulbücher dran. Bei euch kommt doch wohl alles von "Volk und Wisse". Himmel, ein Verlag! Wo bleibt da die pädagogische Freiheit."

Das Grinsen in ihrem Gesicht konnte ich nicht deuten.

Ich fand unsere Lehrbücher bis auf den politischen Käse, der wirklich zum Himmel stank, ganz in Ordnung.

„Und dann diese Lehrpläne? Ein Lehrplan für das ganze Land. Unglaublich. Bei uns hat jedes Bundesland einen eigenen Lehrplan, so was nennt man Bildungsfreiheit."

Wieder dieses Grinsen.

„Du kannst, wenn dir danach ist, jedes Jahr in ein anderes Bundesland ziehen und deine Kinder sind dann immer ein Jahr voraus oder ein Jahr hinterher."

Sie sah mich an, klopfte mir auf den Rücken und lachte.

„Das ist die Freiheit der Anpassung. Prost Kollege!"

„Prost Kollegin!"

„Auf die Freiheit!"

In ihren Augen hüpften Funken.

„Komische Freiheit", sagte ich leicht pikiert.

„Ironie ist die letzte Phase der Enttäuschung, sagt Anatol France. Seht bloß zu, dass ihr euer Schulsystem erhalten könnt. Die Schüler, die bei dir im Unterricht gesessen haben, waren gelinde gesagt schockiert. So was wie Disziplin ist nämlich bei uns allmählich zum Fremdwort geworden. Dein Unterrichtsanfang hat die erschlagen. Das Schüler beim Klingelzeichen ihre Plätze einnehmen, wo gibt es denn so was und wenn du bei uns so ein Ding wie das mit den Eiern losgelassen hättest, wäre schnell eine Beleidigungsklage für dich herausgekommen."

„Du übertreibst."

„Du wirst dich noch wundern."

***

Am 1. Juli kam die heißersehnte D-Mark.

Westgeld, richtiges Geld, Geld nach dem die meisten Leute in den letzten Jahren ständig auf der Jagd gewesen waren.

Jetzt war es da.

Unglaublich.

Mitte Juli hatte ich auf der Sparkasse etwas zu erledigen. Plötzlich schrie ein Mann im Schalterraum mit tief in die Stirn gezogenem Hut und einer Pistole in der Hand: „Alle an die Wand, Banküberfall!"

Ein zweiter Mann schrie die Kassierrein an: „Alles Geld in die Tasche!"

Wir standen zu Salzsäulen erstarrt an der Wand.

Im Nu war der Spuk vorbei, und die zwei Räuber rannten aus der Sparkasse.

Ein Mann neben mir in Schlips und Anzug rief: „Das kann doch nicht wahr sein!"

Er versuchte den beiden Männern zu folgen. Seine Frau hielt ihn am Jackett fest und schrie: „Nein, nein!"

Der Mann riss sich los, stürzte nach draußen und schrie etwas.

Dann krachten zwei Schüsse.

Als ich aus der Tür trat, lag der Mann etwa drei Meter von mir entfernt in einer Blutlache auf dem Fußweg.

Ich taumelte zum nächsten Baum und kotzte.

Richtiges Geld eben, dachte ich, als ich wieder Luft bekam.

An einem Sonntag Mitte September klingelte es gegen 20.00 Uhr bei mir. Als ich die Tür öffnete, stand eine sehr elegante Dame vor mir.

„Hallo Felix."

Die Stimme. Mich traf der Schlag.

„Hallo Janet."

„Darf ich reinkommen oder hast du Damenbesuch", grinste sie mich an.

Ich trat automatisch zur Seite, führte sie automatisch ins Wohnzimmer, das wie immer ziemlich unaufgeräumt war, nahm automatisch einen Stoß Bücher vom zweiten Sessel und bat Janet Platz zu nehmen.

„Kaffee oder einen Kognak?"

„Beides, Felix."

Ich erhob mich, ging in die Küche, setzte Wasser auf, holte zwei Schwenker und die Flasche Asbach Uralt aus dem Schrank, ging zurück ins Wohnzimmer und füllte die Schwenker.

Mit vor Aufregung zitternder Hand hob ich mein Glas.

„Prost Janet!"

„Prost Felix! Auf die Wiedervereinigung."

„Unsere?"

Sie schüttelte den Kopf.

Ich kippte den Inhalt in einem Zug runter. „Wird wohl noch dauern, mit der Wiedervereinigung", murmelte ich verlegen.

„Gut Ding will Weile", lachte Janet.

„Und wenn die Russen es sich anders überlegen?"

„Die sind froh, dass sie euch los sind. War doch nichts mehr zu holen bei euch, außer Schulden."

„Und was führt dich in dieses Land, das dir so übel mitgespielt hat?"

„Ich arbeite jetzt für Bertelsmann und will für den Verlag Lexikotheken hier im Osten verkaufen."

„Wollen die hier ihre Filialen errichten?"

„Das kommt später, nach der Einheit. Jetzt wollen die ihre Nachschlagwerke hier absetzen und da gibt es kein besseres Absatzgebiet als die Schulen."

„Und woher sollen die Schulen das Geld nehmen.?

„Wir bieten Ratenkredite an und einiges an Geld hat ja jede Schule zur Verfügung."

„Diese Lexikas sind gut?"

Janet öffnete ihre Tasche und reichte mir ein Exemplar. Phantastisch, da würde man wahrscheinlich alles finden, was auf dieser Welt wissenswert und interessant war.

„Super."

„Sagt jeder, der die Bände gesehen hat."

„Und die willst du unseren Schulen hier in Dresden verkaufen?"

„Nicht nur hier, ich reise durch den ganzen Osten."

„Du bist beteiligt?"

„Davon kannst du ausgehen, Felix."

„Und die Sache hat keinen Haken, Janet?"

Ich war skeptisch.

„Sind nämlich schon `ne ganze Menge Gauner von drüben bei uns aufgetaucht. Einer Kollegin von mir hat ein Autohändler aus Hamburg einen fast neuen Golf angedreht, der obenherum frisch lackiert und untenherum völlig durchgerostet war."

Janet lachte. „Kann ich mir vorstellen, dass sich jetzt hier allerhand Gelichter breit macht. Das mit der Lexikothek ist aber astrein, wird postwendend in höchster Qualität geliefert."

„Bleibst du länger in Dresden?"

„Nein, muss noch nach Leipzig, Halle, Magdeburg, Erfurt und und und.

„Ganz schönes Programm."

„Gibts hier in der Nähe ein gutes Hotel, Felix?"

Ich sah Janet an.

„Du meinst ..."

„Ich meine."

„Mach dir keine falschen Hoffnungen, Felix, bin inzwischen verheiratet."

Hatte ich längst an dem Ring an ihrem Finger gesehen, aber das war mir im Moment egal.

Ich goss uns noch einen ein. Alkohol macht leichtsinnig und, hoffentlich, leicht sinnlich.

„Prost, Janet, was wird mit deinem Haus?"

War mir eigentlich egal, denn ich würde es auf keinen Fall behalten.

„Verkauf die Bude, alles was vor 1945 gebaut wurde, bringt auf dem heutigen Immobilienmarkt nicht mehr allzu viel. Der eigentliche Wert steckt im Grundstück. Sobald die Einheit vollzogen sein wird, werden die

Grundstücksgeier in Schwärmen bei euch aufkreuzen. Auf den Tag musst du warten."

„Hast du eine Preisvorstellung?"

„Nein, hab keine Ahnung, was so ein Haus mit Grundstück bringen könnte. Auf jeden Fall musst du handeln. Du behältst zwanzig Prozent für dich. Du hast schließlich allerhand gemacht an der alten Bude, und es steht dir zu. Hab es mir heute Nachmittag angesehen."

„Du könntest wieder einziehen."

„Kann ich nicht, bin ab nächstem Jahr in Afrika."

„In Afrika? Willst du dort eine Schule gründen?"

„Mein Mann und ich übernehmen ein UNICEF-Projekt in Uganda."

Ich goss noch einmal ein.

„Prost, auf Afrika", sagte ich mit einem Frosch im Hals.

„Prost", sagte Janet, stand auf und trat ganz dicht an mich heran.

Vielleicht ein letztes Mal?

Ich fuhr ihr behutsam mit den Fingern durchs Haar.

„Ach Felix, hätte so schön sein können mit uns."

Als sich unsere Lippen berührten, rasten heftige elektrische Schläge durch meinen Körper. Ich glaubte ein Knistern zu vernehmen, wie man es bei sehr starkem Nebel zwischen Hochspannungsleitungen hören konnte.

Am nächsten Tag stellte Janet die Lexikothek in unserer Schule vor. Die Kollegen waren begeistert. Wir kauften alle Bände.Und es wurde prompt in höchster Qualität geliefert.

Der Haken war nur, dass es bald zu einer Computerschwemme bei uns kommen sollte und durch das folgende Internet die Lexikothek überflüssig wurde.

Das merkten wir aber erst, als alles bezahlt war.

***

Ich konnte Janets Haus und das Grundstück wenig später zu einem anständigen Preis verkaufen. Ich behielt zwanzig Prozent und überwies den Rest an Janet.

Während um mich herum viele Existenzen vernichtet wurden, ging es mir finanziell gut. Die Sache hatte nur einen Haken, ich wusste nichts mit mir und dem Geld anzufangen.

Manchmal dachte ich voller Sehnsucht an Helene und unsere Zeit am Balaton.

Vorbei, aber nicht vergessen.

Ziemlich einsam geworden, dieser Felix Hohndorf.

Ab und zu kam Ricarda vorbei und befreite mich von meinem Hormonstau, aber das war es dann auch schon.

Eigentlich ein Scheißleben.

Du bist auf dem besten Weg, kostbare Lebenszeit zu vergeuden, Felix Hohndorf. Du wirst langsam aber sicher vertrocknen, Alter, und in zehn Jahren bist du einer jener Hagestolze, die, auf ein altes, abgewetztes Kissen gelehnt, am Fenster hängen und gaffen, wie unten auf der Straße das Leben pulsiert.

Was hat doch gleich dieser Münchhausen gemacht, als er in einen Sumpf geriet? Der Tausendsassa hatte sich an den eigenen Haaren aus dem Morast gezogen.

Solltest du auch machen, Alter. Such dir endlich wieder was Warmes für Seele und Bett. Mit Anfang fünfzig müsste da doch noch was gehen.

Aber es klappte überhaupt nichts mehr.

Die Damen im Kollegium?

Keine gute Idee.

Liebe am Arbeitsplatz ist aufreibend und nicht das Gelbe vom Ei.

Außerdem waren die, die in Frage gekommen wären, verheiratet und maximal für ein kleines Intermezzo zu haben gewesen.

Woran mir momentan nichts lag.

Der Rest war zu jung oder hatte einen grünen Touch: Lange, dreckiggraue Zottelröcke, Pullover, drei Nummern zu groß und von der Farbe alten, verwelkten Spinats.

Nicht mein Ding.

Im November wurde, zur allgemeinen Verwunderung, Hella, Kunsterziehung und stellvertretende Schulleiterin, in einen anderen Stadtbezirk versetzt.

Auf eigenen Wunsch, wie es hieß.

IM.

Sprach sich schnell herum.

Schon erstaunlich, warum man diese Leute mit Samthandschuhen anfasste, statt sie in die Wüste zu jagen.

Hella als IM war die perfekte Überraschung.

Sie war der absolute Kumpeltyp, kannte als erste die schärfsten politischen Witze, trug Westklamotten, konnte saufen wie ein Stadtsoldat und schimpfte auf die Kommunisten wie ein Bonner Ultra.

Nach dem Mauerfall war sie auffallend still geworden. Die meisten der strammen Genossen an der Schule, die zu jeder Mai-Demo mit ihrer Klasse Winkelemente gebastelt hatten, wollten davon jetzt nichts mehr wissen. Die, die das Wort Sozialismus auf einem rotsamtenen Kissen morgens beim Betreten des Schulhauses in ihren Klassenraum getragen hatten, waren urplötzlich schon immer Gegner dieses Systems gewesen.

„Kannst du dich erinnern, wie ich damals schon gesagt habe, dass dieser Honecker ..."

Ich konnte mich sehr gut erinnern.

Egal, ob Hans-Beimler-Wettkampf, Manöver Schnee-flocke, Solispende für Angela Davis oder für die Verfolgten des Pinochet-Regims, sie mussten immer die Ersten, die Besten sein.

„Meine Einstellung zur DDR kennst du ja ...“

Ich kannte sogar ihre Einstellung zur großen Sowjet-union. Am liebsten wäre ihnen gewesen, wenn Russisch zur Muttersprache und Deutsch zur Fremdsprache geworden wäre.

Die perfekten Wendehälse.

Aber waren wir das nicht alle?

Am 1. Mai latschten wir an den Knusperköpfen auf der Tribüne in der Stadt vorbei, zahlten brav unsere Soli- und DSF-Marken, hatten freudig überrascht die Prämien zum Tag des Lehrers für gute sozialistische Erziehungsarbeit entgegengenommen, hatten hinter vorgehaltener Hand auf die Scheißpolitik im Land geschimpft, aber mitgemacht hatten wir doch fast alle.

Ich konnte mich da nicht ausnehmen.

Trotz allem, unser Schulsystem hatte funktioniert.

Aber was solls? Wahrscheinlich hatte die Menschheit nur auf Grund dieser Anpassungs-und Wandlungsfähigkeit die Jahrtausende überlebt.

Schließlich gab es nach dem Zusammenbruch des Dritten Reiches auch keinen Deutschen mehr, der für Hiltler und den Nationalsozialismus „Heil“ gerufen hatte.

C`est la vie, sagt der Franzose und er hat Recht.

Bernhard hatte mich nach Hellas Abgang gebeten, die Stundenplanung zu übernehmen.

Mitte Dezember erschienen zwei Herren aus dem Rathaus.

Schulverwaltung oder so etwas Ähnliches.

Der Schuloberbau befand sich im Umbruch und wir Fußsoldaten an der pädagogischen Front wussten nie so genau, wer wann was zu sagen hatte.

Die Gerüchteküche verbreitete, dass in Berlin eine Bildungskommission BRD/DDR an der Umstrukturierung des DDR-Schulwesens arbeitete.

Grundstufe und Oberstufe sollten getrennt werden, aus Erweiterten Oberschulen sollten Gymnasien werden, es wurde vom zweigliedrigen und dreigliedrigen Schulsystem gesprochen. Lehrer sollten verbeamtet werden, Lehrer sollten nicht verbeamtet werden. Auf alle Fälle wussten wir jetzt, was Chaos war.

Die beiden Herren waren der Meinung, dass unsere Zehnklassige Polytechnische Oberschule in eine Grundschule umgewandelt werden sollte.

Der Gedanke, dass unsere mit Fachkabinetten gut ausgestattete Polytechnische Oberschule Grundschule wird, stieß im Kollegium auf heftigen Widerstand.

Bernhard rief im Rathaus an, machte einen Termin und bestand darauf, dass ich ihn begleitete.

Der Schlag, der mich dort traf, war der perfekte Leberhaken. Ich hatte das Gefühl, dass das gesamte Blut meines Körpers im Bruchteil einer Sekunde direkt in mein Hirn schoss.

Ich hielt mich an Bernhard fest, um nicht auf dem Fußboden zu landen.

„Ist dir schlecht?", Bernhard sah mich erschrocken an.

„Mir ist sauschlecht", murmelte ich.

„Willst du an die frische Luft?"

Ich schüttelte den Kopf. „Hast du zufällig eine Kalaschnikow dabei?"

Bernhard sah mich an, als wäre mir ein Dachziegel auf

die Rübe geknallt.

Das war eindeutig dieser Hochstädter. Diese schwarzen, gegelten Haare, der stechende Blick, das war Hochstädter, dieser Stasiarsch, den ich gefressen hatte wie zehn Pfund Schmierseife.

Der Kerl war gleich darauf links in einem Zimmer verschwunden.

Ich ließ Bernhards Arm los, ging auf die Tür zu, las das Schild STADTPLANUNG, trat ein und blieb im Türrahmen stehen.

Hochstädter sah von seinem Schreibtisch auf, grinste mich schief an und sagte: „Was kann ich für Sie tun?"

Ich sagte nichts, sah ihn nur an.

Mein rechter Arm begann zu zucken, meine Hand ballte sich zur Faust, doch als ich den ersten Schritt auf diesen Mistkerl zugehen wollte, stand Bernhard neben mir.

„Was willst du denn in der Staddtplanung, Felix?"

Langsam kam ich wieder zu mir. „Sieh dir diese Visage genau an, Bernhard. Gehörte zum Schild und Schwert der Partei."

„Stasi?"

„Stasi!."

„Wie kommt denn so was ins Rathaus?"

„Frag ich mich auch."

***

Sonntag im November. Ich konnte mir nicht vorstellen, dass es einen Tag und einen Monat gab, wo die Selbstmordrate größer sein konnte. Laut Weltstatistik sollten es allerdings die Monate Mai und Juni sein, wo die meisten Menschen ihrem Erdendasein selbst ein Ende setzten – oder es zumindest versuchten.

Ich stand am Schillergarten und blickte elbabwärts.

Nebel lag wie ein feuchtes, graues Tuch über dem Fluss und der Landschaft. Die Geräusche des Verkehrslärms vom Schillerplatz drangen nur gedämpft bis zu mir. Die Welt war in Watte gepackt, und ich in Selbstmitleid.

Oben, am Geländer des Blauen Wunders, stand mein zweites Ich und sah gehässig grinsend auf mich herunter: „Selber schuld, hättest Frau und Kinder haben können, ein warmes, gemütliches Zuhause, vielleicht hätte das erste Enkelkind schon auf deinem Schoß gesessen, aber nein, der Herr vögelt lieber quer durch die Botanik, verplempert seine Nächte mit blöder Zockerei, um Geld anzuhäufen, mit dem er nicht einmal was anzufangen weiß. Keine Zierde der Menschheit, der Loser."

„Du hast gut reden", ich sah nach oben, „die Frauen, die ich geliebt habe, haben mich verlassen ..."

„Red kein Blech", fuhr mich der vom Brückengeländer an, „du bist nicht sorgfältig mit ihnen umgegangen, deshalb hast du sie verloren, hast dein Leben verplempert, gibs ruhig zu."

„Du kannst mich mal mit deinen klugen Sprüchen. Weißt du was, ich geh jetzt rein und trinke einen."

„Dein üblicher Fluchtweg. Wenn du in der Sackgasse steckst, fängst du an zu saufen. Du bist ein ganz mieses Subjekt, Felix Hohndorf."

„Und was sollte ich deiner Meinung nach tun, du Klugscheißer?"

„Knie dich mal wieder ordentlich in deinen Beruf rein, deine Routine im Unterricht ist zum Kotzen, oder fang endlich wieder an zu schreiben, hat dir doch früher immer Spaß gemacht. Brauchst jetzt auch keinen

Parteisekretär und kein FDJ-Hemd mehr in deinen Geschichten."

„Du kannst mich mal, alter Besserwisser."

Ich hatte gleich nach der Wende einen Krimi geschrieben, hatte das Manuskript an 12 bekannte Verlage geschickt und nach langer Wartezeit 12 abschlägige Antworten erhalten. Konnte ich durchaus verstehen, die mussten genauso profitorientiert arbeiten wie VW oder Adidas. Da war mit Lizenzausgaben, die bereits in Amerika oder England erfolgreich verkauft worden waren, mit Sicherheit Geld zu machen.

Mich fröstelte. Ich ging rein in den Schillergarten und bestellte mir einen Grog.

„Du da oben am Geländer wirst noch dein blaues Wunder erleben, wenn mein erstes Buch auf den Bestsellerlisten ganz oben stehen wird."

Ich musste lachen und verschluckte mich.

Die Kellnerin sah mich sonderbar an.

Nach dem dritten Grog machte ich mich auf den Weg, trank zu Hause noch ein Bier und legte mich zu einem Mittagsschläfchen auf die Couch.

Ich war kaum eingenickt, als es klingelte.

„Sch ...", fluchte ich. „Welcher Idiot kann das denn sein.

Ich ging zum Flur und öffnete.

Eine Dame.

Heilsarmee oder Zeugen Jehovas war mein erster Gedanken.

Die können mich mal.

„Ich hab doch letztes Mal unmissverständlich gesagt, dass ich mit den Zeugen Jeho ..."

Die Spucke blieb mir im Hals stecken.

„Felix."

„Helene."

Meine Knie gaben nach und ich rutschte langsam, aber unaufhaltsam an der Wand nach unten.

Halluzinationen, Delirium tremens, das hast du jetzt von deiner unkontrollierten Sauferei.

Aber es war tatsächlich Helene.

Sie beugte sich zu mir herunter, griff meinen Arm und zog mich hoch. Meine Knie bestanden immer noch aus Gallertmasse, und ich lehnte mich vorsichtshalber an die Wand.

Als ich wieder atmen konnte, drehte ich den Schlüssel zweimal im Schloss herum.

„Sperrst du mich ein?"

„Genau das tu ich. Es gibt kein Entkommen mehr."

„Wäre auch nur wieder gegangen, wenn du mich rausgeschmissen hättest."

Der vom Brückengeländer saß jetzt auf der Flurgaderobe, sah mich lachend an und sagte: „Halt um Gottes Willen fest, was dir da unverdientermaßen in den Schoß gefallen ist."

„Worauf du dich verlassen kannst", erwiderte ich.

„Worauf kann ich mich verlassen?", fragte Helene leicht irritiert.

„Auf mich", sagte ich, nahm sie in die Arme, drückte sie an mich und wusste, dass ich sie nie mehr loslassen würde.